엘러리 퀸 *Ellery Queen*

20세기 미스터리를 대표하는 거장. 작가 활동 외에도 미스터리 연구가, 장서가, 잡지 발행인으로 잘 알려져 있다. 또한 '엘러리 퀸'은 그의 작품 속에 등장하는 탐정 이름이기도 한데, 셜록 홈스와 명성을 나란히 하는 금세기 최고의 명탐정이다.

엘러리 퀸은 한 사람의 이름이 아니라 만프레드 리(Manfred Bennington Lee, 1905~1971)와 프레더릭 다네이(Frederic Dannay, 1905~1982), 이 두 사촌 형제의 필명이다. 둘은 뉴욕 브루클린 출신으로 각각 광고 회사와 영화사에서 일하던 중, 당시 최고 인기 작가였던 밴 다인(S. S. Van Dine)의 성공에 자극받아 미스터리 소설에 도전하기로 마음먹는다. 그들의 계획을 현실로 만든 것은 〈맥클루어스〉 잡지사의 소설 공모였다. 탐정의 이름만 기억될 뿐 작가의 이름은 쉽게 잊힌다고 생각한 그들은, '엘러리 퀸'이라는 공동 필명을 탐정의 이름으로 삼았다. 그들이 응모한 작품은 1등으로 당선됐으나, 공교롭게도 잡지사가 파산하고 상속인이 바뀌어 수상이 무산된다. 하지만 스토크스 출판사에 의해 작품은 빛을 보게 되는데, 이것이 바로 엘러리 퀸의 역사적인 첫 작품 《로마 모자 미스터리》(1929)였다.

이후 엘러리 퀸은 논리와 기교를 중시하는 초기작부터 인간의 본성을 꿰뚫는 후기작까지, 미스터리 장르의 발전을 이끌며 역사에 길이 남을 걸작들을 생산해냈다. 대표작은 셀 수 없을 정도이나, 그가 바너비 로스 명의로 발표한 《Y의 비극》(1932)은 '세계 3대 미스터리'로 불릴 만큼 높은 평가를 받고 있으며 중편 〈신의 등불〉(1935)은 '세계 최고의 중편'이라는 별칭을 가지고 있다. 이외 《그리스 관 미스터리》(1932), 《이집트 십자가 미스터리》(1932), 《X의 비극》(1932), 《재앙의 거리》(1942), 《열흘간의 불가사의》(1948) 등은 미스터리 장르에서 언제나 거론되는 걸작들이다. '독자에의 도전'을 비롯해 그가 작품에서 보여준 형식과 아이디어는 거의 모든 후대 작가들에게 영향을 미쳤으며 특히 일본의 본격, 신본격 미스터리의 기반이 됐다.

작품 외에도 엘러리 퀸은 미스터리 장르의 전 영역에 걸쳐 두각을 나타냈다. 비평서, 범죄 논픽션, 영화 시나리오, 라디오 드라마 등에서도 활동했으며, 미국미스터리작가협회 회장을 역임했다. 또 현재에도 발간 중인 〈EQMM 엘러리 퀸 미스터리 매거진〉(1941년 시작됨)을 발간해 앤솔러지 등을 출간하며 수많은 후배 작가를 발굴하기도 했다. 미국미스터리작가협회는 이런 엘러리 퀸의 공을 기려 1969년 '《로마 모자 미스터리》 발간 40주년 기념 부문'을 제정하기도 했으며, 1983년부터는 미스터리 분야에서 두각을 나타낸 공동 작업에 '엘러리 퀸 상'을 수여하고 있다.

SIGONGSA *design* 전정아
photo ⓒ Eric Schaal

Ellery Queen Collection

킹은 죽었다

The King is
Dead
킹은 죽었다

엘러리 퀸 지음
이희재 옮김

검은숲

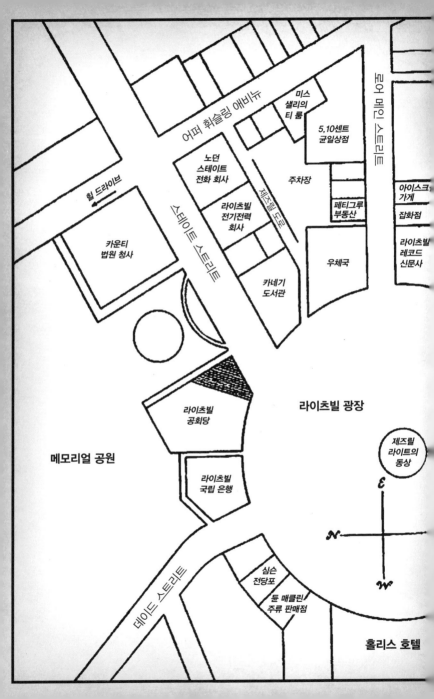

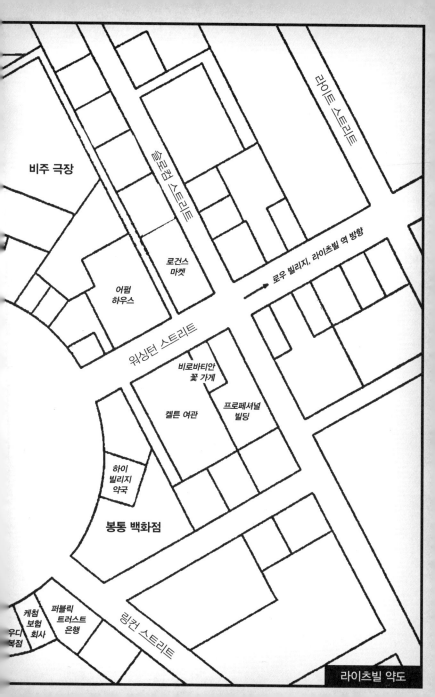

1

퀸의 집에 괴한이 나타난 것은 6월의 평범한 어느 아침이었다. 시각은 8시 8분. 87번가의 3층 아래는 조금 전 시청 살수차가 물을 뿌려 말끔히 때를 벗은 상태였고, 아르센 뤼팽은 동쪽 창문턱에 버티고 앉아 인근에 사는 열댓 마리 비둘기 몫으로 놓아둔 빵 부스러기를 혼자서 쪼아 먹고 있었다.

아무런 예고 없이 일어나는 20세기식 가택 침입. 사건이 터졌을 때 퀸 경감은 두 번째 달걀 언저리에 막 숟가락을 갖다 대고 요 녀석을 어떻게 터뜨리지 않고 먹을까 궁리 중이었고, 패브리컨트 부인은 방 맞은편 구석에서 진공청소기의 플러그를 꽂느라 절구통만 한 엉덩이를 쳐들고 있었으며, 엘러리는 재킷의 옷깃을 매만지면서 막 거실로 들어서고 있었다.

"움직이지 마."

끽 소리 하나 없었다. 현관문은 벽 쪽으로 열려 있었고 현관은 고요했다.

경감의 숟가락, 패브리컨트 부인의 엉덩이, 엘러리의 손, 모두 그 자리에 얼어붙었다.

현관 바로 안쪽에 두 남자가 서 있었다. 오른팔에 외투를 접어 하나씩 걸치고 있었다. 담갈색의 양복과 모자. 똑같은 차림새였다. 딱 하나 다른 점이라면, 한 남자는 진한 파란색 셔츠를 입었고 다른 남자는 진한 갈색 셔츠를 입었다는 것뿐이었다. 약간 맹해 보였지만 둘 다 생김새는 멀끔했고 체구도 건장했다.

두 남자는 거실을 두리번거리더니 옆으로 갈라섰다. 그제야 엘러리는 일당이 둘이 아닌 셋이라는 것을 깨달았다.

집 밖 층계 난간에 세 번째 남자가 공회당을 가린 채 양다리를 벌리고 앉아 있었다. 남자는 조용히 등을 돌리고 층계 밑을 내려다보고 있었다.

파란 셔츠가 불쑥 앞으로 튀어나왔다. 그는 탁자 앞에 앉은 퀸 경감을 지나치면서, 눈을 동그랗게 뜬 이 늙은 신사에게 눈길 한 번 주지 않았다. 그러고는 여닫이문을 지나 곧바로 부엌으로 갔다.

다른 사내는 그 자리에 조용히 서 있었다. 갈색 셔츠가 남자의 인상을 부드럽게 만들어주었다. 그러나 오른손에는 총신이 짧은 38구경 연발 권총을 들고 있었다.

주방에서 나온 파란 셔츠는 퀸 경감의 침실로 들어갔다.

경감의 숟가락, 패브리컨트 부인의 엉덩이, 엘러리의 손이 동시에 슬며시 아래로 내려왔다. 그러나 경감의 침실에서 나온 파란 셔츠가 거실 입구에 서 있던 엘러리를 슬쩍 밀어내고, 그가 서재로 들어갈 때까지 다들 미동도 하지 않고 얌전히 있었다.

세 번째 남자는 여전히 층계 밑을 뚫어져라 내려다보고 있었다.

그때 패브리컨트 부인이 비명을 지를 듯 입을 실룩거렸다.

"참아요."

엘러리가 재빨리 부인을 제지했다.

파란 셔츠가 서재에서 나와 동료에게 말했다.

"다 뒤졌어."

갈색 셔츠는 고개를 끄덕이더니 그대로 성큼성큼 패브리컨트 부인에게 걸어갔다. 나무 조각상보다 더 하얘진 부인이 황급히 일어섰다. 갈색 셔츠는 부인은 쳐다보지도 않고 싹싹하게 말했다.

"아무 방에나 진공청소기를 가져가서 문을 닫고 청소를 하십시오."

그러고는 창가로 다가갔다.

아르센 뤼팽은 기겁을 하고 푸드덕 날아올랐다. 패브리컨트 부인이 움직이기 시작했다.

퀸 경감은 그제야 자기에게도 다리와 목소리가 있다는 사실을 알아차린 듯 160센티미터의 아담한 몸을 벌떡 일으키면서 호통을 쳤다.

"당신네들 대체 뭐 하는 사람이야?"

서재 안쪽 엘러리의 침실에서 진공청소기의 윙윙거리는 소리가 들려오기 시작했다. 파란 셔츠는 소음을 죽이기 위해 서재 문을 닫은 다음 문 앞에 버티고 섰다.

"만약 강도 짓이라면……!"

파란 셔츠가 씩 웃었다. 창가에 있던 갈색 셔츠는 히죽 웃더니 다시 원래의 표정으로 돌아갔다. 그의 시선은 줄곧 아래쪽 87번가에 고정되어 있었다.

"너무 양순해서 표창장이라도 받아야겠군요. 거기 창가에 있는 신사분, 어깨 너머로 나도 좀 내려다보면 안 되겠습니까?"

엘러리가 말했다.

사내는 짜증스럽다는 듯이 고개를 흔들었다. 뉴욕 번호판을 단 까만 승용차가 콜럼버스 애비뉴에서 87번가로 막 돌아서고 있었다. 도로 맞은편에는 번쩍거리는 승용차가 또 한 대 서 있었다. 그 안에는 남자 여럿이 타고 있었다.

갈색 셔츠가 왼손을 들었다. 멈춰 서 있던 차에서 두 사내가 튀어나오더니 길을 가로질러 퀸의 집 창문 바로 밑 보도로 올라섰다. 87번가로 꼬부라져 들어온 차도 동시에 집 앞에 섰다. 사내 한 명이 층계로 올라왔다. 다른 사내는 재빨리 차 뒷문을 열고서 한 발 물러섰다. 그러고는 차가 아니라 길 좌우를 부지런히 살폈다. 작달막한 사내가 차에서 내렸다. 수수한 양복에 구닥다리 회색 중절모를 쓰고 있었다. 사내는 느긋하게 층계로 올라서더니 이내 시야에서 사라졌다.

"누군지 아시겠어요, 아버지?"

"글쎄다."

퀸 경감은 엘러리의 뒷전에서 고개를 흔들었다. 그는 난감한 표정을 지었다.

"저도 모르겠는데요."

갈색 셔츠는 이제 경감의 침실 문 앞에 가 있었다. 그래서 그와 파란 셔츠는 거실 반대쪽에서 서로 얼굴을 마주 보는 위치에 서게 되었다. 층계참에 있는 그들의 동료는 어느새 위치를 바꾼 모양이었다. 이제 그가 오른손에 쥔 세 번째 38구경 권총도 눈에 들어왔다.

패브리컨트 부인의 청소기는 아직도 윙윙거리고 있었다.

갑자기 복도에서 세 번째 남자가 뒤로 물러섰다.

볼품없는 모자에 초라한 양복을 입은 키 작은 사내가 층계를 올라오고 있었다.

"안녕하십니까."

키 작은 남자가 모자를 벗으면서 말했다. 카랑카랑한 목소리였다.

가까이서 보니 그렇게 작은 키도 아니다. 퀸 경감보다 5, 6센티미터쯤 컸다. 그러나 아담한 체구의 사람들이 보통 그러하듯 골격이 작았고 얼굴도 자그마했다. 양쪽 옆 이마가 시원하게 드러났고 앞이마는 어딘지 학자 같은 인상을 풍겼다. 부드러우면서도 단단해 보이는 피부는 누런 빛깔이었다. 회갈색 머리는 제멋대로 뒤엉켜 있었다. 네모난 무테안경에 감싸인 퉁방울눈이 어딘지 졸려 보였지만 그것은 착각이었다. 매서운 눈동자가 반짝거리고 있었다. 양복 단추에 눌린 올챙이배가 팽팽했다. 한마디로 촌스러운 몰골이었다.

나이는 쉰, 예순, 어쩌면 마흔다섯?

엘러리는 처음에 그에게서 '고지식한 학자'라는 흔해빠진 인상을 받았다. 권위가 섞인 듯한 카랑카랑한 목소리는 시험 문제나 칠판 같은 것과 잘 어울릴 것 같았다. 그러나 고지식하건 고지식하지 않건 학자라는 사람이 호화 승용차에 무장 경호원을 태우고 도심을 휘젓고 다닐 리는 없지 않겠는가. 엘러리는 생각을 바꾸었다. 장군, 거물급 지식인, 국방부를 휘두르는 고위 관리, 아니면 촌구석에서 온 별 볼 일 없는 은행가. 그것도 아니면…….

"내 이름은 아벨 벤디고입니다."

방문객이 코맹맹이 소리로 말했다.

"벤디고! 설마 당신이 그 벤디고는 아니……겠지요."

경감의 눈이 휘둥그레졌다.

아벨 벤디고가 웃으면서 말했다.

"사진을 못 보셨을 테니까요. 하지만 이 어깨들을 보십시오, 퀸 경감님. 우리 형의 홍보인사부에 소속된 보안요원들이지요. 홍보인사부는 스프링이라는 막돼먹은 친구가 통솔합니다. 스프링 대령이라고 혹시 들어보셨는지 모르겠습니다만, 그 친구, 우리를 아주 쥐고 흔들어요. 심지어는 형한테도 그런다니까요. 아니, 형한테 특히 그러지요! 당신이 엘러리 퀸이군요."

방문객은 숨 돌릴 틈도 없이 말을 내뱉었다.

"반갑습니다, 퀸 씨. 아까부터 이런 난리를 피울 것까지는 없다고 계속 찝찝해했지만 난들 어쩌겠습니까? 총알 한 방이면 희극이 비극으로 돌변한다고 스프링 대령이 워낙 겁을 주는 통에⋯⋯. 앉아도 되겠습니까?"

엘러리는 가죽 의자를 앞으로 당겼다. 경감이 입을 열었다.

"오시려면 미리 연락이라도 하시고⋯⋯."

"그놈의 대령 때문이라니까."

아벨 벤디고가 의자에 주저앉으면서 뇌까렸다.

"고맙습니다, 퀸 씨. 역시 오길 잘했군요⋯⋯. 여기가 바로 수수께끼란 수수께끼는 죄다 풀리는 데, 맞죠?"

"맞습니다. 그런데 제 아버님은 20분 안에 경찰서에 도착하셔야 하기 때문에 마음이 급하십니다. 시내까지 나가야 하거든요."

엘러리가 말했다.

"앉으시죠, 경감님. 두 분께 할 얘기가 있으니."

"난 곤란합니다, 벤디고 씨⋯⋯."

"오늘은 안 가셔도 됩니다. 장담해요. 그건 그렇고, 우리가 아침 식사를 방해했군요. 어쩌나, 퀸 씨도……."

"오늘은 커피로 때울 겁니다. 한잔 드릴까요?"

엘러리가 식탁으로 걸어가면서 물었다.

방 한구석에서 갈색 셔츠가 입을 열었다.

"벤디고 씨."

벤디고는 가느다란 손을 장난스럽게 흔들어 그의 입을 막았다.

"보셨죠? 스프링 대령의 또 한 가지 철칙입니다. 마저 드세요. 어서."

엘러리는 아버지 잔에 커피를 새로 채우고 자기 잔에도 부었다. 이 남자에게 질문을 던져봤자 소용없을 것이다. 잠자코 있는 게 상책이었다. 엘러리는 식탁 옆에 서서 커피를 홀짝거렸다.

경감은 마지막 한 모금을 꿀꺽 삼킨 다음 난감한 표정으로 손목시계를 흘끗 보았다.

아벨 벤디고는 눈을 끔벅거리면서 말없이 기다렸다. 파란 셔츠와 갈색 셔츠도 얌전히 있었다. 층계참의 사내는 미동도 하지 않았다. 패브리컨트 부인의 진공청소기만 주책없이 윙윙거렸다.

퀸 부자가 탕 하고 커피 잔을 동시에 내려놓는 순간 방문객이 입을 열었다.

"우리 형 킹에 대해서 좀 아십니까?"

부자의 시선이 마주쳤다.

"자료가 있니?"

경감이 물었다.

"네."

엘러리는 서재로 갔다. 파란 셔츠가 옆으로 비켜섰다. 엘러리는 서재에서 커다란 봉투를 들고 나왔다. 봉투를 식탁 위에다 툭툭 털자 신문이나 잡지에서 오려낸 기사 나부랭이들이 우수수 떨어졌다. 엘러리는 자리에 앉아 그것들을 훑어보았다.

아벨 벤디고의 툭 불거져 나온 눈이 안경 너머로 엘러리를 말똥말똥 쳐다보았다.

잠시 뒤에 엘러리가 고개를 들었다.

"이렇다 할 만한 게 없군요. 주로 일요판 신문에 실린 단편적 내용이라서요."

"그 신문 쪼가리 말고는 우리 형에 대해서 아는 게 전혀 없단 말입니까?"

"댁의 형님은 이 세상에서 다섯 손가락 안에 드는 거부라는 소문이 있지요. 재산이 수십억 달러라던가. 보나 마나 과장이 섞였겠지만. 어찌 되었든 부자는 부자일 것 같네요."

"호, 그래요?"

아벨 벤디고가 다음 말을 재촉했다.

"워낙 과장이 심한 세상 아닙니까? 전 세계 각지에 계열사를 두고 있는 바디젠 군수회사라는 거대 공룡 기업이 있지요. 당신 형님께서 그 회사의 명실상부한 소유주라는 설이 있어요. 하지만 어디까지나 '설'입니다. 소유주임을 입증하는 '유일한' 증거로 제시되는 것이 바디젠이 벤디고의 변형어라는 다소 우스꽝스러운 사실일 뿐이니까요. 그게 사실이라면 두 손 들어야지요. 바디젠 군수회사의 수십 개가 넘는 계열사 가운데 한 계열사가 제2차 세계대전 중에 1년에 세금을 4천2백만 달러나 두드려 맞고도 흑자를 냈습니다."

"계속해요."

아벨 벤디고의 눈망울이 반짝거렸다.

"당신의 형님 벤디고 씨는 전 세계의 석유 이권, 철강, 구리, 알루미늄…… 죄다 중요한 광물 아닙니까? 또 항공, 조선, 화학 산업에도 깊이 관여하고 있다는 소문이 있습니다."

"하나같이 전쟁에 꼭 필요한 물건뿐이로군. 난 정말 가봐야겠습니다, 벤디고 씨……."

퀸 경감이 콧수염을 만지작거리면서 말했다.

"아직요. 계속하십시오, 퀸 씨."

벤디고가 갑자기 다리를 꼬았다.

엘러리는 설명을 계속했다.

"개인적 자료라는 게 대개는 억측을 벗어나지 못하지요. 형님께서는 대단히 내성적인 분인 모양입니다. 사생활에 대해서는 거의 알려진 게 없어요. 2년 전에 캔자스의 한 일간지 사진기자가 킹 벤디고의 사진을 한 장 찍어서 원판을 무사히 빼돌리는 데 성공한 공로로 전국 보도사진 상을 받은 적이 있지요. 물론 미끼로 놓아둔 카메라 한 대는 박살이 났지만 말입니다. 여기 계신 신사분들의 소행이 아닌가 생각됩니다만. 사진에 나타난 형님은, 체구도 당당하고 쉰둘이라는 나이가 믿어지지 않을 만큼 새파랗게 젊어 보이더랍니다. 마흔 살도 안 되어 보이더래요. 지금은 쉰넷이 되었나요? 아, 새파랗게 젊어 보인다는 건 어디까지나 목격자의 말을 인용한 겁니다. 그래서 그런지 다시 인용하자면 '자기가 무슨 이팔청춘인 것처럼 행동'하더랍니다. '물 찬 제비' 같았다고 여기 기사에 나와 있습니다만. 실례를 무릅쓰고 말씀드리면, 솔직히 저는 이 기자 양반이 애꿎은 말장난으로 사실상 헐뜯은 게 아닌가 싶네요."

킹 벤디고의 동생이 터져 나오려는 웃음을 꿀꺽 삼켰다. 그러더니 천천히 입을 열었다.

"여기 편지를 두 통 가져왔습니다. 형 앞으로 온 협박 편지입니다. 그만큼 높은 지위에 있다 보면 아무리 사람 눈을 피하려고 해도 별의별 놈이 다 건드리지요. 스프링 대령이 이끄는 홍보인사부에서 그런 것들은 알아서 차단하긴 합니다. 하지만 이 편지는 때깔이 달라요."

벤디고는 양복 안주머니에서 꼬깃꼬깃 접은 종이를 두 장 꺼냈다.

"이걸 한번 봐주시겠습니까?"

"그러지요."

엘러리는 그 옆으로 다가섰다.

"봉투는 어디 있습니까?"

경감도 자리에서 일어서며 물었다.

"비서실에서 별거 아닌 줄 알고 폐기 처분 했지요. 형님한테 오는 편지는 쓸데없는 것은 솎아내고 내용별로 모으기 위해 모두 비서실에서 봉투를 뜯게 되어 있습니다. 겉에 '기밀'이라고 적혀 있거나 특수한 봉투에 넣은 편지만 제외하고요. 이 두 편지는 정상적으로 온 것이었나 봅니다."

엘러리는 종이를 펼치려고도 하지 않았다.

"봉투를 찾아보지 그러셨어요? 쓰레기통이라도 뒤져서."

"우리 회사에는 쓰레기통이 없습니다. 각 비서의 책상 밑에는 중앙분쇄장치로 연결된 투하구가 있거든요. 버린 종이는 한군데로 모아 으깨서 펄프로 만들지요. 펄프는 자동적으로 소각장으로 가서 처리되고요."

"비밀이 새어 나가는 것을 막기 위해서군."

엘러리가 중얼거렸다.

아벨 벤디고의 입이 일그러졌다.

"그냥 쌓아둘 필요가 없어서 그러는 겁니다, 퀸 씨."

"편지나 좀 봅시다."

경감이 말했다.

두 장의 종이는 같은 지질이었다. 보통 편지지 크기에 지질이 아주 좋았으며 별다른 문양도 없었다. 편지지마다 한복판에 한 줄짜리 문장이 타자되어 있었다.

"세 단어짜리가 먼저 온 겁니다."

벤디고가 말했다.

세 단어로 된 편지 내용은 이러했다.

'당신은 살해당할 것이다―'

맨 끝의 줄표가 예사롭지 않았다. 마지막 키를 특히 강하게 두드린 듯 종이 위에 선이 깊게 패어 있었다.

두 번째 편지의 내용은 첫 번째와 대동소이했다. 단어 하나가 추가되었다는 것이 유일한 차이점이었다.

'당신은 목요일에 살해당할 것이다―'

앞서와 같이 줄표를 강조한 인상이 역력했다.

퀸 부자는 두 편지를 면밀하게 조사했다.

벤디고는 가만히 기다렸다.

얼마 뒤 경감이 고개를 들었다.

"당신 형, 킹이 살해당할 거라는 말은 어디에도 없지 않습니까, 벤디고 씨? 아무리 뜯어봐도 여긴 없습니다."

"봉투에 있습니다, 퀸 경감님."

"봉투를 봤습니까?"

"못 봤지만 직원 말이……."

"봉투를 뜯어 투하구에 던져 넣은 비서들 말고는 봉투를 본 사람이 없습니까?"

"없습니다. 하지만 그 친구들은 믿을 만합니다. 엄격한 자격 심사를 거쳤으니까요. 자세히 묻지는 마시고 그런 게 있다는 것만 알아주십시오. 그 편지는 킹 벤디고 앞으로 온 게 분명합니다."

벤디고는 특별히 화가 난 것 같지는 않았고 오히려 즐거운 표정이었다.

"어떻게 생각하십니까, 퀸 씨?"

"찜찜해하시는 이유는 저도 알 것 같습니다. 협박 편지는 대개 싸구려 종이에 연필로 쓰지요. 싸구려 종이는 필적 감정이 어려운데 여기에 글씨까지 굵기가 일정한 활자체로 쓰면 추적이 거의 불가능하기 때문입니다. 한데 이 편지는 아주 대담해요. 감추려고 노력한 흔적이 별로 보이지 않는단 말입니다. 비교적 추적하기가 용이한 고급 편지지를 썼어요. 연필 대신 윈체스터 타자기로 썼고요……."

"윈체스터 무소음 휴대용 타자기지."

경감이 재빨리 끼어들었다.

"……사실상 정체를 드러내고 싶어 하는 거나 마찬가지지요. 십중팔구 그자는 편지가 추적되기를 바라고 있습니다. 물론, 장난질일 수도 있고요."

엘러리가 마저 말을 끝냈다.

"형을 죽이겠다고 지껄이면서 장난질할 친구는 없습니다."

아벨 벤디고가 말했다.

"그렇다면 이해가 가질 않네요. 저로서는 말입니다. 벤디고 씨는 이해가 가시나요?"

"그럼 어떤 미치광이 짓이란 말입니까?"

"그건 아니지요. 미치광이의 짓이 아니란 게 너무 분명하기 때문에 이해가 가지 않는다는 겁니다. 이 편지들이 끝은 아닐 겁니다. 첫 번째 편지는 줄표를 강조하면서 끝마쳤고, 두 번째 편지는 정보를 추가한 다음 역시 줄표를 강조하며 끝맺고 있습니다. 무언가 진행되는 듯한 느낌이 듭니다. 정보를 조금씩 덧붙인 편지들이 앞으로도 도착할 겁니다. 첫 번째 편지가 살인을 예고하고 두 번째 편지가 목요일이라는 점을 덧붙였으니 논리적으로 보아 세 번째 편지에서는 쉰두 번이나 되는 목요일 중에서 언제 살인이 일어날지를 구체적으로 못 박겠지요. 이건 정신병자가 아니라 아주 냉정한 사고를 가진 사람만이 쓸 수 있는 편지입니다. 한데 왜 꼬리를 남길까요? 제가 이해할 수 없는 건 바로 그 점입니다."

엘러리가 장황하게 설명했다.

가죽 의자에 앉은 남자는 엘러리의 말을 한 마디 한 마디 새겨듣는 눈치였다.

"편지들은 어느 정도 간격을 두고 왔습니까?"

경감이 물었다.

"두 번째 편지는 월요일에 왔습니다. 첫 번째 편지는 일주일 전에 왔고요."

엘러리는 파이프가 놓여 있는 벽난로 선반 쪽으로 걸어갔다.

"알다가도 모르겠군요. 왜 이런 일을 하시는지 말입니다, 벤디고 씨. 유능한 청원 경찰을 얼마든지 동원하실 수 있지 않습니까? 편지의 발신인을 알아내는 것 정도야 스프링 대령 같은 사람한테는 식은 죽 먹기일 텐데요. 정말로 저한테 이 사건을 맡아달라고 의뢰하시는 건가요?"

"아직 마음을 정하지 못했어요. 이 문제는 스프링 대령이나 경호원단과는 아무 관계가 없습니다. 대령이 관여하는 것을 아직 내가 허락하지 않았어요……. 워낙 특수한 문제라서. 개인적으로 내가 알아보는 겁니다."

아벨 벤디고의 상냥한 말투는 조금도 흐트러지지 않았다.

"그런데 해결이 안 되는 거군요."

경감이 빙긋 웃었다.

"문제는…… 어느 정도 알아냈다는 것입니다."

벤디고의 튀어나온 눈이 싸늘하게 빛났다.

"오, 그럼 편지의 주인을 아십니까?"

엘러리가 물었다.

"안다고…… 믿습니다."

아벨 벤디고가 말했다.

부자는 시선을 나누었다.

"그게 누굽니까?"

경감이 캐물었다.

벤디고는 대답하지 않았다.

엘러리는 두 경호원을 보았다. 그들은 긴장을 풀지 않고 있었다. 그들이 귀 기울여 이쪽 대화를 듣고 있는지조차 의심스러웠다.

"저 친구들은 맥주라도 마시러 다녀오라고 할까요, 벤디고 씨?"

"오해를 하시는군요. 내가 말하지 않는 것은 당신이 선입관을 갖게 될까 우려해서입니다. 나는 성급하게 결론으로 비약하지 않습니다. 그리고 결론에 도달하더라도 반드시 다시 한 번 확인합니다. 있을 법하지 않기는 해도 내가 이 문제에서 틀릴 가능성은 늘 있습니다. 그래서 나는 당신들에게 내가 맞았는지 틀렸는지 가르쳐달라고 부탁하는 겁니다."

"그럼 당신의 형님은? 그분은 이 사건을 어떻게 생각하고 있습니까?"

"편지를 보더니 웃더군요. 위협을 재미있어하는 양반이거든요. 남은 신경이 곤두서는데 말입니다."

"그럼 당신의 조사 결과를 모른다는 말인가요? 당신이 조사하고 있다는 사실조차도?"

벤디고는 어깨를 으쓱했다.

"형에게는 말하지 않았습니다. 형이 아는지 모르는지는 별개의 문제지만. 두 분 다 나와 함께 가십시다."

"오늘 아침에요?"

"지금 당장입니다."

퀸 경감은 지금 제정신이냐는 듯한 얼굴로 아벨 벤디고를 노려보았다.

엘러리는 미소 지었다.

"제 아버님은 뉴욕 시에 고용되어 있는 몸입니다. 저는 비교적 자유로운 몸입니다만 생계를 꾸려가야 하는 입장이라 이런저런 책임과 약속에 묶여 있습니다. 아무런 예고도 없이 집에 불쑥 나타나서 가자고 하는 것은…… 아무리 벤디고 씨, 당신

같은 분이라고 하더라도 무리입니다."

"경감님의 문제라면 벌써 손을 써두었으니까……."

"잠깐. 도대체 누구한테 어떻게 손을 썼다는 겁니까?"

경감은 천천히 탁자 쪽으로 가서 의자에 앉았다.

벤디고는 묵묵히 말을 이었다.

"그리고 당신 말인데요, 퀸 씨. 당신은 소설을 막 끝낸 뒤고 《엘러리 퀸즈 미스터리 매거진》 편집 일은 4호분을 미리 끝낸 상태입니다. 현재 예정에 잡혀 있는 유일한 조사 업무도 당신의 손을 떠나게 되었습니다."

"그래요? 저는 처음 듣는 얘긴데요."

엘러리가 말했다.

"아침에 온 우편물 중에 해럴드 P. 콘시디오라는 남자가 당신에게 보낸, 의뢰를 중지한다는 내용의 편지가 있을 겁니다."

엘러리는 벤디고의 얼굴을 보았다. 그리고 나서 식탁 쪽으로 걸어가 음식 그릇 옆에 놓여 있는 편지 몇 통을 집어 들었다. 엘러리의 시선이 그중 하나에 가서 멎었다. 그는 아벨 벤디고를 다시 한 번 쳐다보았다. 그런 다음 편지 겉봉을 뜯었다.

편지가 떨어졌다. 엘러리는 그것을 쓱 훑어보았다. 경감도 손을 내밀어 편지를 받은 다음 역시 읽었다.

"벤디고 씨, 도대체 무슨 권리로 남의 사생활에 간섭하는 겁니까? 콘시디오를 잘 압니까?"

엘러리가 말했다. 가죽을 씌운 의자에 앉은 벤디고는 가죽을 통통 두드리고 있었다.

"전혀 모릅니다. 하지만 그 정도야 식은 죽 먹기지요. 좌우간 콘시디오 문제로 시간 낭비하지 맙시다. 준비는 되었습니까?"

"준비? 안 됐습니다."

엘러리가 말했다.

"얼마나 걸릴 것 같습니까?"

"못 기다릴 겁니다. 당신은 바쁜 분이니까요."

벤디고는 분홍빛 입술을 열었다. 그러더니 도로 다물고 엘러리를 애절한 눈길로 쳐다보았다.

"왜 이런 식으로 나오는 겁니까?"

"구둣주걱이야 누가 자기를 사건 어디에다 쓰건 아무 말 못 하겠지요. 하지만 사람은 그렇지 않습니다. 벤디고 씨, 저는 정식으로 요청을 받고 싶은 겁니다."

엘러리가 말했다.

"아비로서 나도 동감이오."

퀸 경감이 거들었다.

"죄송합니다. 우리 벤디고 집안사람들이 좀 얼빠진 데가 있습니다. 백번 지당하신 말씀입니다. 누가 이 편지를 썼는지를 알아내는 것은 이만저만 중요한 일이 아닙니다. 저한테만 그런 게 아니지요. 형이 암살되면 전 세계적으로 심각한 파급 효과를 미칠 겁니다."

벤디고는 상체를 앞으로 숙이고 두툼한 두 손을 천주교의 부제(副祭)처럼 마주 쥐었다. 그는 조심스럽게 단어를 선택했다. 그러더니 웃음을 지으며 퀸 부자를 올려다보았다.

"일을 맡아주시지 않겠습니까?"

엘러리도 웃는 얼굴로 답했다.

"당신들의 본부는 어디입니까?

"벤디고 섬입니다."

"벤디고 섬……. 못 들어봤는데. 알고 계세요, 아버지?"

"들은 적은 있다. 하지만 어딘지는 나도 몰라."

경감이 심드렁하게 대꾸했다.

"잘 알려진 곳이 아닙니다. 지도에도 나와 있지 않으니까요."

방문객이 말했다.

"어디에 있습니까?"

아벨 벤디고는 아쉬운 얼굴을 했다.

"말씀드릴 수가 없습니다, 퀸 씨. 우리의 엄격한 규칙 가운데 하나거든요. 거기로 가셨다가 일이 끝나면 이 아파트로 다시 모셔 오겠습니다."

"거리는 얼마나 됩니까?"

"유감이지만 말씀드릴 수가 없습니다."

"뉴욕에서 어느 정도나 시간이 걸립니까?"

"요즘은 비행기도 빨라졌으니까 그리 오래 걸리지는 않을 겁니다."

엘러리는 어깨를 으쓱했다.

"벤디고 씨, 미안하지만 생각할 시간을 주십시오."

"미안하지만 나도 본부에 가지 않으면 안 되겠구려. 당신과 만나서 좋은 경험을 했습니다. 아주 유익했어요."

퀸 경감이 의자에서 일어나면서 말했다.

"먼저 경찰서에 전화를 해보시지요, 경감님."

"무엇 때문에?"

"오늘부터 휴가라는 사실을 알게 될 겁니다. 유급 휴가죠."

"허튼소리 마시오!"

경감은 귀에서 목까지 시뻘게져서 갈색 셔츠 옆을 지나 쿵쾅거리며 자기 침실로 들어갔다. 아벨 벤디고는 조용히 기다렸다. 엘러리는 경찰에 직통전화를 걸고 있는 아버지의 언성이 높아지는 것을 느꼈다. 마치 유급 휴가가 잔혹한 형벌이라도 되는 것처럼. 그러나 침실에서 나왔을 때 퀸 경감은 생각에 잠겨 있었다.

"어째서, 왜, 그런 일이 생겼는지 아무도 모르는군!"

벤디고는 다시 미소를 지었다.

"퀸 씨, 생각이 바뀌었겠지요?"

"아직 정하지도 않은 생각을 어떻게 바꾼다는 겁니까?"

벤디고는 손목시계를 보면서 자리에서 일어섰다. 어떤 결심 같은 것이 안경에서 반짝거렸다.

"정 필요한 경우가 아니면 이것을 동원하지 말라는 지시를 받았지만 할 수 없군요."

벤디고는 퀸에게 기다란 봉투를 내밀었다. 그러고는 뒷짐을 지고 창으로 돌아섰다.

경감은 겉봉을 힐끔 보았다.

"뉴욕 시 엘러리 퀸 귀하."

직접 손으로 쓴 글씨였다. 뒷면은 단단히 밀봉되어 있었다.

엘러리는 봉투를 뜯었다. 안에는 아주 **빳빳한** 편지지가 한 장 달랑 들어 있었다. 맨 위에 도드라지게 새겨진 문자를 보고 엘러리는 방문객을 홱 돌아보았다.

편지는 육필이었다.

엘러리 퀸 씨,

이 요청은 공적인 것이 아니라 극비리에 이루어지는 것입니다. 귀하가 어떤 결정을 내리든 읽은 뒤에는 즉시 편지를 태워주십시오. 당신의 전문적 식견으로 이 편지를 지참한 사람을 도와주시기 바랍니다.

그렇게 함으로써 당신은 고귀한 시민 정신을 실천하는 것입니다.

이것은 정부의 중대한 이해관계가 걸려 있는 일이며, 그 이유는 말씀드릴 수가 없지만 정부가 정상적인 수단으로 관여할 수 없는 사안입니다.

귀하가 요청을 수락할 경우, 아버님께서도 각별히 도움을 주시면 고맙겠습니다.

당신의 진실한 벗으로부터

엘러리는 유명한 그 서명을 물끄러미 바라보았다.

"벤디고 씨, 이 편지의 내용을 알고 계십니까?"

"대강은 알지요."

심드렁한 대꾸였다.

"왜 하필 나일까?"

경감이 뇌까렸다.

"뭐라고 하셨습니까?"

아벨 벤디고가 돌아섰다.

"죄송합니다, 벤디고 씨. 2, 3분만 기다려주십시오."

벤디고는 아무 말도 하지 않았다.

파란 셔츠가 비켜섰다. 퀸 부자는 엘러리의 서재로 들어갔다.

엘러리는 멍한 얼굴로 문을 닫고 조심스럽게 열쇠를 돌렸다.

침실 문 뒤에서는 패브리컨트 부인의 진공청소기가 아직도 윙윙거리며 돌아가고 있었다.

"도저히 모르겠어요. 킹 벤디고가 중요한 인물이고, 그의 활동이 국가의 이해에 직결되고, 그 이름이 워싱턴으로부터 이런 편지를 이끌어낼 만큼의 비중을 가졌다는 점을 감안하더라도 왜 하필 아버지와 저에게 이러는 건지."

"가짜 편지일 수도 있지."

"저 남자를 보면 가짜라는 느낌은 들지 않아요."

"밑져야 본전이니 워싱턴에 전화를 걸어보자."

아버지가 말했다.

엘러리는 다소 흥분하면서 그리고 미심쩍어하면서 전화를 걸었다. 그러자 6분 뒤 뜻밖에도 편지 주인의 목소리가 그의 귀에 들렸다. 그 담담하고 느긋한 목소리가 틀림없었다.

"괜찮습니다, 퀸 씨. 그렇지 않아도 당신이 확인 전화를 걸어올 거라고 생각했습니다. B한테서 편지를 부탁받고 나서 나름대로 신경 써서 썼지요."

그가 쿡쿡 웃었다.

"마음 편히 말씀드려도 되겠습니까?"

"전용 전화니까 괜찮습니다."

"저를 고용하는 것은 B의 생각이었습니까?"

"그래요."

"이 사건의 성격은 물론 알고 계시겠지요?"

"알고 있지요. 누군가가 왕을 위협하고 있습니다. B는 상대를 알고 있는데 확인이 필요한 모양입니다. 그래서 기왕이면 한 사람보다 두 사람이 나을 것 같아서 당신 아버님도 동행하는 게 어떻겠느냐고 내가 제안한 거지요. 내가 '각별히'라는 단어를 썼던 것 같은데. 퀸 경감에 관해서라면 조금 아는 게 있습니다. 맡아주시겠습니까?"

"네."

"좋습니다. 미국 정부는 비공식적이기는 하지만 왕의 건강 상태에 지대한 관심을 쏟고 있습니다. 아버님도 같이 계시죠?"

"네."

"바꿔주십시오."

"전화 바꿨습니다."

퀸 경감이 말했다. 그는 열심히 귀를 기울였다. 그러더니 한참 만에 "네" 하고 전화를 끊었다.

"편지의 마지막 문장이 아무래도 의미심장한 것 같아요. 무슨 부탁인가요?"

엘러리가 물었다.

"벤디고 섬에 관한 비밀 보고서를 작성해달라는구나. 섬에 무엇이 있는지, 누가 사는지, 설비, 인원, 목적, 계획, 가능하면 상세한 지도까지. 이 나이에 첩보원 노릇을 해야 하다니. 트로이 목마가 따로 없구나."

"재미있잖아요."

두 사람은 갑자기 얼굴을 마주 보며 씩 웃고 악수를 나누었다. 그러고 나서 엘러리는 자기 침실로 돌아가 패브리컨트 부인을 진정시키고 약간의 돈과 당부의 말을 전한 다음 가방을 꾸렸다. 그는 출발하기 전에 작은 탁자 위에 놓인 놋쇠 재떨이에다 워싱턴에서 온 편지와 봉투를 태우고 패브리컨트 부인의 진공청소기 주둥이로 그 재를 빨아들였다.

2

차 두 대는 라구아디아 공항 주위를 돌아 금빛 지붕에 검은 글씨로 '벤디고'라고 큼지막하게 적혀 있는 격납고 앞에 섰다. 격납고 안에는 크기와 모양이 제각각인 비행기들이 가득 차 있었는데, 모두 금색이었고 똑같은 이름이 박혀 있었다. 거대한 여객기가 엔진 소리를 내면서 격납고 앞으로 모습을 드러냈다. 검은색과 금색 제복을 입은 수행원들이 비행기로 몰려들었다.

파란 셔츠가 여행 가방을 날랐다. 벤디고의 비행기 한 대가 활주로에서 막 날아오르고 있었다. 엘러리는 파란 셔츠에게 물었다.

"저건 어디로 가는 겁니까? 그런 질문도 스프링 대령의 금지 사항에 해당됩니까?"

"부에노스아이레스나 요하네스버그나 테헤란일 겁니다. 저도 잘 몰라요. 서두르세요."

갈색 셔츠는 좀 더 사근사근해졌다.

"저희도 같이 갈 겁니다……. 부축해드릴까요?"

"쓸데없는 참견은 사양하겠소!"

경감은 퉁명스럽게 받았다.

비행기에 오르자 아벨 벤디고가 그들을 기다리고 있었다. 기

내 설비는 놀라웠다. 마치 기차의 특별석처럼 푹신푹신한 가죽
의자, 스탠드, 책, 중앙의 바, 그리고 객실 몇 개가 있었다. 수
행원들은 검정과 금색의 제복을 입고 있었다. 엘러리는 다섯까
지 세었지만 수행원이 더 있을 거라고 생각했다. 여자는 없었
고 다른 승객도 보이지 않았다.

"바로 이륙합니다."

아벨 벤디고가 불쑥 말했다.

"승무원들이 잘 보살펴드릴 겁니다. 저는 이만 실례하겠습니
다. 일이 있어서……."

등을 돌려 걸어가는 바람에 그다음 말은 들리지 않았다. 칙
칙한 빛깔의 양복을 입은 두 중년 사내가 서류 가방을 들고 객
실 입구에서 기다리고 있었다. 그는 두 사람 곁을 지나 안으로
들어갔고 사내들도 서둘러 그 뒤를 따랐다. 바로 객실 문이 닫
혔다.

'좀 쌀쌀맞군' 하고 엘러리는 생각했다.

비행기가 움직이기 시작했다.

"자리에 앉으시죠."

갈색 셔츠가 지나치게 공손한 목소리로 말했다.

그는 가죽 띠로 두 사람을 팔걸이의자에 동여맸다.

"전극만 있으면 전기 고문이 따로 없겠군."

경감이 중얼거렸다.

엘러리는 잠자코 있었다. 그는 파란 셔츠를 지켜보고 있었
다. 파란 셔츠는 창에서 창으로 움직이면서 검은 금속제 블라
인드를 창문턱까지 내렸다.

"비밀투성이로군."

엘러리가 말했다. 그들은 기체가 이륙하는 것을 느꼈다. 엔진 소리가 일정한 소음으로 변했다. 엘러리는 이륙 시간을 적으려고 해보았지만 덧없는 기계적 관찰에 지나지 않았다.

"도대체 어떻게 섬 하나를 비밀로 묻어둘 수 있다는 거죠?"

"그 섬이 어디에 있는지 아는 사람은 미국에 아마 다섯 명도 없을 거다."

"그걸 어떻게 아세요?"

"전쟁이 끝난 뒤 약 2년 남짓 일리노이에 있는 벤디고 중서부 지역 본부에서 섭외부장으로 있던 장군한테서 주워들었지. 마티니가 여섯 잔쯤 들어가니까 다 털어놓더라고. 궁지에 빠진 그 친구 아들을 내가 뉴욕에서 구해준 덕분이기도 하지만."

"어떻게 돌아가는 일인지 저로서는 종잡을 수가 없어요."

엘러리가 블라인드가 내려진 창을 응시하면서 말했다.

"이 킹 벤디고라는 친구는 쉬쉬하는 게 몸에 밴 것 같구나. 발육이 정지된 사람들처럼 규모만 조금씩 커질 뿐 늘 똑같은 장난질을 되풀이하지. 그 친구 아마 어렸을 때 어두컴컴한 지하실을 좋아했을 거야. 남몰래 거기를 들락거리면서 피로 그려진 지도로 얻어낸 보물을 파묻는 거지. 이 섬만 해도 그래. 내가 일리노이에서 본 그 장군은 벤디고가 왜 그런 섬에다 본부를 두는지 그럴싸한 이유를 도무지 몰랐거든. 섬을 갖고 싶었다고 하자. 그런데 왜 그 섬의 위치를 굳이 숨기려 드는 것인지도 장군은 모르더구나. 제2차 세계대전 중에 킹 벤디고는 다른 사람들처럼 본토에서 활동했다."

경감이 생각에 잠긴 얼굴로 말했다.

"그럼 벤디고 섬은 전후에 개발된 것인가요?"

"그렇다고도 볼 수 있고 그렇지 않다고도 볼 수 있지. 내가 들기로 그 섬은 연합국 가운데 한 나라가 소유하고 있었다는데, 내 추측이지만 아마 영국 아니면 프랑스일 거야. 태평양 위의 수많은 섬처럼 그 섬도 지도에는 올라 있지 않았어. 다만 그 섬은 대서양에 있는 것으로 추정된다는 점이 다르지."

"믿을 수가 없어요. 어떻게 지도에 수록되지 않을 수가 있는지."

"너더러 믿어달라는 건 아니다. 내가 들은 대로 전할 뿐이야. 굳이 설명하자면, 지도에는 올라 있지만 무인도로 표시되어 있는지도 모르지. 위험한 암초에 둘러싸여 있든지 아니면 해로나 항공로에서 벗어나 있는지도 모르고. 좌우지간, 그 섬을 소유한 정부는 전쟁 중에 그 섬을 긴급 대피처로 만들기로 결심했다. 그것이 영국이었다면 아마 대독전쟁 중이었겠지. 프랑스였다면 파리 함락 이후, 그리고 드골이 루스벨트와 충돌하기 전일 테고.

어쨌든 영국이든 프랑스 레지스탕스든 아니면 그 밖에 다른 나라든 간에 섬에 비밀 시설을 건설하기 시작했다. 그 당시에는 ×××지점이라고만 알려져 있었지. 워싱턴의 몇몇 장군 말고는 그 사실을 모르고 있었다. 건설은 물론 미국 정부의 동의 아래 이루어졌지만……. 아마 자재의 대부분을 공급한 것은 미국일 거야.

장군 말로는 그들은 영구적 시설을 만들었다는구나. 커다란 본부 건물, 그 대부분이 지하였다. 방공호, 막사, 무기고, 공장, 비행장 두 곳, 보루, 거기에 인공 항구까지 건설했지. 섬을 소유한 정부는 본국에서 급히 빠져나와야 할 경우 이 섬으로 철

수할 생각이었지. 해안선은 모두 위장되었고, 섬 주위 해역에
는 기뢰가 부설되었다. 레이더의 발달로 비행기의 접근도 탐지
할 수 있게 되었어."

"저는 처음 듣는 얘기들뿐이네요."

엘러리는 불만스럽게 말했다.

"당연하지. 전시 중 가장 잘 지켜진 기밀 가운데 하나니까.
그러나 섬은 실제로는 한 번도 사용되지 않았어. 대독전쟁이
막 끝났을 무렵에 시설이 완성되었거든. 그리고 히로시마 원폭
투하 뒤에는 핵무기의 발달로 섬 계획 전체가 어리석은 짓으로
보이게 되었지."

"그래서 벤디고가 섬을 샀군요."

"99년간 조차(租借)했지. 시설도 그대로, 레이더까지 고스란
히 접수했어. 그 임대 계약은 워싱턴의 승인을 받았다. 워싱턴
이 여기에 찬성하지 않았다고 하더라도 어쩔 수 없었겠지. 전
쟁 중 벤디고는 중요한 역할을 했거든. 지금도 그렇지만."

경감은 이야기를 멈추었다. 제복을 입은 승무원 하나가 다가
왔다.

"지금 점심을 드릴까요?"

갈색 셔츠가 그들 쪽으로 어슬렁거리며 다가왔다.

"나중에 먹는 게 좋겠습니다. 당장 착륙하는 건 아니지요?"

엘러리가 물었다.

"그건 말씀드릴 수 없습니다."

승무원이 말했다.

"도착 시간을 모른단 말입니까? 장소를 묻는 게 아니라 시간
만 알려달라는 겁니다."

"점심 이외의 내용은 말씀드릴 수가 없습니다."

승무원이 물러갔다. 갈색 셔츠도 사라졌다.

"참아라. 아주 엄격한 심사를 거쳐 선발된 사람들이야. 거기에 비하면 FBI의 원폭 개발 계획 심사는 부랑자 단속 수준이지. 벤디고 섬을 우습게 보면 안 된다. 벤디고는 섬에 자신의 육군을 두고 있는 모양이야. 아니, 해군과 공군까지 있다는구나."

경감은 심각한 표정을 지으며 말했다.

"해군과 공군까지? 실전에 나서는 군대를 말하는 거예요?"

엘러리는 믿어지지 않는다는 얼굴로 물었다.

경감은 어깨를 으쓱했다.

"장군에게서 들은 것을 이야기할 뿐이야. 나를 속인 건지도 모르지만. 그 사람은 적어도 낡은 군함 두 척, 그러니까 경순양함 한 척, 중순양함 한 척과 대잠망과 수중탐지기, 거기에 잠수함도 두 척이 있다고 말했다. 해안선은 지금도 위장되어 있고 레이더도 24시간 돌아간다지 아마. 작은 나라인 셈이야. 자치국이지. 벤디고는 누구의 제약도 받지 않아. 그래서 워싱턴이 지대한 관심을 쏟고 있다고 보면 된다."

"이름 그대로 왕이로군요. 군대까지⋯⋯. 킹은 무엇에 대비하는 걸까요. 침공인가요?"

"바보 같은 소리. 아무도 킹 벤디고 같은 막강한 사람을 공격하지 못해. 그를 지도에 없는 섬에서 몰아낼 수 없어서가 아니라 그가 동시에 너무 많은 장소에 있기 때문이야. 킹의 세력은 세계 각지에 퍼져 있단다. 벤디고 섬은 단지⋯⋯ 그의 인격의 집중체, 또는 궁전이라고 보면 되는 거야. 덧붙이지만 다 장군 입에서 나온 소리다. 벤디고는 섬에다 진짜 궁전을 추가로 지었어. 그의 군대, 육군과 공군과 해군은 말하자면 자동적으로 생긴 것이지. 권력에는 그런 것이 따라붙는 것 아니냐. 왕관처럼 왕위를 과시하는 것이지. 군대 없이 훌륭한 왕실은 존속할 수 없는 법이니까."

"하지만 아무리 그래도…… 지나친 시대착오 같은데요. 납으로 된 병정 인형을 갖고 노는 어린애도 아니고. 원자폭탄과 수소폭탄의 시대에 군함 두세 척과 비행기 몇 대가 무슨 의미가 있다는 겁니까? 어린애 장난이에요. 말도 안 돼요."

경감은 다시 어깨를 으쓱하고 주위를 둘러보았다. 어느새 승무원이 옆에 와 있었다. 경감의 옆에 술병과 잔이 놓였다.

엘러리는 엉덩이를 비비 틀었다. 그러고는 자리에서 일어났다가 곧 도로 주저앉았다.

경감은 술을 한 모금 삼키고 의자에 푹 파묻혀 눈을 감았다. 엔진이 폭포 같은 소리를 내고 있었다. 갑자기 졸음이 몰려왔다.

그러나 팔을 쿡쿡 찔리는 바람에 경감은 눈을 떴다.

"그 사람 가족 말인데요."

엘러리가 웅얼거렸다.

"음?"

"가족은 동생 아벨과 그 사람뿐인가요? 킹은 결혼했나요? 아이는? 부모는? 그 밖의 신상에 대해서 아는 게 있으세요?"

경감은 졸음을 떨치려고 애썼다.

"형제는 둘이 아니라 셋이다. 누이는 없고. 부모가 살아 있는지 장군은 모르는 것 같더구나. 형제 중에 결혼한 사람은 딱 하나, 킹 본인뿐이다. 아이는 없고. 이제 눈 좀 붙여라, 애야."

그러나 엘러리의 질문은 계속되었다.

"또 다른 형제는 누군가요? 몇째인가요?"

"음? 유다?"

경감은 다시 한쪽 눈을 떴다.

"누구요?"

"유다 벤디고. 둘째란다. 킹이 삼형제 중 맏이고 아벨이 막내지. 아벨은 말하자면 총리 격이야. 아벨과 킹은 서로 죽이 잘 맞는다고 들었다. 그런데 유다는…… 그가 조직 안에서 무엇을 하는지는 장군도 모르는 것 같더구나. 언제 보아도 유다는 브랜디만 홀짝거리고 있더래. 술주정뱅이 같은 인상을 받았다던데."

"킹의 부인은?"

"퀸이지. 뻔하지 않니. 칼라 왕비…… 그쯤 되지. 장군의 말에 의하면 칼라는 진짜 왕실의 혈통을 이어받았다고 하더구나. 유럽 어느 나라의 공주라든가 대공의 딸이라든가. 잘은 모르겠다만."

"설마 절세의 미인이라고까지 말씀하시지는 않으시겠죠?"

"기가 막힌 미인이라고 장군이 그러더라. 섬에 몇 번인가 갔었대."

"궁정의 어릿광대는요? 물론 그런 역할도 있겠죠?"

엘러리가 작은 목소리로 물었다.

"맥스라는 자가 있지. 레슬링 선수 출신인데 몸집이 집채만 한 사람이라고. 킹을 졸졸 따라다니면서 해결사 노릇을 하고 경호원 역할을 하고 늘 웃음이 떠나지 않게 한다는 거야. 방울 달린 모자만 쓰지 않았을 뿐 영락없는 어릿광대야. 이야기는 이 정도로 끝내자. 아비는 늙었다."

경감은 단호히 눈을 감았다.

아벨 벤디고는 그들의 점심 식사에 가세했다. 그는 아까처럼 다른 데 마음이 가 있는 것 같지는 않았다. 두 중년 비서의 모습은 보이지 않았다.

승무원은 식사를 2인분밖에 준비하지 않았다. 엘러리는 이 정도로 큰 조직에서 커다란 실수 아니냐, 한 사람은 굶으라는 소리냐고 한마디 했다.

"나는 점심을 먹지 않습니다. 오후 일에 방해가 되거든요. 간혹 버터밀크나 요구르트 정도만 입에 댈 뿐이지요. 그러니 나는 신경 쓰지 말고 마음껏 드세요. 두 분을 위해 특별히 형님 저택에서 호출한 요리사의 솜씨입니다."

점심은 황홀했다. 경감은 넋을 잃고 음식에 달라붙었다. 엘러리는 건성으로 입에 넣었다.

"형님도 댁처럼 먹는 데 욕심이 없습니까, 벤디고 씨? 야, 입에서 살살 녹는군요."

경감이 물었다.

"비슷합니다. 형님도 저처럼 질박한 편이고 유다는…… 유다는 거의 음식을 입에 대지 않습니다."

아벨 벤디고는 잠시 말을 끊었다가 미소를 지었다.

"유다?"

엘러리가 고개를 들었다.

"또 다른 형입니다. 브랜디는 안 드십니까? 특상품인데. 저는 안 마십니다만."

"유다와 아벨*이라. 킹은 성서와 관련은 없어 보이는군요, 벤디고 씨. 혹시 전에 이스라엘의 왕이라도 하셨나요?"

엘러리가 말했다.

"그러지 않았나 싶어요."

벤디고가 대답했다. 그는 고개를 들었다. 퀸 부자도 고개를 들었다. 파란 셔츠와 갈색 셔츠가 나타났다.

"이번엔 뭡니까? 우리를 처형할 건가요?"

경감은 익살을 떨고는 남은 브랜디를 쭉 들이켰다.

벤디고가 천천히 입을 열었다.

"대충 절반가량 왔습니다. 여기서부터 착륙할 때까지 이 친구들이 두 분 옆에 있을 겁니다. 규칙을 엄수해야 하기 때문이라는 걸 이해해주시면 좋겠습니다. 위치를 알려고 하지 마십시오. 이 친구들은 그것을 막으라는 엄중한 명령을 받았습니다. 섬에서 저를 볼 수 있을 겁니다."

그러면서 벤디고는 자리에서 벌떡 일어섰다. 퀸 부자가 입을 열기도 전에 총리는 다시 자기 방으로 들어갔다.

두 사내는 미동도 하지 않았다.

"절반이라. 그럼 총 여덟 시간이 걸린다는 소린데. 시속 3백마일로 치면 섬은 뉴욕에서 2천4백 마일 떨어진 곳에 있다는 계산이군. 아닐까?"

경감이 엘러리에게 말했다.

"아닙니까?"

엘러리는 갈색 셔츠를 올려다보면서 물었다.

갈색 셔츠는 묵묵부답이었다.

---

* 구약성서에 나오는 유다 족의 조상 유다와, 아담의 둘째 아들로 형 카인에게 죽임을 당한 아벨과 같은 이름.

"비행기가 원을 그리며 돌고 있을지도 몰라요, 아버지…….
벤디고가 마지막으로 던진 말이 묘하게 들리던데요. 어째서 섬
에서 봅시다, 하지 않고, 섬에서 저를 볼 수 있을 겁니다, 했을
까요?"

몇 시간 뒤 꿈속을 헤매다가 엘러리는 그 답을 얻었다.

누가 쿡쿡 찌르는 바람에 눈을 떴을 때 앞은 칠흑처럼 깜깜
했다. 아버지의 노여운 음성을 듣고 그는 눈가리개가 씌워져
있다는 사실을 깨달았다.

3

검은 천이 치워졌을 때 아들과 아버지는 파란 셔츠와 갈색 셔츠와 함께 커다란 비행장에 착륙한 비행기 옆에 서 있다는 것을 깨달았다.

한낮의 태양이 파란 하늘 높이 눈부시게 빛나고 있었다.

바로 옆에서 아벨 벤디고가 몸집이 작은 사내와 이야기를 나누고 있었다. 사내의 뒤로는 군인들 한 무리가 부동자세로 서 있었다. 작은 사내는 탄탄한 어깨에 허리가 굵었고 검정과 금색의 멋들어진 군복을 입고 있었다. 그가 쓴 검은 모자의 챙에는 지구와 왕관을 연결한 휘장과 P.R.P.D(홍보인사부)라는 글씨가 박혀 있었다. 다갈색의 가느다란 담배를 피우고 있는 이 장교는 이따금씩 고개를 돌려 차가운 눈으로 퀸 부자를 보았다. 한번은 도저히 참을 수 없다는 듯이 고개를 설레설레 내젓기도 했다. 그러나 사내는 무슨 내용인지는 모르겠지만 체념하듯이 그것을 받아들였다. 총리는 이야기를 계속했다.

그들은 위장된 본부 건물을 마주 보고 있었다. 검정과 금색의 제복을 입은 남자들이 관제탑의 유리방 안에서 움직이고 있었다. 역시 위장된 십여 개의 커다란 격납고처럼 생긴 건물 앞에 지상 요원들이 바글거리고 있었다. 비행기가 날아다니고 구급차와 물자 보급 트럭이 달렸다. 모두 검정과 금색으로 칠해져 있었다. 거대한 수송기가 막 이륙하려 하고 있었다.

높은 나무들이 벽처럼 비행장을 에워싸 섬의 나머지 지역으로부터 차단했다. 나무들은 아열대 식물처럼 보였고 대부분은 카리브 해에서 흔히 볼 수 있는 것이었다. 엘러리는 북반구의 온대 지역에서 이런 하늘을 본 적이 없었다. 그들은 남반구의 바다에 있었던 것이다.

그는 이곳이 외국 땅일 것 같은 아주 기묘한 느낌을 받았다. 주위 사람들은 모두 미국인처럼 보였고 비행장의 건물도 현대 미국의 건축 양식과 떼려야 뗄 수 없는 기능적 활력(프랭크 로이드 라이트 사상의 가장 첨예한 면)을 드러내고 있었다. 위화감을 주는 것은 주위에 감도는, 미국적 풍치와는 어울리지 않는 차가운 규율과 훈련된 일체감이 빚어내는 분위기였다.

그리고 관제탑 위에서 나부끼고 있는 깃발도 그런 느낌을 더해주었다. 그것은 엘러리가 이제까지 한 번도 본 적이 없는 깃발로, 지구 두 개가 이어져 있고 그 위에 금관이 얹혀 있는 것이었다. 배경 색은 검었다. 그 깃발은 왠지 엘러리를 불안하게 만들었다. 그는 눈을 돌렸다. 아버지 쪽을 보자 아버지 역시 깃발에 가 있던 시선을 엘러리 쪽으로 막 돌리는 참이었다.

두 사람은 서로 아무 말도 하지 않았다. 파란 셔츠와 갈색 셔츠가 바짝 옆에 붙어 서 있었던 것이다. 거기다가 어느 쪽도 답할 수 없는 질문이나 의문 외에는 서로 할 말이 없기도 했다.

총리는 겨우 대화를 끝냈고, 멋진 군복을 입은 작은 사내는 손짓으로 병사들에게 물러가라고 지시했다. 병사들은 척 돌아서 본부 건물을 향해 행진을 했고 잠시 뒤엔 사라졌다. 벤디고가 사내와 함께 걸어왔다. 파란 셔츠와 갈색 셔츠가 바짝 얼면서 경례했다. 그러나 그것은 아벨 벤디고에게가 아니라 작은 사내에게였다.

"오래 기다리셨습니다. 이쪽은 홍보인사부 스프링 대령입니다. 아마 가끔 만나게 될 겁니다."

벤디고는 오래 기다리게 한 이유는 설명하지 않으면서 그렇게 말했다.

퀸 부자는 가볍게 인사를 했다.

"제가 할 수 있는 일이 있으면 주저 말고 말씀하십시오."

스프링 대령이 말랑말랑해 보이는 하얀 손을 내밀면서 말했다. 그러나 그의 눈은 물고기처럼 차가웠다. 그의 얼굴 전체가 바다를 떠올리게 했다. 익사한 사람의 얼굴처럼 허여멀겋고 탄력이 없어 보였던 것이다.

"그보다는 우리가 할 수 있는 일이 뭔지를 묻고 싶군요."

엘러리가 꼬집었다.

물고기 같은 눈이 그를 뚫어지게 보았다.

"당신네 홍보인사부가 아주 군대식으로 움직이는 것 같아서 드리는 말씀입니다. 우리에게 어떤 제한이 가해지는 건가요?"

"제한이라고요?"

스프링 대령이 되뇌었다.

"다시 말해 이런 곳에서는 도무지 감을 잡을 수가 없다 이 말입니다. 우리의 활동이 어느 정도로 자유로울 수 있는지."

퀸 경감이 끼어들었다.

"뭐든 자유입니다. 이성의 범위 안에서."

대령이 답했다.

"시설 중에는 출입 금지 지역도 있습니다. 어딘가에서 제지를 받으면 그런 줄 아십시오."

아벨 벤디고가 말했다.

"반드시 제지당하게 될 겁니다. 바로 중앙 본부로 가실 거죠, 아벨 씨?"

대령이 웃으면서 말했다.

"그래. 가도 좋소, 대령."

작은 장교는 담배꽁초를 군화 뒤축에다 비벼 껐다. 그러고 나서 다시 미소를 지으며 가느다란 손가락으로 모자챙을 만진 다음 성큼성큼 걸어갔다.

"보배 같은 친구지요. 자, 갑시다."

총리가 말했다.

퀸 부자는 돌아섰다. 검은 리무진이 소리도 없이 옆으로 다가왔다. 제복을 입은 수행원이 공손히 문을 열었다. 앞문에 지구 두 개가 연결되어 있고 그 위에 왕관이 얹혀 있는 금색 무늬가 새겨져 있었다. 문장(紋章)처럼.

공항은 높은 곳에 있었다. 차가 병풍처럼 둘러친 수목을 빠져나왔을 때 섬 절반의 전경이 눈에 들어왔다.

퀸 부자는 왜 이 섬이 은폐된 정부의 본거지로 선택되었는지 바로 알아차렸다. 섬은 가운데가 솟은 사발 모양을 하고 있었다. 사발 가장자리에 해당하는 해안선은 수목이 우거진 깎아지른 절벽이었다. 따라서 바다 쪽에서는 섬에 사람이 산다는 것도 건물이 있다는 것도 알 수 없었다. 비행장이 있는 섬 중앙의 고지는 수목으로 뒤덮인 해안선의 절벽과 엇비슷한 높이였다.

중앙의 고지와 가장자리의 절벽 사이에는 가파른 골짜기가 파여 있었다. 모든 건물은 바다에서 보이지 않는 이 골짜기에 들어서 있었다.

한마디로 장관이었다. 섬은 컸고 따라서 골짜기도 넓었다. 골짜기에는 눈이 닿는 곳마다 건물이 꽉 차 있었다. 대부분이 산업 시설 같았고 연기를 내지 않는 커다란 공장들이었지만 사무용 건물도 있었다. 그리고 그보다 한 단 낮은 곳에 작은 집과 막사 같은 건물이 몰려 있었다. 아벨 벤디고는 노동자들이 사는 곳이라고 설명했다. 작은 집에는 하급 간부가 살고 있었다. 섬의 다른 부분에는 좀 더 넓은 개인용 주택 구역이 있고, 그곳에는 고급 간부와 과학자와 그 가족이 살고 있다고 벤디고는 설명했다.

"가족이라고요? 처자식까지 이 섬에 살고 있다는 겁니까?"

경감이 큰 소리로 말했다.

"물론입니다. 우리는 여기서 일하는 사람들에게 정상적이며 자연스러운 생활환경을 제공하는 것을 목표로 삼고 있습니다. 이곳에는 학교, 병원, 위락 시설, 경기장 등 미국의 전형적인 지역사회에서 볼 수 있는 시설이 모두 갖춰져 있습니다. 좀 협소할 뿐이지요. 공간이 부족하다는 게 우리에게 가장 커다란 문제입니다."

엘러리는 언뜻 독일어로 생활공간을 뜻하는 '레벤스라움(Lebensraum)'이란 단어를 떠올렸다.

"그러나 식품이라든가 의류라든가 만화책이라든가 그런 것까지 전부 생산하지는 않겠지요?"

퀸 경감이 주눅 든 얼굴로 조그맣게 말했다.

"그럼요. 장소만 있으면 가능은 하겠지만, 모든 물품은 수송단이 날라 옵니다. 주로 공수하지요."

"비행기 쪽이 배보다 편하다는 겁니까?"

엘러리가 캐물었다.

"항만 시설에 문제가 있습니다. 해안선은 될 수 있는 대로 자연스럽게 보이도록 한다는 방침을 세워놓아서……."

"엘러리, 항구가 보인다!"

경감이 말했다.

"저긴 곤란합니다."

벤디고의 목소리가 갑자기 엄해졌다. 그는 앞으로 허리를 굽혀 운전사에게 나지막이 무어라고 지시했다. 숲 가장자리 안쪽을 따라 달리고 있던 차가 별안간 옆길로 빠져 다시 골짜기로 내려갔다. 그러나 엘러리는 나무 틈새로 주위가 거의 육지로 둘러싸인 말발굽 모양의 만을 언뜻 보았다. 좁은 만 입구에 군함 한 척이 떠 있었다.

운전사의 얼굴이 약간 창백해졌다. 수행원도 바짝 굳어 있었다.

"우리는 정말 아무것도 보지 못했습니다, 벤디고 씨. 중순양함 말고는요. 저건 당신들의 군함인가요?"

엘러리가 물었다.

"형의 요트지요. 벤디고호입니다."

총리는 나직이 뇌까렸다. 퀸 경감은 예리한 눈으로 골짜기를 쏘아보았다.

"가르쳐주십시오. 식품이나 그 밖의 물자 말인데요, 벤디고 씨. 그냥 줍니까, 아니면 어떤 식으로 배급합니까? 직원들에게는 어떻게 봉급을 줍니까?"

"우리 은행에서 물권을 발행합니다. 회사의 매점은 물론 섬 안의 어디를 가도 통용되지요."

"일을 그만두고 싶은 사람이나 해고당한 사람은 물권을 받고 나가는 겁니까?"

엘러리가 캐물었다.

"그만두는 사람은 거의 없습니다, 퀸 씨. 종업원이 해고당했을 때는 그 사람의 출신국 통화로 결제합니다."

"여기는 노조가 필요 없겠군요?"

"아니요, 있습니다. 별의별 조합이 다 있습니다."

"파업은 안 합니까?"

"파업? 무슨 이유로 파업을 하겠습니까? 월급 많이 받겠다, 좋은 집에 살겠다, 의식주 걱정 없겠다, 아이들 잘 가르치겠다……."

벤디고는 이상하다는 눈길로 엘러리를 쳐다보았다.

"저…… 이곳 노동자들은 어디서 왔습니까, 벤디고 씨?"

퀸 경감이 갑자기 생각났다는 듯이 창에서 고개를 돌렸다.

"우리는 사방에 구인 사무소를 두고 있습니다."

"모병소도 있겠군."

엘러리가 중얼거렸다.

"뭐라고요?"

"군인 말입니다. 아까 그 사람들 군인 아닌가요?"

"아닙니다. 제복은 그냥 편의상 입는 겁니다. 우리 경비요원은……. 저게 중앙 본부입니다."

아벨 벤디고는 몸을 앞으로 내밀며 손가락으로 가리켰다.

그는 다시 미소를 짓고 있었다. 엘러리는 더는 정보를 캐낼 수 없음을 알았다.

본부는 덤불 가운데 아무렇게나 던져진 테 없는 마차 바퀴 같았다. 빽빽이 들어선 나무와 관목에 둘러싸여 있었고 지붕도 촘촘히 나무로 덮여 있었다. 하늘에서는 도저히 볼 수 없게 되어 있었다.

중앙으로부터 여덟 개의 긴 동(棟)이 바퀴살처럼 방사형으로 뻗어 있었다. 살 부분은 일반 사무실이고 바퀴의 축에 해당하는 부분이 관리부라고 아벨 벤디고가 설명했다. 중앙부는 4층 높이고 살 부분보다 한 층 높았기 때문에 중앙 건물의 돔 꼭대기 층이 가장 먼저 눈에 들어왔다.

그리 멀지 않은 거리에 여러 종류의 탑이 몇 개 있었다. 엘러리는 숲 가운데에서 유리가 반짝거리는 것을 알아차렸다. 건물의 일부처럼 보이는 것이 넓은 범위에 걸쳐 있었다. 엘러리는 그것이 무어냐고 물었다.

"저택입니다. 그건 그렇고 서둘러야 합니다. 예정보다 많이 늦었거든요."

그들은 여기저기 살피면서 벤디고 뒤를 따랐다.

일행은 두 개 동의 연결 지점에 있는 놀라우리만큼 작은 문을 통해 본부 안으로 들어갔다. 검은 대리석이 깔린 원형 로비가 나타났다. 거기서 복도가 방사형으로 사방팔방으로 뻗어 있었다. 각각의 복도 입구에는 무장한 경비병이 서 있었다. 복도에는 아주 멀리까지 똑같은 사무실 문이 줄지어 있었다.

로비 중앙에는 대단히 큰 원기둥이 버티고 있었다. 그 기둥에 문이 있었다. 엘러리는 엘리베이터 통로일 거라고 생각했다. 문 앞에는 철제 부스가 있고 그 뒤에 제복을 입은 남자 세 명이 서 있었다. 웃옷의 목깃에는 홍보인사부를 나타내는 P.R.P.D라는 금색 머리글자가 박혀 있었다.

아벨 벤디고는 부스의 책상 쪽으로 곧바로 걸어갔다. 놀랍게도 그는 오른손을 세 사람 중 가운데 남자에게 내밀었다. 상대는 바로 총리의 엄지손가락 지문을 찍었고 오른쪽 남자가 눈앞에 있는 많은 서랍 가운데 하나에서 판지 틀에 끼워져 있던 엑스레이 필름 조각 같은 묘한 카드를 꺼냈다. 카드가 책상의 작은 기계 위에 놓이고 총리의 지문은 기계 밑으로 들어갔다. 가운데 남자가 주의 깊게 렌즈를 들여다보았다. 서랍에서 꺼낸 카드가 막 찍은 지문과 겹쳐졌을 때 차이가 있으면 한눈에 알수 있게 되어 있는 것 같았다. 그것은 바로 뒤에 퀸 부자의 엄지손가락 지문이 찍혀져서 그들의 이름이 기록될 때 확인된 사실이었다.

"당신의 지문 필름은 금세 나올 겁니다. 그리고 파일로 보관됩니다. 누구도, 우리 형님조차도 지문 확인을 거치지 않으면 이 건물 안으로 들어갈 수 없습니다."

벤디고가 말했다.

"하지만 이 사람들은 당신과 형님을 잘 알고 있지 않습니까!"

퀸 경감이 항의하듯 말했다.

"규칙에는 예외가 없습니다. 예외는 규칙을 무너뜨리죠. 자, 들어가시죠."

그것은 탑승자가 직접 조작하는 엘리베이터였다. 엘리베이터는 빠르게 상승해 몇 초 뒤에 퀸 부자는 안내자보다 한 발 앞서 기묘한 응접실로 들어섰다.

방은 파이 조각처럼 생겼는데, 뾰족한 끝을 한 입 덥석 베어 문 형태였다. 베어 문 곳은 엘리베이터 부분에 해당했다. 나중에 그들은 한 층을 이루는 동그란 파이가 모두 세 조각으로 되어 있다는 사실을 발견했다. 응접실은 그중에서 가장 좁고 작았다. 킹 벤디고의 집무실이 원의 절반을 차지하고 있었다. 킹의 개인 비서들이 사용하는 세 번째 방과 응접실이 나머지 부분을 차지했다. 엘리베이터에는 방마다 하나씩, 문이 모두 세 개 달려 있었다.

응접실의 외벽은 무늬가 새겨진 유리벽돌로만 되어 있었다. 창이라곤 구경도 할 수 없었지만 그래도 공기는 상큼하고 시원했다.

방은 을씨년스러웠다. 기능성만을 염두에 두고 만든 검은 가죽 의자 몇 개, 지름이 180센티미터쯤 되는 나지막한 구리 탁자, 빛깔이 검은 작은 책상과 의자, 그게 전부였다. 스탠드는 없었다. 대신 양쪽의 벽 자체가 빛을 내고 있었다. 화분 하나, 그림 한 점 보이지 않았다. 바닥에 양탄자는 깔려 있지 않았지만 대신 검정과 금색의 무늬가 아로새겨진 소재로 되어 있었고 폭신폭신했다. 커다란 목소리라도 들렸으면 그나마 위안이 되었을 텐데 그렇지도 않았다. 이 이상한 응접실에는 안내원이 없었던 것이다. 방음도 너무 철저해서 5미터만 떨어져도 사람 말소리가 들리지 않았다.

아벨 벤디고가 말했다.

"형님은 지금 일 때문에 꼼짝 못 하십니다."

엘러리는 어떻게 총리가 그 사실을 알고 있는지 이해가 되지 않았다. 총리가 자신이 모시는 군주의 활동 일정을 며칠 전에 이미 소상히 꿰뚫고 있지 않다면 말이다. 벤디고는 손목시계를 들여다보았다.

"아마…… 2, 3분쯤 걸릴 겁니다. 그동안 편히 쉬세요. 담배와 시가는 탁자 위에 있습니다. 술은 저 벽장 안에 있습니다. 저는 이만 실례해야겠습니다. 실은 저도 처음부터 회의에 참석하기로 되어 있어서요. 형님 일이 끝나는 대로 돌아오겠습니다."

응접실에는 보통 손잡이가 달린 문이 한 측벽에 하나씩, 두개 달려 있었다. 아벨 벤디고는 왼쪽 문으로 들어갔고, 퀸 부자가 안을 들여다보기 전에 문을 닫았다.

부자는 얼굴을 마주 보았다.

"겨우 우리만 남았네요."

엘러리가 말했다.

"모르겠어."

"뭘요?"

"어디에 숨겨져 있는지."

"어디에 뭐가요?"

"귀. 도청기 말이다. 킹이 여기서 방문객을 맞이한다면, 상대가 무슨 생각을 하는지 알아낼 기회를 놓칠 리 없다. 엘러리, 이제까지의 일을 어떻게 생각하니?"

"정신이 하나도 없어요."

경감은 검정 팔걸이의자에 어색하게 앉았다.

엘러리는 엘리베이터 문으로 다가섰다. 그 문은 로비의 그것과 마찬가지로 그들이 도착하자 바닥으로 내려와 열렸다가 다시 올라가서 닫혔었다. 문은 둥그런 승강 통로 벽에 조그마한 틈새도 없이 박혀 있었기 때문에 윤곽을 찾는 데 적잖이 시간이 걸렸다.

"개미 새끼 한 마리 못 들어가겠네요."

엘러리는 오른쪽 벽의 문으로 걸어갔다.

"이 문은 어디로 통할까요?"

"사무실쯤 되겠지."

엘러리는 문을 열려고 시도해보았지만 꼼짝도 하지 않았다.

"비서가 마흔아홉 명이라고요? 그 사람들도 제복을 입었겠지요?"

"나는 킹 왕에 더 관심이 많다. 하얀 모피라도 두르고 있을지 모르겠구나."

"여기서는 아무도 상대를 믿지 않는 것 같아요."

엘러리가 푸념을 했다. 그는 이제 왼쪽 벽의 문으로 가 있었다.

"그만둬라. 열릴지도 몰라."

아버지가 만류했다.

"그럼 좋게요."

엘러리가 옳았다. 아벨 벤디고가 황급히 들어갔던 문, 킹 벤디고의 집무실로 통하는 문은 굳게 닫혀 있었다.

"우린 갇혔어요. 자루 속의 생쥐처럼."

경감은 웃지 않았다.

"여긴 87번가가 아니다."

"죽었다고 생각해야지요."

그러나 익살을 떠는 엘러리 자신도 즐겁지 않았다.

엘러리는 검은 빛깔의 작은 책상을 살펴보았다. 그것은 두꺼운 금속으로 되어 있었고 나사못으로 바닥에 고정되어 있었다.

같은 재질로 되어 있는 텅 빈 회전의자는 엘리베이터의 부드러운 곡면과 마주 보고 있었다.

"왜 안내원이 없을까요?"

"화장실에라도 간 게 아닐까."

"벤디고의 규칙이 손 씻으러 잠시 근무지를 이탈하는 것을 허용할 정도로 물러 터지지는 않았을 겁니다. 그리고……."

엘러리는 서랍 몇 개를 당겨보았다.

"책상도 잠겨 있어요. 아, 여기 열리는 서랍도 있네."

맨 아래의 깊숙한 서랍이었다.

아버지는 아들을 물끄러미 쳐다보다가 다시 의자에 주저앉았다.

"뭐냐?"

"일종의 녹음 장치인데요. 이런 건 처음 보는데, 혹시……."

그때 찰카닥하는 소리가 났다. 그리고 희미한 회전음이 들렸다. 엘러리는 나지막하게 휘파람을 불었다.

"이것이 킹의 방에 연결되어 있는 건 아닐까요!"

경감은 의자에서 벌떡 일어났다.

"조심해라!"

"그는 사사로운 이야기를 녹음하려는 거예요. 지금 저쪽에서 주고받는 대화를 녹음하지 못하는 게 유감……."

"……흥분했군. 앉으시오, 장관."

느글느글한 남자의 목소리가 그들의 귀를 때렸다. 퀸 부자는 소스라치게 놀랐다. 그러나 방 안에는 두 사람 말고는 아무도 없었다.

"기계다. 너 뭘 만졌니?"

경감이 속삭였다.

"두 가지 기능이 있는 모양이에요."

소리는 다시 들리지 않았지만 회전음은 계속되었다.

"소리를 녹음하지만 여기 어딘가를 누르면 동시에 소리가 증폭되어서……. 이거다! 이 버튼을 손가락으로 누르고 있으면……."

느글느글한 목소리의 주인공이 웃고 있었다. 덩치가 제법 클 것 같았다. 방 안이 쩌렁쩌렁 울렸다.

"그렇게 자제심을 잃으면 곤란합니다, 장관. 아벨, 이분을 의자에 모셔라."

"네, 형님."

아벨의 목소리였다.

"벤디고 가문의 우두머리다."

경감이 소곤거렸다.

"기분이 좀 어떠십니까?"

재미있다는 듯이 느글느글한 목소리가 말했다.

"됐소. 한밤중에 집에서 괴한들에게 붙들려 불법적으로 외국 비행기에 태워져 국외로 납치된 사람이 얌전히 있을 수 있겠소?"

강한 남미 억양의 그 목소리는 공포와 분노를 억누르려고 안간힘을 쓰고 있었다.

"벽에 도청 장치가 되어 있지 않은 곳에서 긴히 할 이야기가 있어서 그런 겁니다. 당신에게 불편을 끼쳐드린 점은 유감으로 생각합니다."

"유감이라고! 사람 우습게 보는군! 이건 유괴요. 나는 이것을 국제 문제로 삼지 않을 수 없소. 당신 정부에 엄중한 항의를 하겠소!"

"우리 정부? 지금 어디 있다고 생각하는 겁니까?"

그 목소리에는 다시 장난기가 어렸지만 위압적인 느낌도 전해졌다.

"위협한다고 누가 겁낼 줄 아느냐! 킹 벤디고, 당신이 무엇을 노리는지 나는 알고 있다. 우리는 붕괴한 전 정권의 비밀 파일을 마침내 입수했지. 내가 국방장관으로 있는 새 정부를 만만히 보면 안 돼! 우리는 5월 14일에 선포된 국유자원법에 따라 대통령에 부여된 권한을 행사하여 게레라 공장을 접수한다. 바디젠 군수회사와 당신의 손길이 닿아 있는 모든 회사와도 거래를 중지한다!"

책상 안의 기계로부터 둔탁한 충격음이 들렸다.

"뭔가를 내리쳤군. 왕 짓이겠지."

경감이 속삭이듯 말했다.

"설마 국방장관은 아닐 테니까요."

"이런 버러지 같은 놈……!"

완전히 악다구니였다.

"버러지? 이런 모욕을 하다니! 심한 모욕이다! 나를 당장 비행기로 시우다드 주마로 돌려보낼 것을 요구한다."

외국인인 듯한 자가 고함을 질렀다.

"앉아! 참는 데도 한계가 있……."

으르렁거리는 소리가 그친 뒤 잠시 후 사나운 목소리가 신경질적으로 터져 나왔다.

"뭐야, 아벨?"

오랜 침묵이 흘렀다.

"이성이 잠시 고개를 들었든지, 아니면 아벨이 쪽지를 건넨 모양입니다."

엘러리가 말했다.

다시 킹 벤디고의 웃음소리가 들렸다. 목소리가 한결 부드러워졌다.

"화내서 미안합니다. 장관. 진심입니다. 나는 비록 우리 이익에 반할지언정 당신 정부의 입장을 존중합니다. 그러나 아무리 상반된 입장이라고 해도 모든 견해는 타협점을 찾을 수 있는 법입니다."

"말도 안 되오!"

성난 목소리가 한결 누그러졌다.

"우리만의 우정을 맺는 것도 불가능하다는 말인가요? 당신과 우리만 아는 일인데?"

"더는 말할 게 없소."

그러고는 씩씩거리기만 할 뿐이었다.

"아벨, 아무래도 안 되겠다."

아벨이 뭐라고 소곤거렸지만 내용은 들리지 않았다.

"장관, 말귀를 잘 못 알아들으시는 모양인데…… 그럼, 한 가지 묻지요. 전임 국방장관은 혁명 때 자기 요트를 타고 도피했지요?"

"요트가 그 반역자의 목숨을 살렸지. 그걸 타고 해외로 달아났소."

외국인이 뻣뻣한 목소리로 말했다.

"그렇지요. 장관께서도 아마 그걸 탐냈을 겁니다. 당신이 요트 애호가라는 건 천하가 아는 사실이니까. 내 동생 유다 말을 빌리자면 그 요트는 길이 40미터의 순수한 아름다움 그 자체였다더군요."

"아주 기가 막혔지요. 그 돼지 같은 놈한테 걸리지만 않았어도……."

국방장관은 잃어버린 연인을 그리워하는 듯한 애잔한 목소리로 말했다.

"그 자매선을 당신에게 넘기겠습니다."

침묵이 흘렀다.

"언니를 빼다 박았습니다. 차이점이라면, 설계자의 말입니다만 자매선 쪽이 속도가 더 빠르다고 하더군요. 전임 국방장관이 뼈저리게 통감했겠지만 배의 속도는 절대로 무시할 게 못 되지요. 암, 누가 압니까? 당신 나라의 정세가 지금처럼 불안하게 나가다가는……."

"나를 매수할 셈이로군요!"

국방장관은 분연히 맞섰다. 그러나 진짜 화가 난 것 같지는 않았다. 오히려 약간 물러서는 눈치가 보였다.

"선물은 감사합니다, 킹 벤디고 씨. 그러나 나는 단호히 거절합니다. 이제 가봐야겠습니다."

"잘한다. 후련하네."

경감이 소곤거렸다.

"밀고 당기는 겁니다. 아, 아벨이 다시 시간을 벌었어요. 밀담을 나누는군요. 귀추가 주목되네요."

"나온다!"

"선물? 누가 선물이라고 합니까, 장관? 나는 아주 합법적인 거래를 염두에 두고 있는 사람입니다."

능글능글한 목소리가 말했다.

"합법적……?"

"팔려고 내놓은 겁니다."

상대는 웃었다.

"우정을 생각해서 5퍼센트 할인해주시겠다? 관두시오. 나한테는 그런 돈이……."

"당신은 살 수 있는 능력이 있습니다, 장관."

"관두자니까 그러네."

"25달러도 없단 말입니까?"

그러자 아주 오랜 침묵이 이어졌다.

"졌군."

경감이 말했다.

"듣고 보니 놓치기 아깝군요, 벤디고 씨. 당신의 요트를 25달러에 사겠습니다."

외국인의 목소리에 비로소 노여움과 고뇌가 가서 있었다.

"이번 금요일에 우리 대리인이 매매 계약서와 기타 서류를 들고 시우다드 주마로 당신의 서명을 받으러 갈 겁니다. 두말하면 잔소리겠지만 기타 서류도 소유권 이전에 반드시 필요한 것들입니다."

"걱정도 팔자로군요."

외국인의 목소리가 잠시 끊겼다가 다시 부드럽게 이어졌다.

"바다를 사랑하는 것은 우리 가문의 유전 같습니다. 아들놈이 해군에 있는데, 이 녀석도 요트 애호가지요. 소문에 듣자 하니 최근에 25미터짜리 애틀랜타 4호도 구입하셨다던데, 그놈도 저한테 파시면 다른 서류도 아무 문제 없이 처리될 겁니다. 그런 멋진 선물을 받고 제 아들놈 크리스토포로가 좋아하는 모습이 눈에 선합니다. 물론 같은 가격에요."

"거래의 귀재시로군요."

킹 벤디고가 점잖게 말했다.

"그 대신 약속은 반드시 지키지요."

"처리해라, 아벨."

잠시 뒤에 문이 열렸다 닫히는 소리가 들렸다.

"지독한 놈. 저런 흡혈귀 같은 놈한테 저 정도로 투자할 가치가 있다고 보는 거냐, 아벨?"

"주마 정권의 두뇌이자 실력자니까요."

"잘 먹고 잘 살라고 해! 다음은 누구야?"

"E-16 건인데요."

"그 수다쟁이? 그건 해결된 것으로 알았는데?"

"그렇지 않습니다."

"같잖아서. 거물이라고 자처하는 잔챙이 야바위꾼들이 너무 많다는 게 요즘 세상의 가장 큰 문제야. 놈들이 기껏 하는 일이라곤 역사를 새로 쓰는 비용만 천정부지로 올려놓는 것이지. 역사의 흐름은 쥐뿔도 바꿔놓지 못하는 녀석들이. 들여보내."

잠시 조용한 틈을 타서 엘러리가 중얼거렸다.

"거물은 직접 보내나 봐. 저 방으로 통하는 별도의 엘리베이터가 있을 거예요. 틀림없어요."

"조용!"

경감이 긴장해서 말했다.

킹 벤디고의 쾌활한 목소리가 들렸다.

"어서 오시지요, 선생."

감미로운 목소리가 빠른 프랑스어로 무어라고 지껄였다. 그러더니 프랑스어가 아닌 다른 외국어 억양의 영어로 빈정거리듯 덧붙였다.

"입에 발린 말은 피차 그만둡시다. 원하는 게 뭡니까?"

"서명한 계약서요."

"갖고 있지 않습니다."

"약속했을 텐데요."

"그건 당신이 값을 올리기 전의 일입니다, 벤디고 씨. 나는 우리 나라의 국방을 책임지는 사람이지 앞날을 내다보는 투시력을 가진 사람은 아니란 말입니다."

"당신의 개인적인 결정이오?"

퀸 부자는 쿵쿵거리는 소리를 들었다.

"아닙니다. 각료 전체의 결의입니다."

"발뺌하는 거요, 장관?"

"동료들을 설득할 수 없었습니다."

"논리 전개를 제대로 못 했군."

"언제 나한테 그럴싸한 논리를 주셨소? 당신이 제시한 가격을 받아들이면 재정이 파탄 납니다. 새로 세금을 거둬들인다 해도……."

벤디고의 목소리가 굳어졌다.

"짜증 나게 만드는군. 당신의 약속은 어떻게 되는 거요?"

상대의 목소리가 기어들어 갔다.

"취소할 수밖에 없겠지요. 어쩔 수 없어요. 너무 위험 부담이 큽니다. 그런 가격으로 바디젠 군수회사와 계약을 체결했다가는 실각하기 딱 좋지요. 행동당이…….”

“냉정해집시다, 장관. 우리는 당신이 당신 나라의 권력 집단에 얼마나 영향력이 있는지 알고 있소. 위험 부담이 있다는 것은 우리도 인정하오. 얼마면 되겠소?”

“없던 얘기로 하자니까요. 나를 돌려보내 주시오.”

“우라질 놈의……!”

아벨이 무어라고 소곤거렸다.

형제는 수군수군 다시 무언가를 숙의했다. 이어 호탕한 웃음소리가 들렸다.

“알았소. 한데 장관, 가기 전에 당신의 그 넥타이핀 좀 구경합시다.”

“이거요?”

유럽인이 놀란 목소리로 말했다.

“보여드릴 수는 있지만, 어째서 이런 것에 흥미가 있으신가요?”

“내 취미는 넥타이핀을 수집하는 거요. 당신 게 마음에 쏙 드는군……. 멋있어.”

“우리 나라의 국기를 금과 에나멜로 본떠 만든 것에 지나지 않습니다. 마음에 드신다니 기분 좋군요.”

“수집가라는 족속을 당신도 잘 알겠지만…… 수집에 환장한 사람들이오. 그걸 나한테 넘기시오.”

“이번 주 안으로 하나 보내드리겠습니다. 우리 나라 수도에 가면 상점 어디서나 쉽게 구할 수 있으니까요.”

“아니, 난 이걸 원합니다……. 당신 것.”

“그럼 제가 선물하지요.”

"나는 선물을 안 받는 것을 철칙으로 삼고 살아가오. 이걸 나한테 파시오."

"이런 하찮은 물건을……."

"25만 달러면 되겠소?"

"25……."

상대는 말을 잇지 못했다.

"뉴욕의 은행에 당신이 지정하는 계좌로 넣으면 되겠소?"

퀸 부자는 망연자실 서로의 얼굴만 처다보았다.

아주 오랜 침묵이 흐른 뒤에 기어들어 갈 듯한 목소리로 장관이 뇌까렸다.

"그럼…… 팔지요."

"처리해라, 아벨. 와주셔서 고맙소, 장관. 이 상황을 다시 한 번 생각해보면 이런 세계사적 위기에는 아무리 큰 희생을 치르더라도 지나친 게 아니라는 사실을 당신네 끝내주는 애국자들에게 이해시킬 수 있는 방법을 찾아낼 수 있을 거요."

"당신은 저의 설득력에 새로운 힘을 불어넣어 주셨습니다."

외국인은 쓸쓸함과 비아냥거림과 자기혐오가 뒤섞인 목소리로 말했다. 그것을 마지막으로 대화는 끊어졌다.

문이 열리고 아벨 벤디고가 다시 모습을 나타냈을 때 퀸 경감은 팔걸이의자에 앉아 뒤로 머리를 젖힌 상태로 있었고, 엘러리는 유리로 된 외벽 앞에 서서 담배를 피우면서 벽을 통해 밖을 내다볼 수 있기라도 한 것처럼 물끄러미 앞을 응시하고 있었다.

경감은 자리에서 벌떡 일어섰다.

"기다리게 해서 죄송합니다. 형님께서 지금 만나볼 수 있으십니다."

아벨은 문 옆으로 비켜섰다.

경감이 먼저 들어가고 엘러리가 그 뒤를 따랐다. 아벨은 문을 닫았다.

킹 벤디고의 반구형 방은 사람에게 강한 인상을 주기 위해 교묘히 설계되어 있었다. 응접실과 붙은 문은 직선으로 뻗은 벽면의 끄트머리에 있었기 때문에, 방에 들어간 방문객은 먼저 곡선을 이루는 벽의 가장 협소한 부분과 접하게 되어 있었다. 방문객은 자연히 넓은 공간으로 몸을 돌리게 되고 방의 크기에 놀라게 된다. 그 시선 끝 부분에 책상이 있고 그 앞에 킹 벤디고가 앉아 있었다. 거기까지 가는 것이 대단히 멀게 느껴질 수밖에 없었다.

방에는 가구가 거의 없었다. 외벽의 곡면에 맞게 디자인된 무거운 가구들, 딱딱해 보이는 의자 몇 개, 그것과 짝을 이룬 탁자, 그것이 전부였다. 응접실과 마찬가지로 그림도 조각도 어떤 종류의 장식물도 없었다. 커다란 책상과 그 뒤의 거대한 의자와 거기 앉아 있는 덩치 큰 남자로부터 시선을 빼앗아 갈 만한 것은 아무것도 없었다.

흑단으로 된 책상의 반질반질한 표면에는 아무것도 놓여 있지 않았다.

금색 의자는 종류를 알 수 없는 재질로 되어 있었다.

엘러리가 책상 바로 옆의 직선으로 된 측벽에 무엇인가가 박혀 있는 것을 알아차린 것은 조금 뒤의 일이었다. 그것은 방과 같은 높이의 금고 문이었다. 두께가 30센티미터 정도 되는 문은 조금 열려 있었다. 유리벽 뒤 안쪽 면에는 시한 자물쇠 장치가 있었다.

그리고 금고 바로 안쪽에 야만인처럼 생긴 남자가 기대어 서 있었다. 그는 억센 턱으로 껌 같은 것을 질겅질겅 씹고 있었다. 어깨가 너무 벌어져서 땅딸보처럼 보였지만 사실 키는 엘러리보다 컸다. 고릴라 같은 얼굴의 그 남자는 고릴라 같은 눈매로 앞을 쏘아보고 있었다. 그의 시선은 방문객의 얼굴에 줄곧 박혀 있었다. 검정과 금색의 화려한 제복을 입었고 금빛 방울 술이 달린 베레모를 쓰고 있었다. 그 모습은 우스꽝스러우면서도 섬뜩했다.

그러나 그것은 나중에 깨달은 사실이었다. 반짝거리는 흑단 책상을 향해 무작정 걸음을 내딛는 동안에는 그 뒤에 버티고 앉아 있는 사내 이외에는 아무것도 눈에 들어오지 않았다.

킹 벤디고는 일어나지 않았다. 앉아 있는데도 그는 태산 같았다. 그는 엘러리가 이제까지 본 사람 중에 가장 매력적인 남자였다. 당당한 얼굴, 시원스럽고 검은 눈, 굵고 검은 머리카락을 가진 매우 신비스러운 모습의 남자였다. 책상 위에 얹어놓은, 반지를 끼지 않은 두 손은 무척 섬세하면서도 잘 단련되어 보였다. 사람의 허리를 분지르는 일도, 바늘에 실을 꿰는 일도 능히 할 수 있을 듯했다. 그가 입은 양복은 어떤 장인의 솜씨인지는 몰라도 그의 상반신이 이리저리 움직여도 주름 한 줄 가지 않았다.

얼굴에는 깊은 주름이 있었지만 마흔은 안 되어 보였다.

엘러리는 아주 기묘한 비현실감에 휩싸였다. 영락없는 왕의 거동이었다…….

아무런 소개도 없었다.

앉으라는 소리도 없었다.

그들은 책상 앞에 선 채 그 위압적인 검은 눈의 심사를 받았다. 아벨은 책상을 돌아가서 형의 귀에다 뭐라고 속삭였다.

아벨의 태도는 흥미로웠다. 경의는 담겨 있었지만 그렇다고 맹목적인 아부는 아니었다. 키도 작고 풍채도 볼품없는 아벨이 진지한 눈빛으로 몸을 약간 기울여 형에게 보고하는 그 모습은 헌신 그 자체였다.

엘러리는 무어라 꼬집어 말하기 힘든 짜증스러움을 느꼈다.

"탐정?"

두 사람은 반짝 빛나는 검은 눈동자 앞에서 본능적으로 몸이 굳어졌다.

"그래서 이곳까지 오셨다! 아벨, 전에도 말했지만 그 편지는 어떤 미치광이의……."

"미치광이 짓이 아니에요, 형님. 그 점에는 퀸 씨도 즉각 동의했다고요."

아벨의 목소리는 단호했다. 엘러리는 순간적으로 아벨이 마음에 들었다.

"누구?"

검은 눈이 다시 두 사람을 살폈다.

"퀸 부자입니다. 이분은 뉴욕 경찰서의 리처드 퀸 경감이고, 이쪽은 아드님인 엘러리입니다."

"엘러리 퀸, 그 명성이 자자한……."

킹은 갑자기 흥미를 보였다.

"감사합니다."

엘러리가 말했다.

"그리고 댁은 아버님이시라고요?"

검은 눈동자가 퀸 경감에게 잠시 머물렀다가 곧바로 엘러리 쪽으로 돌아갔다.

'나한테는 관심이 없군.'

경감은 생각했다.

"당신도 뭔가가 있다고 생각한다 이거군요, 퀸 씨."

"그렇습니다, 벤디고 씨. 그래서 말인데……."

"나하고는 얘기할 필요 없습니다. 나는 죄다 허튼 짓거리라고 생각하니까요. 탐정 노릇은 얼마든지 해도 좋지만 나를 괴롭히지는 말아주십시오."

킹 벤디고는 의자를 돌렸다.

"다음은 누구냐, 아벨?"

아벨은 왕의 귀에다 대고 수군거렸다. 왕은 건성으로 듣고 있었다.

엘러리가 말했다.

"우리와는 얘기가 끝나셨다고요, 벤디고 씨?"

그 잘생긴 남자가 얼굴을 들었다.

"그렇습니다만?"

툭 내뱉었다.

"우린 아직 끝나지 않았습니다."

킹은 얼굴을 찌푸리며 몸을 뒤로 젖혔다. 아벨이 상체를 폈다. 그의 퉁방울눈이 두 사람 사이를 바쁘게 오갔다. 경감은 의자에 앉아 기대에 찬 표정으로 팔짱을 꼈다.

"뭐가?"

킹 벤디고가 말했다.

"아직 보수 얘기가 나오지 않았습니다."

킹의 눈에 경멸의 빛이 떠올랐다.

"나는 당신을 고용하지 않았습니다. 동생하고 얘기하시죠."

아벨이 입을 열었다.

"보수 문제는 오늘 저녁에 얘기합시다, 퀸……."

"지금 얘기하고 싶습니다."

왕은 총리를 올려다보았다. 총리는 가볍게 어깨를 으쓱했다. 왕의 시선이 다시 엘러리에게로 돌아왔다.

"그래요? 얼마면 되겠습니까, 퀸?"

금빛 의자에 앉은 남자는 거드름을 피웠다. 엘러리는 책상을 타고 넘어가 사내의 목을 조르고 싶었다.

"아주 비쌉니다."

"얼마냐니까."

엘러리는 자신의 핏발 선 눈을 감추기 위해서 시선을 돌렸다. 엘러리가 금고 안쪽에 서서 턱을 부지런히 놀리면서 자기를 응시하고 있는 제복 입은 고릴라를 본 것은 그때였다. 킹의 어릿광대…… 엘러리는 온몸이 굳어지는 것을 느꼈다. 그리고 다음 순간, 이제까지 쌓이고 쌓인 적개심과 상처받은 자존심이 낳은 분노가 절정에 달했다.

"조사가 어느 정도 걸릴지 아직 모르기 때문에 전체 액수는 말할 수 없습니다. 각종 경비는 제외하고 의뢰비만 말씀드리겠습니다."

"얼마입니까, 의뢰비가?"

"10만 달러."

뒤에서 부친의 숨 멎는 소리가 들렸다.

아벨 벤디고는 엘러리를 뚫어지게 바라보았다.

그러나 킹 벤디고는 별로 놀라지 않았다.

"처리해라."

동생에게 가볍게 한마디 던지고는 엘러리와 경감에게 귀찮다는 듯이 말했다.

"이제 가보십시오."

엘러리가 대꾸했다.

"아직 안 끝났습니다. 의뢰비는 1만 달러의 지급보증 수표 열 장으로 해주십시오. 수취인 칸은 각각 다른 자선 기관 이름을 기입할 수 있도록 비워주십시오."

엘러리는 전술을 잘못 구사했다는 것을 즉시 깨달았다. 돈으로 이 남자를 기죽게 하기란 불가능했다. 돈은 권력의 도구였다. 그것을 권력의 도구로 사용하지 못하는 사람을 이 남자는 경멸하는 것이다.

킹 벤디고는 덤덤하게 말했다.

"내줘라, 아벨. 소원대로 해줘. 다 좋은데, 제발 내 앞에서 사라지라고 해. 맥스."

베레모를 쓴 야수가 험상궂은 표정을 지으면서 금고에서 나왔다.

엘러리는 몸을 피했다. 경감은 놀란 토끼처럼 팔짝 뛰었다.

킹 벤디고는 고개를 젖히며 껄껄 웃었다. 레슬링 선수는 싱글거렸다.

"자, 자, 가서 일들 보라고."

킹이 여전히 웃음을 그치지 않으며 말했다.

엘리베이터에 오르자 퀸 경감이 어색한 침묵을 깨뜨렸다.

"방에서 나올 때 이걸 주웠다. 책상에서 한참 떨어진 맞은편 벽 앞에 떨어져 있었다. 장난삼아 손가락으로 꺾어서 쓰레기통에다 던진 모양이야."

"뭔데요, 아버지?"

엘러리의 목소리는 조금 떨렸다.

아버지는 아직도 부르르 떨리는 손을 폈다. 킹 벤디고가 두 번째 방문객으로부터 25만 달러에 산 넥타이핀 조각이 손바닥 안에 있었다.

4

파란 셔츠와 갈색 셔츠가 로비에서 그들을 기다리고 있었다. 엘러리와 퀸 경감은 긴장하며 경비병들의 책상 옆을 지나갔다. 그러나 제복을 입은 세 남자는 그들에게 아무런 주의도 기울이지 않았다.

갈색 셔츠가 말했다.

"이쪽입니다."

파란 셔츠가 문을 열었다.

밖으로 나온 퀸 부자는 비로소 자유롭게 숨을 쉬었다. 태양은 서쪽으로 낮게 기울어 있었고 서쪽 하늘은 딸기 빛깔과 구릿빛과 진줏빛으로 물들어 있었다. P.R.P.D라는 홍보인사부의 금색 머리글자가 박힌 검은 소형차가 입구에 서 있었다. 파란 셔츠가 운전대를 잡고 갈색 셔츠는 뒷좌석의 두 사람 사이에 앉았다.

퀸 부자는 입을 열 기분이 아니었다. 두 사람 다 망연히 창밖 풍경을 내다보았다. 눈 아래로 작은 공장과 집이 보여 조용한 버크셔 구릉지대의 모호크 산간 도로를 여행하는 느낌이 들었다. 다만 열대식물과 그들이 방금 전에 보고 들은 것에 대한 기억이 그 느낌을 지워버리고 있었다.

"누구의 명령을 받고 가는 겁니까?"

엘러리가 캐물었다.

"저택으로 안내해드리는 겁니다. 아벨 씨가 빈틈없이 준비해 놓으셨어요."

갈색 셔츠가 대꾸했다.

"우리 행동의 자유는 어느 정도입니까?"

"잠정적으로 A2 등급이 매겨졌습니다."

"그게 뭐요?"

퀸 경감이 놀라서 물었다.

"출입 제한 표시가 된 시설을 제외하고는 어디든지 돌아다닐 수 있습니다."

"이제까지 우리가 본 바로는 그것도 위험해 보이는데. 우리를 다들 모르지 않소."

"다들 알고 있습니다."

파란 셔츠가 앞자리에서 장담했다.

경감은 그 말이 믿어지지 않았다.

차는 울창한 숲으로 들어갔다. 사방으로 현란한 빛깔의 새가 날아다녔지만 눈에 보이는 야생동물은 그것뿐이었다.

"예쁘군요. 수입한 겁니까?"

엘러리가 물었다.

"칼라가 좋아합니다."

갈색 셔츠가 대답했다.

"벤디고 부인?"

경감은 무관심을 가장하면서 주의 깊게 숲을 관찰하고 있었다.

"왕비지요."

엘러리가 말했다.

엘러리도 그것을 보았지만, 퀸 경감은 계속 반대 방향만 바라보고 있었다. 숲 속에는 위장된 포좌(砲座)가 있었다. 해안 방어포를 방불케 하는 커다란 포. 아마 숲 전체가 저런 포들로 가득 채워져 있을 것이다. 이 정글의 어느 만큼이 진짜 자연일까, 엘러리는 궁금해졌다.

그들은 어느새 킹 벤디고의 저택에 도착해 있었다.

나무와 덤불에 에워싸여 있었기 때문에 저택의 일부만을 볼 수 있을 뿐이었다. 몹시 어지러운 정경이었다. 나무 중에는 건물보다 높은 것도 있었고, 커다란 가지는 말 그대로 창을 어루만지고 있었다. 심지어 탑조차도 지상에서는 파란 하늘을 등지고 삐죽 솟은 게 보였지만 하늘에서는 녹음에 묻혀 눈에 띄지 않을 것 같았다.

어딜 가나 비밀주의였다. 은폐는 아마 최초 설계자들, 즉 조물주에게 주어진 과제였나 보다. 그러나 벤디고는 이 섬을 사들였을 때 왜 이 나무와 무성한 덤불을 제거하지 않았던 것일까? 누군가 이 중요한 섬을 빼앗으려 들지 모른다는 두려움이 있었던 것일까?

저택은 중앙 본부처럼 4층으로 되어 있었지만 터는 그보다 넓었다. 그들 앞에는 안뜰로 추정되는 공간이 있었는데 역시 덤불이 곳곳에 아무렇게나 자라 있었다. 저택의 포장도로 양옆에도 나무들이 불규칙하게 늘어서 있었고, 거기서 뻗어 나온 가지들이 머리 위를 지붕처럼 덮고 있었다. 이 모두를 에워싸면서 본관에서 동 두 개가 쑥 나와 있었다. 두 동의 각도로 보

아 엘러리는 다른 동들이 있을 거라고 생각했다. 아까부터 대
변인 역할을 하는 갈색 셔츠가 그렇다고 하면서 건물의 기묘한
구조에 대해서 설명했다. 저택은 중앙 본부와 비슷한 구조로
설계되어 있었다. 다만 본부에는 동이 여덟 개였지만 저택의
동은 다섯 개였다.

커다란 홀에서 검정과 금색의 제복을 입은 급사들이 일행을
맞았다. 급사들은 반바지에 고풍스러운 스카프를 목에 감고 있
었다. 경감의 눈이 휘둥그레졌다.

여기서는 적어도 기능적인 것이 야단스러운 양식과 조화를
이루고 있었다. 가구는 대단히 현대적이었지만 벽에는 중세 프
랑스나 스웨덴풍의 직물 장식이 걸려 있었고 현대 회화 사이사
이에 옛날 거장의 작품이 걸려 있었다. 현대 회화는 대부분 추
상화였다. 홀 안에 있는 모든 물건이 큼직큼직했고 홀 자체도 3층
높이였다. 드문드문 고전 작품 같은 전통적인 물건이 있어서
가족 중에 누군가가 조금이라도 고풍스러운 분위기를 남겨놓
아야 한다고 고집을 부린 것 같았다.

급사가 다섯 개의 입구 중 하나를 통해 그들을 한 동으로 안
내했다. 복도로 들어서자 파란 셔츠가 작은 엘리베이터를 가리
켰다. 그들은 2층에서 내렸다. 엘리베이터에서 내려 조용한 복
도를 지나 문 쪽으로 걸어갔다. 문은 열려 있었다. 입구에는 검
은 양복을 입은 키 작은 대머리 남자가 서 있었다. 그는 고개를
숙였다.

"이 사람이 두 분의 하인입니다. 필요한 물건을 말씀하시면
바로 가져다드릴 겁니다."

"지브스?"

엘러리가 자신 없는 목소리로 물었다.

"아뇨, 존스입니다."

하인은 진지한 얼굴로 말했다.

"아, 존스. 만찬에는 야회복을 입어야 하나요?"

"아닙니다. 특별한 경우가 아니면 격식을 차리실 필요가 없습니다. 검은 양복에 넥타이면 됩니다."

"내 다갈색 개버딘 정도면 괜찮겠지."

경감이 말했다.

"맞아요, 아버지. 존스, 어디로 가는 겁니까?"

엘러리가 물었다.

"목욕 준비를 하려고요."

존스가 말하고 조용히 사라졌다.

퀸 부자가 돌아서니 파란 셔츠와 갈색 셔츠도 어깨를 나란히 하고 물러가고 있었다.

"잠깐! 우린 언제……."

경감이 소리쳤다.

그러나 두 사람은 이미 복도 저편으로 멀어졌다.

그들의 거실은 커다란 살롱 같았다. 두 침실은 천장이 높고 침대에 캐노피가 달려 있을 뿐 아니라 가구 또한 고풍스러워서 웅장해 보였다. 이곳은 실내 장식만큼은 적어도 앙시앵레짐의 구시대 전통을 따르고 있었고, 루이 14세 때의 튀일리 궁을 방불케 할 만큼 호화로워 마치 생강 쿠키가 어수선하게 널려 있는 것 같았다. 엘러리가 바로 알아차린 사실이지만, 다행히 이 전통은 부속 시설에까지는 미치지 못했다. 그러나 전화기가 상감으로 세공된 장식장 안에 얌전히 모셔져 있는 것을 보고 엘러리는 미소를 머금었다. 그 장식장의 표면은 금, 거북 껍질, 그리고 하얀 금속이 루이 14세 당시에 유행한 다양한 무늬로 새겨져 있었다.

퀸 경감은 그런 데 관심이 없었다. 그는 아들과 함께 처박히게 된 방 안을 적개심에 가득 차서 세밀하게 뒤지고 다녔다. 그러나 경감이 가장 적의를 품고 있는 대상은 주인의 옷을 벗길 기회만 호시탐탐 노리고 있는 하인이었다. 여차하면 살인도 불사할 기세였기 때문에 엘러리는 눈짓을 해서 하인을 문밖으로 내보냈다.

그들은 목욕을 하고 면도를 하고 가방에서 꺼낸 새 옷으로 갈아입은 다음 기다렸다. 아무런 할 일이 없었다. 신문은 눈에 띄지 않았고 가죽으로 제본된 묵직한 책은 실망스럽게도 18세기의 프랑스어와 라틴어로 쓰인 것이었다. 창밖을 보아도 나뭇잎 말고는 아무것도 보이지 않았다. 경감은 방 어딘가에 틀림없이 도청기가 숨겨져 있을 거라고 생각하고는 그것을 찾는 일에 열중해 있었다. 그런데 영 나타나지 않자 씩씩거리기 시작했다.

"빌어먹을, 도대체 무슨 꿍꿍이속이냐? 여기 죽치고 앉아서 뭘 하란 거야? 나는 밑으로 내려가겠다, 엘러리."

"참으세요, 아버지. 무언가 속셈이 있을 거예요."

"우리를 굶겨 죽일 셈이겠지!"

그러나 엘러리는 담배 연기를 뿜으면서 이맛살을 찌푸렸다.

"왜 우리를 이 섬에 데려왔는지 이유를 모르겠어요."

경감이 아들을 물끄러미 바라보았다.

"아벨은 우편으로 왔다는 협박장을 조사해달라고 우리를 고용했지요. 우편물은 벤디고의 비행기로 본토에서 매일 이곳으로 실어 와요. 만일 협박장이 우편으로 왔다면 발신지는 본토인 겁니다. 그럼 아벨은 우리더러 왜 섬에서 조사하라는 걸까요?"

"편지를 섬에서 보낸 거라고 생각하기 때문이겠지."

"바로 그겁니다. 누군가 편지를 우편주머니나 저택 또는 본부의 이미 분류가 끝난 우편물 더미 안에 집어넣은 거예요."

엘러리는 자기의 은행 예금을 몽땅 털어 넣어도 사기 어려운 왕실용 세브르 그릇에 담배를 비벼 껐다.

"그게 누굴까요? 사무원? 비서? 하인? 경호원? 공장 노동자? 연구원? 그런 사람이라면 총리가 일부러 뉴욕까지 나와 워싱턴까지 들러서 외부인 두 명을 고용할 필요가 없지요. 그 정도는 스프링 대령 선에서 두 시간 안에 해결이 될 겁니다. 따라서 결론은…… 뭐냐?"

엘러리가 고개를 들었다.

"거물이라는 겁니다."

경감은 고개를 흔들었다.

"상대가 거물이면 벤디고가 외부인을 끌어들이기가 더욱 어렵지."

"그렇지요."

"그렇다니? 아까는……."

"그렇기도 하고 안 그렇기도 합니다. 그래서 어느 것도 수긍이 안 가는 겁니다. 사실 저도 답답해요."

그때 전화가 찌르릉 울렸다. 엘러리는 후다닥 뛰어가서 받았다. 하마터면 아버지를 쓰러뜨릴 뻔했다. 아벨 벤디고가 나직한 코맹맹이 소리로 오늘은 형이 저녁때 시간을 내기가 어려울 것 같다, 자기 생각에는 형한테 무리하게 참석을 권하는 게 안 좋을 것 같다, 대단히 미안하지만 두 분이서 저녁을 드시라고 말했다.

"그거야 걱정 마십시오, 벤디고 씨. 한데 저희는 빨리 조사를 시작하고 싶습니다만."

"내일이 더 좋겠습니다."

투정 부리는 환자를 달래는 의사처럼 양키 목소리가 말했다.

"이 방에서 벤디고 씨 전화를 기다리고 있어야 하나요?"

"아니, 그렇지는 않습니다. 뭐든 마음대로 하고, 가고 싶은 데도 얼마든지 가세요. 필요하면 두 분을 당장 찾을 수 있으니까요."

이 말이 갖는 또 다른 의미를 지워버려야겠다고 생각했는지 총리는 허겁지겁 덧붙였다.

"그럼, 쉬세요."

그리고 전화를 끊었다.

저녁 식사는 그들의 방으로 날라져 왔다. 하인 세 명과 집사가, 저택의 주방장이라고 자기소개를 한 뒤로 한마디도 하지 않은 꼬장꼬장해 보이는 남자의 매서운 눈초리를 받으면서 시중을 들었다.

마치 무덤에서 식사하는 것 같았다. 퀸 부자도 구태여 분위기를 살리려고 노력하지 않았다. 그들은 묵묵히 음식을 입에 넣었지만, 그것이 기름지고 맛있는 프랑스 요리라는 사실 이외에는 나중에 자기들이 무엇을 먹었는지 통 기억할 수가 없었다.

식사가 끝난 뒤 불안한 침묵이 이어졌고, 아무런 할 일이 없었기 때문에 두 사람은 잠자리에 들었다.

아침이 되었지만 아벨 벤디고로부터 전갈은 오지 않았고 전화도 없었다. 아침을 먹고 나서 엘러리는 저택을 둘러보자고 제안했다.

그러나 경감은 신경질적으로 나왔다.

"그들이 나에게 어디까지 자유를 허락할지 알아볼 참이다. 차고가 어디 있을까?"

"차고요?"

"차를 빌리려고."

경감은 턱을 쑥 내밀고 밖으로 나갔고 엘러리는 오후 늦게까지 아버지를 보지 못했다.

엘러리는 다섯 개의 동으로 이루어진 건물을 혼자서 둘러보았다. 대충 훑어보는 데만도 아침 반나절이 걸렸다. 그러나 사람과는 접촉할 수가 없었다. 벤디고 가족은 한 사람도 보지 못했고, 이따금 마주치는 판에 박은 듯한 제복 차림의 고용인들은 사전에 입이라도 맞춘 듯이 하나같이 그를 무시했다.

그는 딱 한 번 제지당했다. 중앙 건물의 꼭대기 층에서였다. 그곳에는 제복을 입은 경비병들이 서 있었다. 대장은 정중하지만 단호한 어조로 말했다.

"이곳은 가족들의 생활공간입니다. 특별한 허가가 없는 한 들어가실 수 없습니다."

"물론 남의 욕실을 엿볼 생각은 없습니다. 하지만 나는 아벨 벤디고 씨로부터 어디든 가도 좋다는 허락을 받았습니다."

"저는 당신을 이곳에 들여보내도 좋다는 허락을 받지 못했습니다."

할 수 없이 엘러리는 아래층으로 얌전히 내려갔다.

그는 내빈용 식당, 대무도실, 객실, 응접실, 상패 전시실, 미술품 진열실, 주방, 술 저장실, 하인실, 창고, 심지어 벽장까지 들여다보았다. 오크 나무와 가죽으로 꾸며진 도서관에는 2만 권의 서적이 있었다. 책은 모두 최상등품의 검은 모로코산 가죽으로 제본되어 있었으며, 두 개의 지구 위에 왕관이 얹힌 모양의 인장이 박혀 있었다. 대부분의 서적은 원래의 장정을 새롭게 한 희귀판본이었는데 그 규격화된 모습 앞에 엘러리는 기가 질렸다. 그는 책 몇 권을 뽑아 들었는데 읽은 흔적은 하나도 보이지 않았다.

정오가 조금 못 되었을 때 엘러리는 제대로 된 관현악단도 연주회를 열 수 있을 듯한 커다란 무대가 있는 음악 홀로 들어갔다. 무대 중앙에는 금박을 입힌 대형 그랜드피아노가 있었다. 이 멋진 악기가 과연 조율되어 있을까 하는 궁금한 마음에 엘러리는 무대에 올라 피아노를 열고 가운데 도 음을 눌러보았다. 피아노 소리가 아닌 쨍 하는 소리가 들렸다. 다시 한 번 가운데 건반을 두드렸다. 이번에는 쨍그랑하고 좀 더 요란한 소리가 났다. 단순히 관리를 소홀히 했다는 이유만으로 이런 소리가 날 리 없다고 생각한 엘러리는 피아노 뚜껑을 열어보았다.

모든 점에서 똑같은, 밀봉된 술병 여섯 개가 현 위에 가지런히 얹혀 있었다.

그는 호기심에 이끌려 한 병을 집어 들었다. 주둥이가 가느다란 종 모양이었다. 진한 녹색의 불투명한 병이었다. 오래된

라벨을 보니 세공자크 V.S.O.P* 코냑이라고 적혀 있었다. 그것은 단단히 밀봉되어 열리지 않았고 나머지 다섯 병도 마찬가지였다. 엘러리는 아쉬웠다. 이제까지 세공자크 V.S.O.P 코냑을 맛보는 행운을 마주한 적이 한 번도 없었기 때문이다. 세공자크 V.S.O.P 코냑은 구하기도 어려울뿐더러 설령 그것이 어쩌다 눈에 띄었다고 하더라도 값이 한 병에 50달러가 넘는 고가라는 불가항력적인 이유 때문이었다. 그는 경건한 마음으로 종 모양의 무거운 병을 제자리에 놓고 피아노 뚜껑을 닫았다.

그랜드피아노에 코냑 여섯 병을 숨겨둔 사람은 알코올 중독자임에 틀림없었다. 경감의 친구인 장군은 벤디고가의 둘째인 유다를 알코올 중독자라고 말했었다. 이 술을 숨겨둔 사람은 유다 벤디고라는 것이 합리적 추정일 것 같았다. 이것은 벤디고 가문이 음악을 얼마나 이해하고 있는지를 나타내는 단서였지만 도서관에서도 똑같은 무지막지함을 접했던 터라 엘러리는 놀라지 않았다.

유다 벤디고가 형이 통치하는 이 '국가'에 대해 냉소적인 것은 분명했다. 그러나 세공자크 코냑이 막강한 킹의 또 다른 소유물이 아니라면 몰라도…… 거기까지는 엘러리도 모르는 부분이었다.

음악 홀에서의 발견에 힘입어 엘러리는 곳곳을 수색했다. 한 곳에 술병을 숨기는 알코올 중독자는 다른 곳에도 술병을 숨길 것이다. 엘러리의 예상은 빗나가지 않았다.

그는 온갖 장소에서 숨겨진 세공자크를 발견했다. 체육관에서 일곱 병, 30미터짜리 실내 수영장에서 네 병을 찾아냈다. 당

* 저장 기간이 25년에서 30년 된 특상급 브랜디.

구장과 볼링장 그리고 카드놀이를 하는 방도 예외는 아니었다. 엘러리는 혼자서 점심을 먹은 테라스에서 왼쪽 발의 무게로 약간 내려앉은 판석을 조사해보았다. 판석 밑의 구멍에는 종 모양의 병이 어김없이 숨겨져 있었다.

오후에 그는 저택 주변을 돌았다. 어디를 가도 유다 벤디고의 기발함을 보여주는 숨겨놓은 짙은 녹색 병이 발견되었다. 자연의 연못을 그대로 본떠 만든 옥외 풀에는 무려 여덟 병이 있었는데, 그래도 엘러리는 전부 찾아냈다는 확신이 들지 않았다. 그는 마구간은 조사하지 않았다. 마부들로 바글거렸기 때문이었다. 그러나 아랍산 암말을 타고 승마용 도로를 따라가면서 나무에 난 구멍이나 가지와 가지가 만나는 아귀에서 술병을 심심치 않게 찾아냈다. 낚시를 위해 물고기를 풀어놓은 연못에는 아무것도 없었다. 그러나 엘러리는 낚시용 장화를 신고 있었더라면 물결을 이리저리 헤치면서 가까운 바위 틈새에서 술병을 찾아낼 수 있었을 거라고 생각했다.

"전부 찾아내는 것은 불가능할 거예요. 유다는 숨겨둔 장소에 ×표를 해둔 지도라도 갖고 있을 겁니다. 브랜디에 완전히 눈이 먼 사람이에요."

그날 오후 늦게 엘러리는 방에서 아버지에게 말했다.

"한두 병 가져오지 그랬니. 난 비참한 하루를 보냈다."

경감이 볼멘소리로 말했다.

"그래요?"

"털털거리면서 섬을 헤매고 다녔어. 내가 관광객이라면 또 모르겠다만."

풀 죽은 목소리로 말하면서 경감은 안주머니에서 둘둘 만 종이들을 과시하듯이 꺼내서 아들에게 흔들어 보였다.

"저도 이런 억지 관광이 점점 지겨워지는 것 같아요. 우리 조사는 언제쯤 시작할 수 있을까요?"

엘러리는 상체를 내밀어 종이를 받으면서 말했다.

"지금 상황으로 봐서는 아예 기대를 접어야 할 것 같구나."

"섬은 어떤 것 같아요?"

엘러리는 요란스럽게 종이를 폈다. 종이마다 황급히 그린 듯한 공장의 스케치가 담겨 있었다. 나머지는 개략적인 섬의 지도였다.

"미국의 아주 발달된 공업지대와 다를 게 없다. 공장, 주택, 학교, 도로, 트럭, 비행기, 사람들……."

경감은 열심히 종이를 손가락으로 짚으면서 말했다.

엘러리는 고개를 끄덕였다.

"어떤 종류의 공장인데요?"

"대부분은 군수공장이지만 잘은 모르겠구나. 곳곳에 출입 제한 표시가 있고 무장한 경비병이 지키고 있는 데다 전기 철조망까지 쳐져 있었으니까."

종이 몇 장에는 이상하게 생긴 공장이 그려져 있었다. 밑에 적힌 축척으로 그것이 엄청난 크기임을 알 수 있었다.

"관심을 끌 만한 사람은 못 만나셨고요?"

엘러리는 이상한 스케치를 가리키면서 캐묻는 듯한 시늉을 했다.

"스프링 대령의 부하들밖에는. 노동자들은 우호적이지가 않아. 낯선 사람이라서 꺼리는 것 같기도 하고. 아예 말을 붙일 틈을 주지 않더라니까."

그러나 막상 엘러리가 넌신 무언의 실문에 경감은 고개를 흔들 뿐이었다. 엘러리는 얼굴을 찡그리면서 스케치를 유심히 들여다보았다.

"자, 그럼 나는 저들이 마련해준 커다란 대리석 욕조에서 목욕이나 해야겠다."

경감은 일어서서 종이들을 다시 집어 들었다.

"그러세요."

엘러리의 아버지는 종이를 옷 안에 욱여넣었다. 신체검사라도 받지 않는 한 스케치가 워싱턴 D.C.에 도착할 때까지 그곳에서 나오는 일은 없을 것이라는 사실을 엘러리는 잘 알고 있었다.

그날 저녁 그들은 황금 장막 안으로 들어갈 수 있었다.

그것을 가능케 한 것은 한 장의 종이쪽지였다. 6시경 장딴지가 지나치게 발달한 하인이 야들야들한 자줏빛 사각 봉투를 내밀고는 경감도 대영제국 시대의 영화에서밖에 보지 못한 아주 정중한 인사를 하고 물러갔다. 그 인사를 보면 사실은 봉투를 열 필요도 없었다. 그러나 퀸 부자는 봉투를 뜯었다. 그 안에는 대단히 우아하고 화려한 도안이 새겨져 있었으며, 지질과 빛깔이 봉투와 같은 편지지가 한 장 들어 있었고, 그 위에는 분명히 여성의 것인 듯한 필치로 황금빛 잉크의 글이 적혀 있었다. 리처드 퀸 경감과 엘러리 퀸 씨를 저녁 7시 벤디고가의 전용 아파트에서 열리는 칵테일파티와 만찬에 초대하니 간편한 복장으로 참석해달라는 내용이었다. 서명한 사람은 칼라 벤디고였다. 추신으로, 두 사람에 대해 시동생 아벨로부터 여러모로 들었으며 만나 뵙게 되어서 기쁘다. 그리고 마지막으로 '이제야 초대할 수밖에 없었던 것'(엘러리는 이 애매모호한 표현에 의미가 있다고 보았다.)을 죄송스럽게 생각한다는 내용이 덧붙여져 있었다.

그들이 초대장을 미처 다 읽기도 전에 하인 하나가 짙은 청색의 양복 한 벌, 촌스럽게 반짝거리는 검은 구두, 아직 뜯지도 않은 검은 실크 양말 한 켤레, 거기에 수수한 파란 빛깔의 실크 넥타이를 갖고 나타났다. 엘러리는 그것을 덥석 받아 들고, 경감의 입에서 거친 소리가 튀어나오기 전에 하인을 허겁지겁 밖으로 내보냈다.

"입어보세요. 아마 맞지 않겠지만, 맞지 않으면 입지 않을 핑계가 생기거든요."

그러나 그것들은 딱 맞았다. 심지어는 신발까지도.

"제법이로군. 하지만 나는 손님이 속옷 차림으로 나타나고 싶다면 주인도 옷을 벗어야 한다고 배웠다. 이 친구들은 참으로 도도하기 짝이 없군."

경감이 구시렁거렸다.

그래서 7시 5분 전에 엘러리는 자기가 가장 아끼는 잿빛 양복을, 경감은 존스가 가져온 우아한 고급 양복을 어색하게 입고 방문을 나서 위층으로 올라갔다.

꼭대기 층의 로비에는 전과 다른 경비병들이 서 있었다. 경비병을 지휘하고 있는 것으로 보이는 젊은 장교는 칼라 벤디고의 초대장을 면밀히 뜯어보았다. 그러고 나서 뒤로 물러서서 경례했다. 퀸 부자는 신발을 벗고 기어 들어가야 할 것 같은 위압감을 느끼면서 안으로 들어갔다.

"저 친구, 모가집니다."

엘러리가 소리 죽여 말했다.

"뭐?"

경감이 신경질적으로 받았다.

"우리가 고자질하면요. 저 친구 우리 지문을 대보지 않았거든요."

그들이 들어간 곳은 검은 철로 만든 갑옷과 여러 가지 대리석 조각, 커다란 수정 샹들리에, 이탈리아 바로크풍의 멋진 가구가 가득 들어차 있는 거실이었다. 안쪽의 커다란 문 두 개가 활짝 열려 있었고 그 양쪽에 하인들이 죽은 사람처럼 뻣뻣이 서 있었다. 하얀 장갑을 끼고 깔끔한 복장을 한 급사가 머리를 조아리며 그들을 안으로 안내했다.

"퀸 경감님과 엘러리 퀸 씨가 오셨습니다."

"가벼운 식사나 할 뿐인데."

경감이 중얼거렸다. 그리고 두 사람의 발은 그 자리에서 얼어붙었다.

대리석 바닥을 가로질러 영화 주인공 뺨치게 아름다운 절세미녀가 사뿐사뿐 걸어오고 있었다. 그러나 제아무리 뛰어난 총천연색 영화도 그 여자의 백설 같은 피부와 저녁놀처럼 붉은 머리와 열대 숲처럼 푸른 눈을 담아내지는 못할 것이다. 인위적으로 꾸민 것을 감안하더라도 그녀에게는 경이로울 만큼 신비한 근원의 빛깔이 있었고, 그것은 보는 이의 심금을 휘젓는 자태에 생기를 불어넣어 주었다. 여자는 가슴이 깊이 파인 끈 없는 디너 가운을 입고 있어서 몸의 상당 부분이 드러났다. 가운은 따뜻한 느낌을 주는 녹색 비로드로, 무릎까지 여자의 몸

을 착 감쌌고 무릎부터는 마치 꽃병처럼 확 퍼졌다. 이런 눈부
신 빛깔에도 불구하고 그녀의 몸에 흐르는 피는 북방 계통이
아니라고 엘러리는 생각했다. 그 여자는 베네치아를, 산마르코
를, 아드리아 해를, 그 옛날 베네치아 총독의 애첩을 떠올리게
했다. 가까이 다가오는 모습을 보면서 엘러리는 여자의 자태에
서 대지를, 얼굴에서는 교양을, 걸음걸이에서 허튼소리를 용납
하지 않는 진지함을 느꼈다. 제왕의 여자로서 손색이 없었다.

"어서 오세요."

여자는 그들에게 악수를 청하면서 말했다. 목소리 또한 같은
빛깔이었다. 또렷한 저음의 콘트랄토는 남유럽의 체취를 물씬
풍겼다. 가까이서 보니 처음 생각했던 것만큼 젊지는 않았다.
삼십 대 초반쯤 되었을까?

"두 분을 뵙게 되어 반갑습니다. 늦게 모시게 된 걸 용서해주
시겠어요?"

"부인을 뵙고 나니 어떤 일이든 용서할 수 있을 것 같군요."

퀸 경감이 진지하게 말했다.

"다정하기도 하셔라! 퀸 씨는요?"

그녀는 살짝 웃었다.

"할 말을 잊었습니다."

엘러리가 대답했다. 그는 무언가 다른 것을 발견했다. 뜨거
운 바다를 떠올리게 했던 여자의 눈 속에는 뭐랄까, 깊은 동굴
이 숨어 있었다. 그것은 애잔하고 차가운 색조를 띠고 있었다.

"매번 느끼는 거지만 미국 남자들 비행기 태우는 솜씨 하나
는 알아줘야 해요. 어쩜 그렇게 능청스럽죠?"

여자는 웃으면서 그들을 방 안으로 안내했다.

킹 벤디고는 이탈리아산 대리석으로 만든 자기 키보다 높은 벽난로 옆에 서서 동생 아벨이 다른 남자 세 명과 나누는 대화를 말없이 듣고 있었다. 벤디고 섬의 군주는 팔팔하고 명민해 보였지만 엘러리가 보기에 격무에 시달린 흔적이 역력했다. 어릿광대 맥스는 옆 식탁에서 우락부락한 손을 부지런히 놀리면서 군것질을 하고 있었다. 거대한 턱을 어기적거리면서 마치 개처럼 가끔씩 주인을 쳐다보았다.

킹의 맞은편 안락의자에는 까무잡잡한 남자가 구겨진 옷을 입고 퍼질러 앉아 있었다. 얼굴은 영리해 보였지만 누렇게 떴으며 거무튀튀한 짧은 콧수염을 기르고 있었다. 어딘지 음침하고 섬뜩한 인상을 주는 얼굴이었다. 앞이마가 시원스럽게 올라가 있었으며 뾰족한 코는 갈고리처럼 휘어져 있었다. 턱은 자라다 만 것처럼 짧았다. 겨드랑이에는 종 모양의 짙은 녹색 병을 끼고 있었다. 그는 머리를 의자 등받이에다 기대고서 브랜디 잔을 두 손 사이로 굴리고 있었다. 퀭하니 들어간 눈을 가늘게 뜨고 엘러리를 뜯어보고 있었는데 눈매가 보통 매서운 게 아니었다.

킹은 나름대로 정중하게 퀸 부자에게 인사를 한 뒤 다시 아벨 쪽으로 얼굴을 돌렸다. 나머지 사람들을 소개한 것은 칼라 벤디고였다. 안락의자에 앉아 있는 사람은 둘째인 유다 벤디고였다. 그는 일어나지도, 손을 내밀지도 않았다. 잔을 문지르면서 그저 힐끗 쳐다보았을 뿐이었다. 벌써 술에 절어 있든지, 오만불손함이 벤디고가의 유전적 특성이든지 둘 중의 하나임이 분명했다. 엘러리는 벽난로에 모여 선 사람들 쪽으로 가게 된 것을 다행스럽게 여겼다.

　세 남자 중에서 오동통하고 머리가 벗어진 사내는 무덤덤한 눈으로 사람을 대했다. 코앞의 현실 말고는 아무것도 가치가 없다고 믿는 그런 얼굴이었다. 여주인은 그를 스톰 박사라고 소개했다. 스톰은 벤디고 섬의 의료실장이며 그녀 남편의 주치의로 저택 안에서 살고 있었다. 기분 나쁜 웃음을 흘리고 있는 호리호리하고 거무스름한 두 번째 남자 역시 저택에서 거주한다는 사실을 들었을 때 엘러리는 놀라지 않았다. 사내의 이름은 이매뉴얼 피바디였는데 그는 킹 벤디고의 수석 법률고문이었다. 세 번째 남자는 중병에 걸렸다가 막 쾌유 단계로 들어선 미식축구 선수처럼 보였다. 금발에 어깨가 떡 벌어진 젊은이였지만 창백하고 피로에 찌든 얼굴이었다.

　"액스트 박사랍니다."

　칼라 벤디고가 말했다.

　"이분은 통 얼굴 볼 기회가 없어요. 모처럼 나타나신 거죠. 위험한 원자 알갱이들을 조몰락거리면서 섬 저편에 있는 연구소에서 파묻혀 지내지요."

　"뭘 다룬다고요?"

　퀸 경감이 물었다.

　"벤디고 부인께서는 액스트 박사가 말하자면 20세기의 연금술사가 되기를 바라는 겁니다. 물리학자는 원자와 인연을 끊을 수 없습니다. 하지만 이건 거의 위험성이 없지요, 액스트 박사?"

　법률고문 피바디가 웃으면서 말했다.

　"위험하다고 말해요, 박사."

　칼라가 장난스럽게 말했다. 그러면서 법률고문을 힐끔 쳐다보았다. 엘러리에게는 그것이 불쾌한 눈빛으로 받아들여졌다.

"실험자는 늘 미지의 세계와 씨름해야 한다는 점에서는 위험하다고 할 수 있겠죠."

피바디가 항의하듯이 말했다.

"다른 얘기 합시다."

액스트 박사가 말했다. 강한 스칸디나비아 억양이 배어 있었다. 목소리는 얼굴보다 더 젊게 들렸다.

"벤디고 부인의 눈은 어떨까요? 정말 위험한 것은 여자의 눈이니까요."

엘러리가 말했다.

모두가 웃었다. 그러고 나서 엘러리와 경감은 칵테일을 손에 쥐었고, 이매뉴얼 피바디는 어떤 여자의 눈 빛깔에 대한 증언이 그 여자를 사형대로 보냈다는 영국의 옛날 형사재판 이야기를 하기 시작했다. 그러나 엘러리는 이야기를 들으면서도, 피로한 얼굴을 하고 무미건조한 북구인의 목소리를 가진 저 청년이 세계에서 가장 유명한 핵물리학자 가운데 한 사람이라는 사실을 아버지가 알고 계실까 하고 생각했다. 또 그는 피바디가 벤디고 섬에서 액스트 박사가 하는 작업의 성격을 얼버무린다는 것이 오히려 거기에 주의를 기울이게 만드는 결과를 초래했다고 생각했다. 액스트 박사는 그날 밤 자기 존재를 드러내지 않으려고 애썼다. 엘러리는 그것을 눈치채고 그를 무시하기로 했다. 칼라 벤디고는 두 번 다시 그를 화제에 올리지 않았다.

만찬은 화려했으며 끝없이 이어졌다. 그들은 숨 막힐 듯이 화려한 옆방에서 많은 하인들의 시중을 받으며 식사를 했다. 요리와 술이 끝도 없이 날라져 왔다. 많은 요리들이 파란 불꽃이 피어오르는 보온 접시에 담겨 나왔는데, 그 화려한 향연은 마치 중세 축제의 횃불 행렬 같았다.

이매뉴얼 피바디는 계속 지껄였고, 오동통한 스톰 박사도 이에 뒤질세라 연신 수다를 떨었다. 피바디는 음산한 범죄 이야기를 아주 유쾌하게 이야기했고, 스톰 박사는 의학적 음담패설을 늘어놓았다. 그 음담패설은 맥스가 가장 열심히 귀 기울여 들었다. 맥스는 입안으로 음식을 우걱우걱 넣으면서도 눈을 말똥말똥 뜨고서 한 마디도 놓치지 않았다. 그는 냅킨을 그야말로 턱 밑에 바짝 걸치고 두 팔꿈치로 접시를 지키면서 식사를 했다. 이따금 스톰 박사의 농담이 못 견디게 우스울 때면 팔꿈치 하나로 엘러리의 갈빗대를 푹푹 찔러댔다.

퀸 부자는 실망스럽게도 킹이나 칼라 벤디고 옆에 앉지 못했다. 경감은 수다스러운 변호사와 영악한 의료실장 사이에 끼어 있어야 했고, 엘러리는 과묵한 물리학자 액스트와 맥스를 대각선으로 양옆에 두고 앉았다. 아버지는 지겹도록 이야기를 들어야 했으며, 아들은 한쪽에서는 무시당하고 한쪽에서는 연신 두들겨 맞아야 했다. 의도적인 자리 배치가 아니고서야 그럴 수가 없었다. 이곳에서 우연히 일어나는 일은 아무것도 없다는 사실을 엘러리는 새삼 깨달았다.

변호사와 박사가 하는 이야기의 대부분은 퀸 부자를 겨냥한 것이었기 때문에 두 사람은 벤디고 일가에게 말을 걸 기회를 도무지 잡을 수가 없었다. 칼라는 운동장만 한 식탁 끄트머리에서 옆에 앉은 아벨에게 소곤거리다가 가끔씩 미안하다는 듯이 그들에게 한마디씩 던지거나 어색한 미소를 보냈다. 킹은 맞은편 끝에 앉아서 조용히 귀 기울이고 있었다. 한번은 엘러리가 고개를 획 돌리다가 킹의 검은 눈동자가 재미있다는 듯이 자기한테 박혀 있는 것을 보았다. 그 이후로 엘러리는 최소한 지겨운 내색은 하지 않기 위해 혼신의 노력을 기울여야 했다.

한마디로 이상한 연회였다. 알 듯 모를 듯한 긴장감이 밑바닥에 팽배해 있었는데, 그 긴장감의 대부분은 유다 벤디고 주위에서 감돌았다. 이 비쩍 마르고 작은 사내는 형의 왼쪽 자리에 구부정하게 앉아서 유다와 엘러리 사이에 앉아 있는 맥스의 희한한 식사법도, 스톰의 농담 따먹기도, 피바디의 법정 야화도, 자신의 음식도 무시하고…… 접시 옆에 있는 세공자크 코냑 병에만 온통 정신이 팔려 있었다. 그는 만찬이 끝날 무렵에야 겨우 블랙커피 두 잔을 마셨는데 그나마도 브랜디를 타서 마셨다. 블랙커피 첫 잔째에 브랜디가 동이 나자 급사가 재빨리 새 병의 코르크 마개를 뽑아서 옆에 대령했다.

만찬은 세 시간이 지나서야 끝이 났다. 정확히 10시 45분에 킹 벤디고가 거의 눈에 띄지 않는 신호를 보내자 피바디는 10초 안에 이야기를 매듭지었다. 엘러리는 고마워서 절이라도 하고 싶었다. 식탁 맞은편에서 아버지는 인내심이 한계에 봉착한 듯 얼굴이 새파래져서 진땀을 뻘뻘 흘리고 있었다.

듣기 좋은 목소리가 퀸 부자에게 말했다.

"아벨과 나는 이만 실례해야겠습니다. 오늘 밤 남은 일이 있어서요. 일만 아니었으면 두 분의 모험담을 듣고 싶었는데 아쉽게 되었습니다."

'그럼 왜 피바디와 스톰이 대화를 독점하도록 방치했답니까?'

엘러리는 속으로 따지고 들었다.

"하지만 제 아내가 접대를 할 것입니다."

킹 벤디고는 칼라가 "알겠어요, 여보" 하며 중얼거리는 소리도 듣지 않고 의자를 쓱 밀고 자리에서 벌떡 일어섰다. 아벨, 스톰 박사, 피바디, 액스트 박사도 따라 일어섰다. 아벨은 키 큰 형을 따라 한쪽 문으로 나갔고, 의사, 변호사, 물리학자는 다른 문으로 줄 서서 나갔다. 퀸 부자는 넋이 나간 채 그들이 떠나는 모습을 지켜보았다. 마치 지루한 만찬은 연극 속의 한 장면이었고 사람들 각각은 배우였는데, 막이 내리자 뿔뿔이 흩어져 일상의 자아로 돌아가게 되어 나름대로 후련함을 맛보는 듯한 느낌을 받았던 것이다.

엘러리는 칼라 벤디고의 의자를 뒤로 당겨주다가 그녀의 윤기 있는 빨간 머리 너머로 아버지와 눈길이 마주쳤다.

주요 인물이 모두 참석한 상태에서 무려 세 시간을 보냈는데, 퀸 부자를 벤디고 섬으로 불러들인 이유에 대해서는 일언반구 언급이 없었다.

"가실까요?"

킹의 부인이 그들의 팔을 잡았다.

문 앞에서 엘러리는 뒤를 돌아보았다.

어지러운 식탁 앞에 맥스와 유다 벤디고가 나란히 앉아 있었다. 전직 레슬링 선수는 아직도 배를 채우는 중이었고, 말없는 둘째 벤디고는 아주 진지한 자세로 코냑을 한 잔 붓고 있었다.

5

칼라의 아파트는 또 다른 별세계였다. 새와 꽃이 어우러져 있었고 여닫이창을 열면 바로 밑에 정원이 내려다보였다. 작은 벽난로에서는 나무 타는 냄새가 은은하게 흘러나왔다. 수채화가 벽을 장식하고 있었고 유리가 난롯불 빛을 받아 반짝거렸다. 모든 것이 밝고 따뜻하고 포근했다.

판에 박힌 제복을 입지 않은 하녀가 커피와 브랜디를 가져왔다. 칼라는 사양하고 얼음물만 홀짝거렸다.

"커피를 마시면 잠이 오지 않아서요. 브랜디는…… 질렸어요."

"시동생 때문이군요?

경감이 슬쩍 떠보았다.

"유다는 구제불능이랍니다."

"왜 술을 마시는 겁니까?"

엘러리가 물었다.

"뭐, 이유가 있어서 술을 마시나요? 낮은 의자에 발을 올려놓고 쉬세요, 퀸 경감님. 만찬 때문에 혼 좀 나셨을 거예요. 이매뉴얼 피바디는 달변가이긴 하지만 진짜 이야기꾼은 결정적인 순간에 멈출 줄도 안다는 사실을 통 몰라요. 스톰 박사는 더

러운 인간이에요. 세계 최고의 내과 의사이긴 하지만 더러운
건 더러운 거죠. 너무 심했나요? 여자라서 그런지 가끔씩 이렇
게 남을 도마 위에 올려놓고 흉을 보면 속이 후련하답니다."

칼라의 눈가에 어린 슬픈 표정이 엘러리의 흥미를 끌었다.
엘러리는 칼라 벤디고가 남편이 받은 협박장에 관해서 만일 알
고 있다면 어느 정도나 알고 있을지 궁금했다.

경감도 무언가 생각한 게 있는 모양이었다. 그는 이렇게 말
했다.

"바깥분에게 저는 한마디로 압도당했습니다. 그렇게 정력적
인 사람은 처음 봐요."

"당신도 그런 느낌을 받으셨군요! 케인을 만난 사람은 누구
나 그런 반응을 보여요."

여자는 흡족한 표정이었다.

"누구요?"

엘러리가 물었다.

"케인."

"케인?"

"참, 깜빡했네. 제 남편 이름이 케인이에요."

칼라가 웃었다.

"그럼 킹이란 이름은……."

"정식 이름은 아니죠. 우린 언론의 노리갯감이잖아요. 전부
터 신문에서는 케인을 '군수산업의 왕'이라고 불러댔는데, 케
인이 그걸 자기 이름으로 쓰기 시작한 거예요. 처음에는 식구
들끼리 농담 삼아 부르는 이름이었는데 어느새 그게 굳어져버
린 겁니다."

"유다도 형을 킹이라고 부르나요? 저녁 내내 유다는 입도 뻥 긋하지 않는 것 같던데."

엘러리가 물었다.

"가장 신이 나서 불러댔지요. 유다는 뭐든지 몰두하는 스타일이거든요. 코냑이 들어가면 어린애처럼 장난기가 발동하나 봐요. 유다는 마치 직함처럼 킹이란 말을 사용한다니까요. 아벨도 그런 버릇이 입에 배었어요. 남편을 본명으로 부르는 사람은 저 하나뿐이에요."

엘러리는 그녀의 눈이 슬픔에 젖은 이유를 알 수 있을 것 같았다.

칼라는 어떻게 남편을 만나게 되었는지 들려주었다.

그 일은 파리 초일류 레스토랑의 지극히 벤디고다운 상황에서 일어났다. 두 사람은 각각 빽적지근한 만찬에 참석하고 있다가 우연히 옆 테이블에 앉게 되었다. 칼라는 사내들이 우르르 들어왔을 때 검은 머리에 검은 눈동자를 한 덩치 큰 남자에게 눈길이 갔다. 사내들 속에는 프랑스 각료 두 명, 영국의 고위 외교관, 유명한 미국 장성, 아벨 벤디고가 포함되어 있었다. 여자는 없었다. 그들의 시선은 일제히 군수업계의 왕한테 쏠려 있었다.

레스토랑 안이 술렁이기 시작했고 칼라는 그 사람이 누군지 궁금해졌다.

물론 이야기는 들어서 알고 있었다. 하지만 칼라는 그 사람에 관해서 떠도는 이야기들은 영화로운 귀족 계급이 부풀린 소문이라고만 항상 생각했다. 칼라도 그런 귀족 계급의 일원이었다. 그런데 막상 직접 대하자 그런 이야기들이 사실일 것 같은 확신이 강하게 드는 것이었다. 그녀가 살던 세계의 남자들은 고상하게 굴면서 찬물이나 끼얹는 화석 같은 인간 아니면 무능하고 땡전 한 푼 없는 빤질이, 둘 중의 하나였다. 그런 사람들 속에서 그는 불꽃놀이 폭죽처럼 우뚝 솟아 보였던 것이다. 그는 강렬한 에너지를 발산했고 공간을 채우는 창백한 입자들은 그의 몸이 가 닿을 때마다 뜨겁게 달아올랐다.

여자였기 때문에 칼라는 이내 시선을 다른 곳으로 돌렸다.

"때마침 내 옆모습이 가장 아름다워 보이는 각도에 그 사람의 테이블이 있었던 것을 다행스럽게 여겼던 기억이 나요."

칼라가 웃으면서 말했다.

"저 남자를 정복하는 게 가능할까 그런 생각도 했고요. 여자한테는 도통 관심이 없다는 소문이 있더라고요. 여자로서는 한번 도전해보고 싶은 충동이 일게 마련이죠. 사실 그때 전 친구들과 제 인생에 넌더리를 내고 있었거든요.

그런 내 마음을 그 사람이 읽었던 모양이에요. 그때는 종전 직후인데 제가 입은 옷이 파이케 에마가 디자인한 아주 대담한 드레스여서 걱정이 되었지요. 그런데 주위에서 일어나는 일을 하나도 놓치는 법이 없다고 해서 '마담 뢴트겐'이라는 별명을 가진 에르블레 남작부인이 손잡이 달린 안경을 눈에 바짝 갖다대고서 아까부터 '무슈 킹'이 모욕적이리만큼(틀림없이 '모욕적'이라는 말을 썼던 걸로 기억되네요.) 강렬한 눈길로 나를 바라보고 있다고 속삭이는 바람에 얼마나 놀랐는지 몰라요."

남작부인은 놀란 토끼 눈을 한 칼라에게 '무슈 킹'은 프랑스의 좌익 신문에서 군수업계의 왕 벤디고 씨를 부르는 이름이라고 설명했다.

"저는 주위를 둘러보았어요. 케인의 눈과 마주쳤지요. 저는 일부러 아주 냉정하게 대했어요. 함부로 쳐다봐도 되는 거리의 마네킹이 아니란 걸 똑똑히 깨닫게 할 참이었지요. 그런데 그 눈길이 너무 뜨거워서…….

저는 재빨리 고개를 돌렸어요. 얼굴이 확 달아오르더라고요. 전 청순한 소녀는 아니었습니다. 전쟁은 우리 모두를 천 년은 늙게 만들었어요. 하지만 전 그때 마치 소녀 같은 느낌을 가졌지요. 그 사람은 뭐랄까…… 묘한 매력이 있었어요……. 그때 저는 하녀처럼 비명을 빽 질렀어요. 그건 바로 에르블레 남작 부인이 노린 효과였습니다. 그 심술궂은 노파가 뾰족구두로 제 발목을 쿡 찌른 거였어요. 너무 아파서 눈물이 다 나올 정도였는데, 고개를 들어보니 그 사람이 재미있다는 표정을 지으면서 도도하게 제 의자 뒤에서 저를 굽어보고 있지 뭐예요.

'놀라게 해드렸다면 죄송합니다.' 그가 서투른 프랑스어로 말했어요. '하지만 당신 같은 미인을 저는 처음 봅니다.'

물론 미국 영어로 그런 얘기를 들었으면 소름이 돋았을 거예요. 하지만 프랑스어에는 색다른 맛이 있어서 그런 감정이 신선하게 받아들여지는 거 있죠. 그런데 어색하긴 또 얼마나 어색했다고요. 더군다나 케인이 굵직한 미국인의 목소리로 그런 말을 하니까 마치 생애 처음으로 그런 말을 해보는 사람 같았어요.

제 사촌인 클로델 왕자가 우리 테이블 상석에 앉아 있었지요. 제가 미처 할 말을 찾기도 전에 클로델이 일어서서 차갑게 말했습니다. '시골뜨기가 뻔뻔스럽게. 당장 물러가시오.'"

"한바탕 난리가 벌어졌겠군요."

퀸 경감이 낄낄 웃었다.

"결투든지."

엘러리도 추측했다.

"그런 게 아니었어요."

칼라는 눈부신 머리를 의자 뒤로 젖히면서 말했다.

"그랬으면 남작부인은 좋아했을 테지만요. 유럽 귀족 사회의 음모 세계에서 잔뼈가 굵은 에르블레 남작부인이 클로델의 귀에 대고 뭐라고 소곤거렸어요. 사촌의 얼굴이 별안간 하얘지더군요. 우스울 정도로요. 망명 중에 클로델은 혁명 정부를 무너뜨리고 조국에 돌아와서 자신의 왕위를 되찾기 위한 음모를 획책하고 있었는데, 그런 클로델이 기대고 있던 돈이 바로 벤디고의 돈이었던 겁니다. 클로델은 케인 벤디고와 한 번도 만난 적이 없었습니다. 벤디고 일가의 입장에서는 대수롭지 않은 금액이었기 때문에 대리인이나 파리의 은행을 통해 자금을 대주었던 거지요.

한편 케인은 무심한 얼굴로 내 뒤에 서 있었어요. 클로델을 아예 묵살하는 태도였지요. 레스토랑이 찬물을 끼얹은 듯 조용해졌습니다. 사람을 발가벗기는 것 같고 숨으려야 숨을 데도 없게 만드는 그런 무서운 침묵 말이에요.

클로델이 불안하게 입을 열었지요. '제 말이 경솔했던 것 같습니다. 하지만 소개가 없었기 때문에……'

그러자 케인은 고개를 들지도 않고 말했어요. '소개하시오.'

클로델 왕자는 얼굴이 더 하얘져서 시키는 대로 했어요."

"이런 연애담에서는 보통 여자가 남자의 빰을 후려갈기고 밖으로 뛰쳐나가지 않나요?"

엘러리가 싱글거렸다.

"아뇨."

칼라가 꿈결 같은 목소리로 말했다.

"이건 현실이었으니까요. 저는 우리 가족의 생활비가 어디서 나오는지 잘 알고 있었고, 전쟁 중에 말할 수 없이 어려운 생활을 했기 때문에 경우에 어긋나는 행동을 했다고 해서 철부지처럼 반응을 보일 처지가 아니었지요. 게다가 그 사람은 매력이 있었어요. 그리고 경우에 어긋나는 행동을 한 것도 다 나 때문이었으니까……. 하지만 그다음에 아주 난처해졌어요."

"무슨 짓을 했길래요?"

경감이 물었다.

"빨간 머리가 아닌 여자는 레스토랑에서 모두 나가라고 명령한 거예요."

"뭐라고요?"

"법을 제정한 거지요, 퀸 경감님. 빨간 머리 여자만 남아도 좋다고 쩌렁쩌렁 울리는 목소리로 선언을 하는 거예요. 그러더니 급사장을 불러서 갈색 머리, 금발 머리, 회색 머리 여자들을 모두 식당에서 내보내라고 명령했지요. 급사장은 두 손이 닳도록 빌더니 어디론가 사라졌습니다. 케인은 느긋하게 제 의자 옆에 서 있었지요. 물론 식당은 난리가 났지요.

저는 화가 났습니다. 자리를 박차고 나가려는데 남작부인이 제 손을 꽉 잡고 제지하지 않겠어요? 클로델을 좀 보라고 속삭이지 뭐예요. 그래, 사촌을 보았지요. 클로델은 무모하리만큼 영웅적인 행동에 막 돌입할 태세였습니다. 불쌍한 클로델! 더는 모욕을 감수할 수 없다는 것이었지요. 그래서 저는 좋은 척하고 있기로 했습니다. 소동을 낳은 장본인에게 생긋 웃어주고 즐거운 듯이 행동했지요. 사실 속으로는 싫을 것도 없었으니까요."

칼라는 다시 깔깔거리며 웃었다.

"급사장이 지배인을 데리고 나타났어요. 지배인도 싹싹 빌었지요. 이런 장난은 하시지 말아달라…… 정말 불가능한 일이다…… 모두 귀하신 분들이다……. 하지만 케인은, 장난이라니 천만의 말씀이다, 표정 하나 바꾸지 않고 말했지요. 태양계에는 단 하나의 태양이 있을 뿐이며 가장 아름다운 태양은 붉은빛을 띤다고 지배인에게 일침을 놓았지요. 따라서 빨간 머리가 아닌 여자는 모두 나가라는 것이었어요.

지배인은 두 손 들었는지 식당 주인을 불러왔어요. 주인은 좀 배짱이 있더라고요. 그럴 수 없다, 주인은 정중하지만 단단히 못 박았어요. 그런 일은 전례가 없을뿐더러 비윤리적이고 장사하는 입장에서는 자살 행위나 마찬가지라는 것이었습니다. 파리의 내로라하는 식도락가들이 당장 발길을 끊을 테니까요. 고소당하고 가게는 기울고 마침내 파산에 이를 운명에…….

그때 케인이 아벨에게 눈짓을 했어요. 말없이 듣고만 있던 아벨은 자기 자리에서 일어나 형에게 왔지요. 잠시 머리를 맞대고 이야기하더니 아벨이 주인을 데리고 가서 뭐라고 수군거리는 눈치더라고요. 그러는 사이에 케인은 나에게 사과를 늘어놓았어요. '말썽을 일으킨 점 백배 사죄드려도 부족하다고 생각합니다. 곧 끝날 겁니다.' 저는 클로델을 붙들어두기 위해서 다시 한 번 웃어 보였지요…….

다시 주인이 왔습니다. 제 사촌보다 더 하얗게 질려 있더군요. 그러면서 한다는 말이, 벤디고 선생과 손님들께서 잠시만 밀실로 물러가 계시면 고맙겠다는 거예요…….. 케인은 웃으면서 제가 같이 가준다면 그러겠다는 거였어요."

"같이 가셨나요?"

"안 갈 수가 없었습니다, 퀸 씨. 안 그랬다간 클로델이 그 자리에서 육탄 공격을 퍼부었을 테니까요. 저는 클로델에게 가서 대단히 즐겁다고 말했어요…….. 클로델은 기가 막힌 모양이더군요. 그런 다음 난 케인을 따라갔어요. 에르블레 남작부인의 떡 벌어진 입이 지금도 기억에 생생해요."

칼라가 웃었다.

"15분 뒤에 식당 주인이 밀실로 찾아와서 케인에게 빨간 머리의 행운을 타고나지 않은 여자들은 모두 식당 내에서 내보냈다고 말했어요. 그러더니 다시 머리를 숙이더라니까요. 케인은 천천히 고개를 끄덕이면서 저한테 말했어요. '빨간 머리는 당신 하나밖에 없다고 자신했지만 혹시 그게 나의 착오였다면 적당한 대응책을 강구하겠습니다. 당신을 모시고 당신의 친구들과 함께 식사를 하는 영광을 베풀어주시겠습니까?' 그래서 우리는 자리로 돌아갔지요. 여자는 한 사람도 안 보이더군요. 호기심을 느낀 남자 몇 사람만 남아 있었어요. 두말하면 잔소리겠지만 클로델과 에르블레 남작 부부 이하 나머지 사람들도 모두 가고 없었지요."

"도대체 식당 주인이 왜 생각을 바꿨을까요? 두둑한 보상을 받았겠지만 그런 건 꼭 돈만 갖고 따질 문제가 아닐 텐데. 그런 사건이 있으면 사업이 제대로 굴러갈 리 없지 않습니까."

엘러리가 의문을 제기했다.

"더는 그 사람의 소유가 아니었거든요, 퀸 씨. 케인의 지시를 받고 아벨이 그 자리에서 식당을 인수한 거였어요."

칼라가 설명했다.

나흘 뒤(그 나흘이 자기 생애 최고의 순간이었다고 칼라는 말했다.) 그들은 결혼했다. 미국으로 신혼여행을 떠난 두 사람이 돌아올 줄을 모르자 아벨은 실망했다. 칼라도 뜨거운 사랑에 빠졌다. 그러나 두 달 뒤 칼라의 남편은 아내를 벤디고 섬에 박아두었다.

"그동안 어떻게 지내셨습니까? 부인 같은 분이 그 외로움을 어떻게 견디셨어요?"

경감이 물었다.

"웬걸요. 케인 옆에 있으면 외로울 틈이 없답니다."

칼라가 부인했다.

"죽어라고 일만 하지 않나요? 꼭두새벽부터 밤늦게까지? 제가 본 바로 남편분 얼굴 볼 시간이 별로 없을 텐데요?"

엘러리가 말했다.

칼라가 한숨을 쉬었다.

"여자는 남편 일에 방해가 되어서는 안 된다는 생각을 저는 늘 갖고 있어요. 유럽에서 받은 교육 탓인지도 모르지만……. 그래도 둘만의 시간을 보낼 때가 가끔은 있답니다. 출장 때 같이 가는 경우도 많아요. 세계 각지를 안 가는 데가 없죠. 가령 지난달 같은 경우에는 줄곧 부에노스아이레스에서 붙어 있다시피 했어요. 좀 있으면 런던과 파리에 가게 될 것 같아요."

그녀는 브랜디 잔을 채운 다음 손을 가볍게 흔들었다.

"저를 불쌍히 여기실 필요는 없습니다. 물론 저와 마음이 맞는 여자 친구가 옆에 있었으면 좋겠다고 생각할 때는 많아요. 하지만 저와 결혼한 사람이 평범한 사람은 아니니까 그 정도의 희생은 감수해야겠지요……. 젊었을 때 그이가 유명한 운동선수였다는 거 아세요?"

차라리 연민을 느끼게 하는 목소리였다. 칼라가 남편의 상패 진열실을 보여주겠다고 우기는 바람에 두 사람은 관광객처럼 그녀의 뒤를 따라 박물관처럼 보이는 곳으로 들어갔다. 방은 모두 그리스풍의 고급 대리석과 가느다란 원기둥으로 치장되어 있었고, 칼라의 비범한 남편이 청년 시절에 따낸 트로피가 가득 들어차 있었다.

"이런 위대한 일면이 잡지 같은 데는 한 번도 실리지 않았군요. 이걸 주인께서 다 받으셨단 말인가요?"

엘러리는 미식축구, 야구, 스키 등의 우승패와 기념상, 우승컵, 라크로스 스틱, 펜싱 검, 복싱 글러브, 그 밖에 탁월한 운동선수였음을 입증하는 각종 물건으로 가득 찬 진열장을 둘러보았다.

"잡지 기자들은 가급적 상대를 하지 않는 편이죠, 퀸 씨. 맞아요. 케인이 학생 때 다 따낸 것들이에요. 그 사람은 못하는 운동도 없었나 봐요."

칼라가 말했다.

엘러리는 수구에서 따낸 은컵을 유심히 보았다. 표면에 박힌 케인이라는 글자가 주위보다 밝게 보였다.

"저것은 케인이라는 글자를 나중에 새로 파 넣은 것 같은 데……."

경감이 엘러리의 어깨 너머로 말했다.

칼라도 컵을 보면서 고개를 끄덕였다.

"그래요. 저도 처음 봤을 때 케인에게 그런 질문을 했어요."

"아벨, 유다……."

엘러리가 고개를 휙 돌렸다.

"저는 왜 남편께서만 성서 이름을 갖고 있지 않은지 이상하게 생각했습니다. 한데 역시 성서에서 나온 이름이군요. 남편의 이름은 케인이 아니라……."

"그래요, 퀸 씨. 카인이에요."

"이름을 바꿀 만도 하군요."

"네. 이런저런 이유로 그 이름을 아주 싫어했어요. 군대식 교육을 하는 사립학교에 들어갔을 때 벌써 이름을 바꾸고 싶었대요. 이 수구 트로피는 카인일 때 받았다가 얼마 뒤 이름을 바꾸게 되어 트로피에도 새 이름을 박아 넣었던 거지요."

"남편분을 보면 여러 가지 운동을 할 것 같은데 도대체 언제 시간이 나는 겁니까?"

경감이 물었다.

"그럴 시간 없어요. 맥스와 레슬링이나 권투를 하는 것 말고 다른 운동을 하는 것은 보지 못했어요."

"그래요?"

경감은 다시 한 번 진열실을 두리번거렸다.

"운동이라고 할 것도 없어요. 케인은 특이한 사람이라고 말씀드렸을 거예요. 그이는 하루에 두 번 안마를 받으면서 몸매와 근육을 유지하는 거랍니다. 멍청하기는 해도 맥스는 일급 안마사죠. 게다가 케인한테는 깜빡 죽거든요. 식사 조절에도 신경을 쓰지만, 얼마나 안 먹는지 오늘 밤에 잘 보셨죠? 워낙 강단이 있는 체질이라서요. 케인은 천의 얼굴을 가진 사람이랍니다. 어떨 땐 어린애 같은가 하면 어떨 땐 날라리 같아요. 그이가 몇 년째 세계에서 가장 옷 잘 입는 남자로 열 손가락 안에 꼽히고 있다는 걸 아세요? 보여드려야겠네!"

칼라가 웃으며 말했다.

그녀는 또 다른 방으로 그들을 데리고 들어갔다. 그 방은 아주 컸다. 남성복 전문점을 방불케 했다. 옷장이며 선반마다 양복, 외투, 운동복, 연회복, 구두가 빼곡하게 들어차 있었다.

"이걸 다 입을 시간이 있습니까? 엘러리, 저기 쭉 늘어선 승마 부츠 좀 봐라! 승마를 즐기나 보죠?"

경감이 감탄사를 연발하면서 물었다.

"말을 탄 지 몇 년쯤 되었을 거예요……. 거짓말 같죠? 그이도 이따금 둘러보기만 하러 이 방에 와요."

그들이 감탄하면서 왕의 옷을 한참 구경하고 있을 때 등 뒤에서 낮은 목소리가 들렸다.

"손님들이 어째서 내 의상에 관심을 갖게 됐소?"

그가 문가에 서 있었다. 준수한 얼굴에 피로가 배어 있었다. 언짢은 듯한 말투였다.

"남편 자랑을 하는 즐거움을 아내로부터 빼앗을 생각은 아니겠죠, 케인? 당신, 오늘 밤 피곤해 보여요."

칼라는 재빨리 그에게 다가가서 남편의 허리를 팔로 감았다. 그녀는 겁에 질려 있었다. 표정이나 행동으로는 그것이 나타

나지 않았고 목소리도 약간 불안한 정도였지만 엘러리는 틀림
없다고 생각했다. 마치 무서운 응징이 따르는 배신행위를 하다
가 현장에서 들킨 사람 같았다.

"오늘은 시간이 왜 이리 안 가는지, 힘든 일도 많았지. 마무
리로 한잔하시겠소?"

그러나 쌀쌀맞은 목소리였다.

"말씀은 고맙지만 사양하겠습니다. 부인을 너무 오래 붙잡아
둔 것 같아서요. 편히 주무십시오."

엘러리는 아버지의 팔을 당겼다.

칼라도 무어라고 말했다. 그녀는 웃고 있었지만 얼굴에는 핏
기가 하나도 없었다.

벤디고는 옆으로 비켜서서 두 사람을 지나가게 했다. 경감의
팔이 꿈틀했다. 문밖에 경호원이 지키고 서 있었다. 그들이 막
복도로 나서려는 순간 벤디고가 잡아 세웠다.

"잠깐."

그들은 멈춰 서서 새로운 위험에 바짝 신경을 곤두세웠다.
알 수 없는 불안. 이 남자가 던지는 한 마디 한 마디는 함정으
로 가득 차 있는 것처럼 들린다.

그러나 킹 벤디고는 지나가듯이 말했다.

"보여드릴 게 있습니다. 아벨이 잊지 말라고 했는데, 뭐였더
라?"

복도 모서리에서 고릴라 같은 맥스가 나타났다. 그는 기다란
시기를 물고 벽에 기댄 채 퀸 부자를 보면서 싱글거렸다.

"그게 뭐죠?"

엘러리는 긴장을 풀려고 애썼다.

"맞아. 오늘 밤 그놈의 편지가 또 왔습니다. 야간 비행기 편으로. 일반 우편물 속에 들어 있었지요."

그는 엘러리의 손에 편지를 떨어뜨렸다. 봉투는 뜯겨져 있었다. 엘러리는 편지를 꺼내지 않고 벤디고의 얼굴을 물끄러미 들여다보았다.

지치고 무심한 표정 말고는 아무것도 읽어낼 수가 없었다.

"편지는 읽으셨겠지요, 벤디고 씨?"

퀸 경감이 날카롭게 물었다.

"아벨이 조르는 통에. 이건 쓰레기에 불과합니다. 편히 주무십시오."

"케인, 그게 뭐예요?"

칼라가 달라붙었다.

"당신은 몰라도 돼⋯⋯."

그러면서 문이 닫혔다.

맥스는 약 2미터 간격을 두고 퀸 부자의 방 앞까지 따라왔다. 그러더니 놀랍게도 한달음에 가까이 다가왔다.

"이런!"

경감은 뒷걸음질 쳤다.

맥스가 집게손가락으로 엘러리의 가슴을 꾹 누르자 엘러리는 비틀거렸다.

"보기보다 약하네."

"뭐, 뭐?"

엘러리가 더듬거렸다.

"흠."

맥스는 빙글 돌더니 으스대면서 걸어갔다.

"도대체 왜 저러는 거야?"

경감이 투덜거렸다.

엘러리는 가슴을 쓸어내리면서 문에 열쇠를 꽂았다.

세 번째 편지의 내용은 앞서 온 두 통과 거의 비슷했다. 똑같은 고급 종이에 똑같은 휴대용 윈체스터 무소음 타자기를 썼고 사실상 내용은 변화가 없었다.

'당신은 6월 21일 목요일에 살해당할 것이다 —'

"6월 21일이라. 날짜가 추가되었군. 일주일도 채 안 남았구나. 줄표가 있는 걸 보니 편지가 또 올 모양이다. 무슨 내용이 남아 있을까?"

경감이 생각에 잠긴 얼굴로 말했다.

"중요한 게 적어도 하나는 남아 있죠. 시간입니다. 6월 21일 목요일 몇 시 몇 분까지 자세히 적혀 있을지 몰라요. 이 봉투 보셨어요?"

"네가 들어쥐고 있는데 내가 무슨 수로 그걸 봤겠니?"

"우리 생각이 맞았어요. 킹은 오늘 밤 야간 항공편으로 들어온 우편물에 섞여 있었다고 말했지요. 그렇다면 어디든 우체국을 거쳤어야 합니다. 그런데, 아니에요. 보세요."

"우표도 소인도 없구나. 도착한 뒤에 누군가가 우편주머니에 슬쩍 넣은 거야."

경감이 중얼거렸다.

"내부인의 짓입니다. 틀림없어요."

"하지만 너무 멍청해. 바보가 아니고서야. 초등학생도 이 봉투를 보면 이 섬이 발신지라는 걸 알 수 있을 거다. 도저히 이해가 안 가."

"잘됐지 뭡니까. 우리가 필요 없다는 소리니까요. 요만큼도.
이제 도청 따위는 걱정할 필요도 없어요."

"앞으로 어쩔 거냐, 애야?"

"자야죠. 그리고 내일 아침 당장 본때를 보여야지요!"

6

다음 날 엘러리는 본때를 보였다. 그는 일부러 최대한 말썽을 일으키기로 마음먹었다.

아버지를 저택에 남겨두고 엘러리는 차를 불렀다. 파란 셔츠가 운전하는 차가 안뜰에 나타났고 갈색 셔츠가 문을 열었다.

"오늘 아침엔 동행이 필요 없습니다. 내가 직접 몰겠어요."

엘러리가 딱 부러지게 말했다.

"미안합니다, 퀸 씨. 타세요."

갈색 셔츠가 말했다.

"어디나 마음대로 갈 수 있다고 들었는데."

"그렇습니다. 저희가 어디든지 모시고 가겠습니다."

갈색 셔츠가 말했다.

"우리 아버지는 유모 없이도 차를 몰고 나갔지 않습니까!"

"오늘은 꼭 붙어 있으라는 명령입니다."

"누구 명령이오?"

"스프링 대령."

"스프링 대령은 누구한테 명령을 받습니까?"

"저도 모릅니다. 아마 중앙 본부겠지요."

"내가 가려는 데가 바로 중앙 본부요."

"모셔다 드리겠습니다."

"타세요, 퀸 씨."

파란 셔츠가 공손히 말했다.

엘러리는 차에 올랐다. 갈색 셔츠가 옆자리에 앉았다.

중앙 본부에 도착한 엘러리는 불만스러운 얼굴을 하고 검은 대리석이 깔린 로비로 성큼성큼 걸어갔다. 갈색 셔츠와 파란 셔츠가 대리석 의자에 앉았다.

"안녕하십니까, 퀸 씨. 누굴 만나러 오셨습니까?"

책상 앞에 앉아 있던 경비병 세 명 중 가운데 남자가 물었다.

"킹 벤디고."

남자는 면담 예정표를 확인했다. 그는 난처한 표정으로 고개를 들었다.

"약속을 하셨나요?"

"그런 거 필요 없소. 엘리베이터를 여시오."

경비병은 엘러리를 물끄러미 보았다. 그러더니 자기들끼리 쑥덕거렸다. 가운데 남자가 말했다.

"아직 모르시는 모양이군요. 약속이 안 되어 있으면 위로 올라갈 수가 없습니다."

"그럼 약속을 잡아주시오. 당신들이 어떻게 하건 내 알 바 아니지만 좌우지간 나는 지금 당장 여기 주인을 만나야 하니까."

세 사람은 얼굴을 마주 보았다.

뒤에서 갈색 셔츠가 말했다.

"말썽을 일으키면 안 됩니다, 퀸 씨. 이들은 명령을……."

"벤디고와 통화하겠소!"

엘러리는 이 위기 상황을 만끽하고 있었다. 갈색 셔츠가 파란 셔츠의 팔을 툭 친 모양이었다. 둘 다 주춤했기 때문이다. 갈색 셔츠는 가운데 경비병에게도 눈짓을 한 모양이었다. 그 장교는 얼굴이 사색이 되어서 허둥지둥 통신 장비를 만지작거렸다. 그는 나지막이 이야기했기 때문에 엘러리 귀에까지 들리지는 않았다.

"불가능하다는 의전관의 응답입니다. 지금 몹시 중요한 회의에 들어가 계십니다. 선생님께서 기다려주셔야겠습니다."

"여기서는 곤란하오. 위로 올라가야겠어."

"선생님……."

"간다니까."

남자는 다시 통신기에다 대고 중얼거렸다. 잠시 뜸을 들였다가 그는 신경질적으로 엘러리를 향해 돌아섰다.

"됐습니다."

세 사람 가운데 하나가 무언가를 누르자 원기둥의 문이 바닥으로 내려왔다.

"된 것 같지 않은데."

엘러리가 퉁겼다.

"네?"

가운데 남자는 얼떨떨한 모양이었다.

"당신들은 내 지문을 확인하지 않았어. 내가 암살범이 아니란 걸 당신들이 장담할 수 있나? 스프링 대령한테 보고해드릴까?"

엘리베이터 문이 닫히는 순간 엘러리가 마지막으로 본 것은 울상이 된 갈색 셔츠의 바보스러운 얼굴이었다. 엘러리는 더없이 뿌듯했다.

엘리베이터는 쐐기꼴 응접실에 엘러리를 내려놓았다. 이번에는 검은 책상에 누군가 붙어 있었다. 책상 앞에는 제복이 아닌 수수한 검은 양복 차림의 남자가 앉아 있었다. 엘러리는 그렇게 억세 보이는 의전관은 난생처음 보았다. 그러나 목소리는 나긋나긋하고 교양이 스며 있었다.

"착오가 생겼나 보군요……."

"천만에. 이런 오만한 작태에 이젠 넌덜머리가 나는군. 킹콩은 안에 있나?"

"자리에 앉으세요. 킹께서는 지금 몹시……."

"……중요한 회의가 있다. 나도 알아. 늘 중요한 회의라고 떠벌리지."

엘러리는 왼쪽 문으로 가서 의전관이 미처 제지할 틈도 없이 거칠게 쾅쾅 두드렸다. 고막을 찢는 굉음이었다.

그는 아랑곳하지 않고 계속 쾅쾅 두드렸다. 고막이 찢어지기 일보 직전이었다.

"선생님! 이러시면 안 됩니다! 이건…… 이건……."

의전관이 엘러리의 팔을 움켜잡았다.

"반역죄라고? 천만에. 난 국적이 다르거든. 어서 열어!"

의전관은 엘러리의 목을 졸랐다. 다른 손으로는 엘러리의 입과 코를 막았다.

숨을 쉴 수가 없었다.

엘러리는 악이 받쳤다. 그 자신의 거친 행동을 감안한다 하더라도 이런 식의 취급은 발전된 민주주의 국가의 책임 있는 공무원이 아니라 동베를린 지역의 술집 건달이 할 짓이었다. 엘러리는 굴복한 척 온몸의 힘을 뺐다. 의전관의 억센 손아귀가 조금 느슨해졌다 싶었을 때 업어치기로 벼락같이 반격을 했다. 상대의 몸이 공중을 돌아 그대로 엉덩방아를 찧었다.

그때 킹 벤디고의 집무실 문이 열리더니 맥스가 얼굴을 빠끔히 내밀었다.

엘러리는 고릴라와 옥신각신하면서 힘을 낭비할 생각이 없었다. 불의의 기습을 퍼부을 수 있는 이점을 가진 엘러리가 맥스 같은 사내를 처리할 수 있는 방법은 한 가지밖에 없었다. 킹의 어릿광대의 코를 겨냥해 스트레이트를 내뻗고 충격을 받은 고릴라를 밀치고 안으로 들어갔다. 앞으로 몇 초 뒤에 자기가 당할지도 모르는 일에 대해서는 굳이 생각하고 싶지 않았다.

반원형의 방은 어디서 한 가닥 할 듯해 보이는 얼굴들로 가득 차 있었다. 그들은 자리에 앉아 있거나 킹의 책상 주위에 서 있었는데 모두 문 쪽을 바라보고 있었다.

엘러리는 뒤에서 의전관의 고함과 쿵쾅거리는 발소리를 들을 수 있었다. 맥스는 한쪽 무릎을 세우고 있었지만 코는 피범벅이 되었고 삐뚜름한 베레모는 왼쪽 눈을 덮었다. 독기가 빠진 오른쪽 눈은 넋을 잃고 엘러리를 바라보았다.

엘러리는 벤디고의 책상까지 터벅터벅 걸어가서 한 가닥 할 듯한 남자 하나를 밀치고 두 주먹을 으리으리한 흑단 책상 위에 얹고 금빛 의자에 앉아 있는 남자를 무섭게 노려보았다.

옥좌의 남자도 엘러리를 쏘아보았다.

"기다려라, 맥스. 도대체 여기서 무슨 짓인가, 퀸?"

소름 끼치는 목소리였다.

엘러리는 목 뒤에서 맥스의 뜨거운 숨결을 느꼈다. 과히 기분 좋은 느낌은 아니었다.

"꼭 답변을 들어야 할 문제가 있어섭니다, 벤디고 씨. 요리조리 빼고 속이고 하는 데 이젠 진저리가 납니다. 더는 참을 수가 없어요."

"나중에 봅시다."

"지금 봅시다."

방 안에는 아벨 벤디고의 얼굴도 보였는데, 그는 기가 막힌 모양이었다. 한쪽 구석에 이매뉴얼 피바디와 액스트 박사의 모습도 보였다. 법률고문은 벌린 입을 다물지 못했고, 물리학자는 어젯밤에는 보여주지 않았던 흥미로운 눈길을 엘러리에게 던지고 있었다. 한 가닥 하는 듯한 낯선 사람들은 그저 어리둥절해 보였다.

"당신이 지금 어떤 피해를 끼치고 있는지 아시오?"

벤디고가 힐난했다.

"그런 얘기는 시간 낭비입니다."

검은 눈동자가 흐려졌다. 벤디고는 의자에 등을 기댔다.

"미안합니다, 여러분. 잠깐이면 됩니다. 아니, 그대로 계십시오. 경비병들도 가만있게. 문을 닫아."

엘러리는 멀어지는 발소리와 문이 딸깍 닫히는 소리를 등 뒤로 들었다.

"자, 당신이 알고 싶은 게 뭡니까?"

"이 섬 어디에 가면 휴대용 윈체스터 무소음 타자기를 찾을 수 있습니까?"

엘러리가 재빨리 물었다.

수소폭탄 제조법을 물었다고 하더라도 그렇게 쥐 죽은 듯 조용한 반응을 끌어내지는 못했을 것이다. 잠시 뒤에 방문객 한 사람이 킥킥 웃었다. 그 웃음에 킹 벤디고는 자리를 박차고 일어섰다.

"그 멍청하고 쓸데없는 조사 때문에 당신은 지금 이 세상에서 가장 중요한 회의를 중단시키고 있단 말이야. 퀸 씨, 이분들이 누군지 아시오? 내 왼쪽에 앉아 있는 분은 영국 정부의 카디건 클리츠 경, 오른쪽에 계신 분은 프랑스 공화국의 카미유 카스베르 기사요. 또 내 앞에 앉아 있는 분은 미국 원자력관리위원회의 제임스 월브리지 모너휴 씨. 당신은 이분들의 토론에 훼방을 놓았소. 내 문제는 별개로 하더라도! 그깟 타자기 한 대 때문에! 이건, 농담도 너무하지 않소?"

킹이 핏대를 올렸다.

"분명히 말씀드리지만 저는 요만큼의 악의도……."

"그럼 의도하는 게 뭐요? 설명해!"

"그러지요. 당신은 꽁꽁 닫힌 문과, 무장 경비원과, 명령과, 출입 제한과, 조사를 가로막는 각종 장애로 이 섬을 엉망으로 만들고 있습니다! 이런 상태에서 충분한 조사를 하려면 5년도 넘게 걸릴 겁니다. 그래도 전부 조사했다는 확신은 가질 수 없겠지요. 나는 5년씩 여기 있을 입장이 아닙니다. 행동을 해야겠다 이겁니다. 이 섬에서는 당신과 담판을 짓기 전에는 그것이 불가능하다는 결론을 얻었기 때문에 이렇게 쳐들어온 겁니다. 다시 묻지요. 이 섬 어디에 가면 휴대용 윈체스터 무소음 타자기를 찾을 수 있습니까?"

검은 눈이 더욱 흐려졌다. 책상 위에 얹힌 미끈한 손이 약간 떨렸다. 그러나 입을 열었을 때 킹의 목소리는 무섭게 가라앉아 있었다.

"아벨……."

거기서 킹은 자제심을 잃었다. 미끈한 손으로 곤봉을 휘두르 듯 허공을 때렸다.

"이 미친놈을 끌어내!"

아벨이 허겁지겁 책상을 돌아가서 형의 시뻘건 귀에다 대고 무어라고 속삭였다…….

아벨의 이야기가 계속되는 동안 시뻘건 빛이 가시고 불끈 쥔 주먹이 풀렸다. 드디어 킹은 고개를 살짝 끄덕였다. 검은 눈동 자가 다시 한 번 엘러리를 힐끔 보았다.

아벨이 숙였던 허리를 폈다.

"우리는 그런 정보를 갖고 있지 않습니다, 퀸 씨. 중앙 본부 에 있는 타자기는 모두 전동식이며 크기와 무게도 모두 표준형 입니다. 이 건물 안에서는 휴대용은 전혀 사용하지 않아요. 물 론 섬 어딘가에서 개인적으로 그런 모델을 가진 사람이 있는지 는…….."

"만일 당신들이 그 이상의 구체적인 정보를 주지 못한다면 저택의 수색 허가도 내주어야 합니다. 특히 벤디고가의 살림집 을요. 뭐든지 핵심에서 출발하는 게 으뜸이니까요. 그렇지 않 나요, 아벨?"

그는 아벨의 눈을 정면으로 쳐다보면서 말했다.

아벨이 눈을 끔뻑거렸다. 대단히 빨리, 계속 끔뻑거렸다.

킹 벤디고가 퉁명스럽게 말했다.

"좋습니다, 퀸. 허락해드리지요. 이제 맥스한테 내쫓기기 전 에 어서 나가주시오."

엘러리는 방에 들어가 아버지를 데리고 나왔다.

"얄미운 짓만 골라서 한 셈이죠."

중앙 본부에서의 모험담을 이렇게 마무리 지었다.

"그런데 아버지, 한 가지 발견을 했어요. 아니 두 가지……."

"첫 번째는 알겠다. 부모 잘 만나서 천부적 후각을 타고났다는 것이겠지."

퀸 경감이 불만스러운 듯이 말했다.

"문제의 휴대용 타자기를 벤디고 집 안 어딘가에서 찾아낼 수 있을 것 같아요. 그게 하나고 또 하나는 킹이 제가 생각했던 것보다 훨씬 위험한 남자라는 사실입니다. 그 사람은 폭군의 권력을 가지고 있을 뿐 아니라 폭군의 변덕까지도 가졌어요. 남에게 힘이 있다 싶으면 더욱 표변하는 겁니다. 한마디로 신뢰할 수 없는 성격이지요. 어디, 아벨이 군주의 명령을 실행에 옮겼나 확인해볼까요?"

아벨은 명령을 실천했다. 경비병들은 그들을 제지하지 않았다. 대장은 못마땅한 얼굴이었지만 경례를 하고 군소리 없이 통과시켰다.

식구들은 모두 독립된 생활공간을 가지고 있었다. 퀸 부자는 그것들을 하나하나 조사했다. 칼라 벤디고의 방에는 타자기가 없었고 칼라의 모습도 보이지 않았다. 킹의 방에는 타자기가 한 대 있었고 아벨의 방에도 한 대 있었지만 모두 휴대용은 아니었다. 두 사람은 유다의 방을 향해 복도를 걸어갔다. 그때 엘러리가 유다의 방 복도 건너편에 있는 육중해 보이는 문을 발견했다. 그것은 이제까지 저택 안에서 본 어느 문과도 모양과 크기가 달라 보였다. 엘러리는 문을 열어보았다. 문은 단단히 잠겨 있었다. 톡톡 두드려보았다. 엘러리는 휘파람을 불었다.

"강철이네요. 안에 뭐가 있을까."

경감에게 말했다.

"알아보자꾸나."

경감은 그렇게 말하고 경비대장 쪽으로 갔다.

"이곳은 기밀실입니다. 킹과 그분을 보좌하는 분만이 사용할 수 있습니다. 주로 아벨 씨가 이용하죠."

"음모의 온상이로군. 문을 열어주시오."

엘러리가 말했다.

"안 됩니다. 특별 허락이 없는 한 아무도 들어가지 못합니다."

"그럼 열어요. 난 특별 허락을 받았으니까."

"기밀실에 대해서는 별도의 지시가 없었습니다, 선생."

대장이 말했다.

"그럼 허락을 받아내시오."

"잠시만요."

대장은 뚜벅뚜벅 걸어갔다.

퀸 부자는 기다렸다.

"기밀실이면 들어갈 수 있는 가능성이 희박하겠군. 중앙 본부로 돌아가기 싫을 때는 킹과 아벨이 밤늦도록 여기 붙어 있는 모양이야."

경감이 푸념을 했다.

대장이 돌아왔다.

"허가가 안 떨어졌습니다."

"뭐! 그런 난리를 쳤는데……."

엘러리가 소리를 질렀다.

"아벨 씨 말이, 기밀실에는 휴대형 윈체스터 무소음 타자기가 절대 없다고 퀸 씨에게 전하랍니다."

대장은 등을 돌려 걸어갔다.

"아버지, 천생 유다 벤디고겠는데요."

엘러리가 말했다.

사실이었다. 그들은 유다의 방에서 휴대형 윈체스터 무소음 타자기를 발견했다.

유다 벤디고는 아직 한밤중이었다. 술에 전 사람이 그러하듯 발작하듯이 코를 골았다. 경감은 침실 문을 등지고 섰고 엘러리는 방 안을 둘러보았다.

유다의 방은 저택 안에서도 정말 유별난 곳이었다. 칼라의 방은 여성적이기는 했지만 깊이와 넓이가 결여되어 있었다. 유다의 방은 난잡하기는 했지만 교양과 지성과 예술적 소양을 갖춘 지적인 남자의 편안한 방이었다. 광범위한 분야의 서적이 꽂혀 있었는데 모두 읽은 흔적이 역력했고, 그중 상당수는 장정이 고급스러운 희귀본이었다. 회화와 판화는 하나같이 독창적인 것으로 날카로운 안목과 격조 높은 취향의 소유자가 아니면 수집할 수 없는 것들이었다. 화가의 이름은 엘러리가 모르는 사람도 많았다. 엘러리는 그 점이 마음에 들었다. 유다가 단순히 명성 때문이 아니라 다른 곳에서 아직 인정받지 못한 재능을 남보다 한발 앞서 간파하고 그것들을 수집했다는 증거였기 때문이었다. 엘러리가 거금을 들여서라도 사고 싶었던 위트릴로의 작품도 두 점 있었다.

한쪽 벽면은 모두 음반이 차지하고 있었다. 모두 2천5백 장은 되어 보이는 앨범이었다. 한두 해에 모을 수 있는 양이 아니었다. 엘러리는 오래전에 절판되어 수집가들의 선망의 대상이 된 수많은 앨범들을 구경했다. 팔레스트리나, 페르골레시, 북스테후데, 바흐, 모차르트, 하이든, 헨델, 스카를라티, 베토벤, 슈만, 브람스, 브루크너, 말러 등이 주르르 늘어서 있었다. 그레고리오 성가 전집도 눈에 띄었다. 기다란 선반 하나는 민족음악이 온통 차지하고 있었다. 그러나 버르토크도 있었고 힌데미트, 쇼스타코비치, 토흐도 눈에 띄었다. 9세기 이후 서구의 뛰어난 음악이 거기 총망라되어 있었다.

탁자 위에 벨벳으로 안을 댄 바이올린 케이스가 열려 있는데 그 안에 스트라디바리우스가 반짝거리고 있었다. 엘러리는 현을 퉁겨보았다. 훌륭한 음색이었다.

이어서 백슈타인 피아노 뚜껑도 열었다. 그곳에는 종 모양의 병이 없었다! 유다는 이곳에서까지 그런 속임수를 연출할 필요가 없었던 것이다. 피아노 뒤쪽의 방 한구석에는 세공자크 코냑이 여섯 상자나 수북이 쌓여 있었다.

엘러리는 인상을 쓰면서 침실 문을 힐끔 쳐다보았다.

그는 머리를 흔들고 휴대형 원체스터 타자기가 놓여 있는 피렌체산 책상으로 다가갔다.

엘러리는 타자기를 만지지 않았다.

그는 갑자기 쭈그리고 앉아 서랍을 뒤지기 시작했다.

경감은 말없이 지켜보았다.

"여기 종이가 있어요."

커다란 상자 안에 보통 크기의, 문자나 도안이 없는 크림색 모조 피지 편지지가 쌓여 있었다.

"틀림없니?"

"이탈리아제예요. 무늬도 같고요. 확실해요."

엘러리는 상자에서 종이 한 장을 꺼낸 다음 상자를 서랍 안에 집어넣었다. 종이를 타자기에 꽂았다.

"깰 텐데."

경감이 말했다.

"그럼 더 좋죠. 하지만 깨지 않을 겁니다. 술에 곯아떨어진데다 이건 소리가 안 나거든요……. 어떻게 되나 볼까. 만일이게 같은 타자기라면……."

엘러리는 세 번째 협박장을 꺼내 책상 위에 있는 세공자크 병에 기대어 세워놓고 백지에다 그 문구를 쳤다.

타자기는 가벼운 소리를 냈다. 기분 좋은 소리였다.

엘러리는 종이를 빼서 진짜 협박장 옆에 나란히 놓았다. 그는 한숨을 쉬었다. 증거는 결정적이었다. 6월 21일 목요일에 킹 벤디고를 죽이겠다는 세 번째 협박장은 이 타자기로 친 것이었다. 줄이 조금 비뚤어지고 일부 활자의 잉크가 밴 모습이 완전히 똑같았다.

"이거예요, 아버지."

그들은 유다의 조용한 방 안에서 얼굴을 마주 보았다.

잠시 뒤에 경감이 입을 열었다.

"숨길 생각을 안 하다니……. 조금도. 아벨이나 킹이나 누구라도 밤이건 낮이건 여기 들어오기만 하면 10초 안에 편지지와 타자기를 찾아내 똑같이 시험해서 똑같은 결론에 도달할 수 있다. 스프링 대령도, 저택 경비병도, 하다못해 맥스도 그 정도는 알아낼 수 있어!"

"아벨은 조사했겠지요."

동생이 형을 죽이려고 모의하면서 그것이 들통 날 가능성에 대해서는 아무런 경계 조치를 취하지 않는다. 다른 동생이 그것을 발견하고(이게 가장 이상스러운데) 확인하고 자시고 할 것도 없는 명약관화한 사실을 확인하려고 한다…….

"아니면 누가 유다한테 죄를 뒤집어씌우는 건지도 모르지. 아벨은 그걸 알고 있든지, 아니면 그렇지 않을까 하고 의심을 하는 거고."

경감이 조용히 말했다.

"그렇다 하더라도 그게 문제가 될까요?"

엘러리는 손가락 마디를 꺾으면서 말했다.

"이 난공불락의 철옹성 복판의 꼭대기 층 왕족의 방에서 발견된 겁니다. 그런데 뉴욕에서 굳이 전문가를 모셔 올 필요가 있었을까요? 좀 더 훌륭한 장비를 갖춘 치안 유지 기관이 있는데도요? 별로 귀찮은 일도 아닙니다. 지문만 조사해도 해결돼요. 아무래도 이상해."

엘러리는 머리를 흔들었다.

"나도 이상하다."

엘러리는 주머니에서 칼을 꺼냈다.

"무슨 짓이냐?"

"세공을 하려고요. 그 수밖에 없잖아요?"

엘러리는 예리한 칼날로 유다 벤디고의 타자기에 있는 'ㅇ'의 양옆에 조심스럽게 홈을 팠다.

"어쩌려고? 이 타자기로 쳤다는 게 확인되었지 않니."

"협박장을 같은 날 미리 한꺼번에 쳐놓았을 가능성도 없지는 않죠. 만일 다음 협박장의 'ㅇ'에 흠집이 나 있지 않으면 그렇다는 소립니다. 그럼 벽에 부딪치는 거죠. 하지만 만일 흠집이 나 있으면, 그리고 이 방에 들어오는 사람을 24시간 감시할 수만 있으면…….."

엘러리는 경비대장에게 말했다.

"스프링 대령을 전화로 불러주시오."

대장은 긴장했다.

"옛!"

다른 경비병들도 바짝 얼었다.

"대령입니까? 엘러리 퀸입니다. 지금 나는…….."

"어디서 전화하는지 알고 있습니다. 퀸 씨. 기분은 어떠신가요?"

스프링 대령의 새된 목소리가 들렸다.

"그 질문은 만나서 답변드리지요. 내가 지금 있는 곳을 아시거든 바로 와주십시오."

"무슨 일이 있습니까?"

대령이 경계하듯이 물었다.

"기다리겠습니다."

6분 뒤에 스프링 대령이 우울한 얼굴로 나타났다. 웃음기가 사라지고 없었다.

"무슨 일입니까?"

그가 불쑥 입을 열었다.

"이 경비병들은 어느 정도 신용할 수 있을까요?"

엘러리가 물었다.

경비병들은 대장을 포함해서 바짝 긴장했다. 눈이 휘둥그레졌다.

"이 친구들 말입니까? 백 퍼센트 신뢰할 수 있습니다."

스프링 대령이 그들을 바라보면서 말했다.

"교대병의 경우도 같습니까?"

"그렇습니다만, 무슨 일이죠?"

엘러리는 그 말에는 대답하지 않고 다시 물었다.

"윗사람에게 절대적으로 충성을 바칩니까?"

멋진 검정과 금색의 제복을 입은 작달막한 이 사내는 한 손을 허리에 얹고 머리를 갸우뚱했다.

"킹 벤디고 님에게 말입니까? 그분을 위해서라면 목숨이라도 바칠 겁니다."

"매수에 넘어가지는 않겠군요. 왜냐하면 이 순간부터 유다 벤디고 씨의 방에 들어가는 모든 인물에 대해서 24시간 보고가 필요해서요."

"유다 씨? 이유를 여쭤도 괜찮겠습니까?"

"괜찮지만 대답은 드릴 수 없습니다, 스프링 대령."

작달막한 이 사내는 다갈색의 담배를 한 개비 꺼내 물었다. 대장이 척 앞으로 나가서 라이터를 내밀었다.

"고맙다……. 허락을 받으셨습니까, 퀸 씨?"

스프링은 바쁘게 연기를 내뿜었다.

"아벨 벤디고에게 물어보시죠. 만일 그가 허락하지 않으면 퀸 경감과 나는 한 시간 안에 뉴욕으로 돌아간다고 전하세요. 물론 허가가 안 나는 불상사는 없겠지만……. 이 감시는 극비입니다. 아벨 벤디고 씨 이외에는 누구에게도, 사실은 그 양반도 제외하고 싶은 게 솔직한 심정이지만, 감시를 하고 있다는 사실을 알려서는 안 됩니다. 감시의 편의를 위해서 하녀와 급사에게는 적당한 이유를 둘러대어 별도의 명령이 떨어지기 전까지 유다 벤디고 씨의 방에 드나들지 못하도록 하는 것도 좋은 방법이겠지요. 만일 비밀이 샌다든지 일이 완전무결하게 수행되지 않았다든지 하는 날에는……."

스프링 대령의 얼굴은 점점 흐려졌다.

"나는 한 번도 불만을 들은 적이 없습니다, 퀸 씨."

그는 그냥 그렇게만 말했다.

엘리베이터 안에서 퀸 경감이 차갑게 뇌까렸다.

"그 친구야말로 어느 정도나 신뢰할 수 있을지 모르겠다."

엘러리도 같은 생각을 하고 있었다.

7

네 번째 편지는 다음 날 오후에 왔다.

그날은 킹의 의료실장이 우스꽝스러운 최후통첩을 하면서 시작되었다. 스톰 박사의 거주 공간은 벤디고 가족을 위해 지어진 병동 안에 있었다. 최첨단 의료 시설이 갖춰진 이곳에서 스톰 박사는 의료진과 치과 의사와 연구소 기술진의 도움을 얻어 벤디고 제국 지배자의 일일 건강 진단을 하고 있었다. 검사는 매일 아침 킹 벤디고의 아침 식사 전에 이루어졌다.

이 특별한 아침에 땅딸막한 박사는 보고서 더미를 번쩍 쳐들고 경비병 옆을 헤엄치듯이 빠져나와 가족 식당으로 들어가서는 막 식탁에서 일어나는 킹과 그의 왕비를 향해 느닷없이, 자신의 고귀한 환자는 그날 일을 하면 안 된다고 선언했다.

"어디 안 좋은 데라도?"

칼라가 걱정스럽게 물었다.

"무슨 소리! 나는 건강해. 조금 피로할진 몰라도······."

킹은 정색을 했다.

"조금 피로하다고요? 확실히 피곤한 겁니다! 오늘 아침은 상태가 안 좋아요. 절대로 안 됩니다. 오늘은 찌뿌드드한 게 습기가 많은 날입니다. 나이를 생각하셔야지요. 오늘 같은 날은 아무엇도 하지 않고 느긋하게 지내는 게 상책입니다."

"가보게, 스톰. 아벨이 공무로 워싱턴에 갔기 때문에 해야 할 일이 산더미 같다. 쓸데없는 소리 말라고."

킹 벤디고가 눈살을 찌푸렸다.

"가겠습니다. 그리고 돌아오지 않겠습니다. 내가 이 유배지 생활이 즐거워서 있는 줄 아십니까? 이제 와서 이런 얘기 해봐야 소용없지만."

의료실장이 욱하고 대들었다.

"그럼 왜 이 섬에 있는 건가?"

킹이 웃으면서 캐물었다.

"사람이라는 족속이 싫어서지요. 내가 그들의 좁은 우주를 남김없이 정복해 그들의 새가슴을 놀라게 하고 그들의 윤리 의식에 충격을 던졌기 때문입니다. 거기다 무료함을 달랠 수 있는 멋진 병원과 수많은 기자재를 당신이 나한테 주었기 때문이지요. 당신을 좋아한다는 이유도 있습니다. 오늘은 중앙 본부에 가시면 안 됩니다. 한 발짝도 움직이면 안 됩니다. 정 그렇게 못 하겠거든 다른 돌팔이를 찾아보세요."

"약속이 있어서 안 된다니까……."

"무슨 일이기에? 왕국이 무너지기라도 한답니까? 수익이 천만 달러 줄었답니까? 그깟 약속 따위는 잊어버리세요."

"여보."

칼라가 애원했다. 그녀가 남편의 팔을 잡았다. 그녀의 눈은 진지했다.

"당신까지 이러기야."

킹은 한숨을 쉬고 옆으로 돌아서서 거울에 자기 얼굴을 비춰

보고 혀를 내밀었다.

"아, 아……. 거 봐, 별거 아닌 걸 가지고……."

"혀가 아닙니다. 전체적인 상태와 순환기의 문제예요. 얌전히 계시겠습니까, 아니면 내가 뜰까요?"

"알았어, 알았어. 그럼 뭘 하라는 건가?"

킹이 항복을 했다.

"일 이외에는 무엇을 해도 좋습니다. 연을 날려도 좋고 술을 마셔도 관계없습니다. 부인을 안는 것도 무방하고요. 뭐든 상관없습니다."

그런 경위로, 그날 오후 더위에 지쳐 흐느적거리면서 이곳저곳을 헤매고 다니던 퀸 부자는 여느 때와는 다른 광경에 부딪혔다. 체육관 옆을 지나가던 두 사람은 힘찬 고함을 듣고 안을 들여다보았다. 킹이 운동을 하고 있었다. 실내 수영장 근처에 훌륭한 링이 있고 거기서 섬의 지배자가 맥스와 레슬링을 하고 있었다. 두 사람 모두 타이츠를 입었고 웃통은 벌거벗은 채였다. 맥스의 몸은 털로 덮여 있었고 킹의 몸은 소년처럼 매끈매끈했다. 거대한 맥스 옆에 서니 킹은 호리호리해 보였다.

퀸 부자가 들어갔을 때 킹은 뒤로 휙 공중제비를 돌아 맥스의 강한 꺾기에서 빠져나오면서 그의 머리를 두 손으로 조였다. 맥스는 거대한 양팔을 들고 두 손을 맞잡은 채 있는 대로 힘을 쥐어짜면서 밑으로 압력을 가했다. 그러나 킹은 눈을 반짝거리면서 버텼다. 맥스의 힘이 빠지기 시작했다.

"항복이냐, 맥스?"

"네, 네!"

웃으면서 킹은 더욱 압력을 가했다. 맥스의 얼굴이 일그러지면서 눈이 튀어나왔다. 이어서 킹은 회심의 미소를 지으며 두 손을 놔주고 나서 등을 돌렸다. 맥스의 거대한 몸뚱이가 매트에 쿵 쓰러지더니 움직이지 않았다. 잠시 뒤에 맥스는 비틀거리면서 일어나 헐떡거리면서 링 한구석으로 가서 맥없이 주저앉았다. 헉헉거리며 상처를 핥는 야수의 모습이었다. 그는 목 뒤를 계속 쓸어내렸다.

킹은 퀸 부자를 알아보고 손을 흔들면서 링에서 뛰어내렸다.

"레슬링 할 줄 아시오, 퀸?"

"솜씨를 보니…… 안 되겠습니다."

킹은 웃었다.

"칼라, 우리 떠돌이 손님이 오셨소."

칼라가 얼굴을 들었다. 수영복 차림으로 수영장 옆의 태양등 밑에서 보안경을 끼고 비스듬히 누워 있던 그녀는 바로 몸을 세웠다.

"두 분이 같이 오셨네. 여기로 모시려고 두 분을 찾아 집 안 구석구석을 뒤졌어요. 어디 숨어 계셨어요?"

"여기저기 둘러보았습니다. 후덥지근한 날이로군요."

킹 벤디고는 싱글거리면서 그들을 내려다보았다. 엘러리는 만약 누군가 칼라를 포옹하고 있는 모습을 킹이 보았다면 어떤 반응을 보일까 생각했다.

맥스는 일어서서 멍한 표정을 지었다.

수영장 안에는 유다 벤디고가 있었다. 아벨의 모습은 어디에도 보이지 않았다.

녹색 수영복을 입은 유다의 희고 마른 몸이 찢겨 나온 거대한 수련 잎처럼 물 위에 떠 있었다. 풀 가장자리에는 세공자크 병과 잔이 놓여 있었다. 유다가 엘러리 쪽으로 눈을 돌렸다. 그 눈은 충혈되어 있었고 흐릿했다. 엘러리를 놀라게 한 것은 유다가 한쪽 눈꺼풀을 위아래로 움직이면서 틀림없이 윙크를 보냈다는 사실이었다. 이어 눈을 감은 유다는 가벼운 몸놀림으로 병과 잔을 향해 헤엄쳐 갔다.

칼라가 말했다.

"두 분도 수영 안 하실래요? 탈의실에 손님용 수영복이 준비되어 있어요."

"내 비쩍 마른 몸은 이 나이가 되어도 숙녀 앞에 보여드리고 싶지 않군요. 아무리 덥더라도 말입니다. 한 잔 주게……."

퀸 경감은 이동 바를 밀고 온 급사에게 말했다.

"하지만 여기 있는 내 아들 녀석은 몸매에 자신이 있을 테니……."

"그렇지도 않습니다."

엘러리는 킹 쪽으로 시선을 보내면서 말했다.

킹이 웃었다.

"당신은 나보다 말랐지만 다리우스는, 의전관 말이오. 당신 힘이 보통이 아니라고 하던데. 권투를 했소?"

"뭐…… 조금."

"케인의 유혹에 넘어가서 권투를 하면 안 돼요, 퀸 씨. 트로피 진열실에 사진이 있는데 보셨나 모르겠어요. 쓰러진 챔피언 옆에 서 있는 이이 사진을."

칼라가 말했다.

"챔피언? 무슨 챔피언입니까?

경감이 물었다.

"세계 헤비급 챔피언이었지."

킹 벤디고가 웃으며 대답했다.

"아주 오래전 일이오……. 이십 대 초반이었으니까. 챔피언이 지방 순회 시범 경기를 가지면서 시골뜨기들을 녹아웃 시키고 다녔는데, 내 팬 하나가 나를 부추겨서 링으로 몰아넣었지. 20초 만에 운 좋게 내 오른 주먹이 들어가 챔피언이 쓰러졌소. 신문사에 다니던 내 친구가 그것을 놓치지 않고 사진기에 담았지. 그 사진은 내가 가장 아끼는 사진 중 하나지……. 맥스! 좀 어떤가?"

"다시 한 번 붙자고요. 이번에는 팔을 분질러놓을 테니. 자!"

맥스가 불만을 터뜨렸다.

"아니. 아주 끝장을 보자. 글러브를 껴라, 맥스. 머리통을 날려줄 테니."

"오늘은 정말 이상하네. 자, 맥스, 이이를 녹아웃 시켜요. 여보, 당신 머리가 날아가는 걸 보고 싶어요……."

칼라가 한숨을 쉬며 말했다.

"당신까지 등을 돌리는군……. 내 글러브를 던져."

킹 벤디고가 히죽 웃었다.

링 기둥에 8온스 글러브가 두 짝 걸려 있었다. 한 짝은 보통 색이었고 또 하나는 광택이 나는 자주색이었다. 맥스는 으르렁거리면서 자주색 글러브를 주인에게 던졌다. 엘러리는 체육관 벽에 많은 글러브가 걸려 있는 것을 알아차렸지만 그중에 자주색은 하나도 없었다. 엘러리는 묘한 느낌이 들었다.

킹이 왼쪽 글러브를 끼려고 할 때였다. 커다란 손을 절반가량 집어넣은 그는 얼굴을 찡그리며 글러브를 벗었다. 그리고 집게손가락으로 안을 더듬었다.

손끝에 둥그렇게 말린 종이가 걸려 있었다.

크림색 종이였다.

벤디고는 그것을 펼쳤다. 그는 욕설을 내뱉으면서 누군가를 비난이라도 하듯 홱 몸을 돌렸다. 몸이 회전할 때 풀 가장자리에서 운동화가 미끄러졌다. 그는 괴성을 지르면서 그대로 물속에 빠졌다. 세찬 물보라를 맞은 엘러리와 경감은 흠뻑 젖었다.

글러브에서 편지를 꺼내는 모습을 보지 못한 칼라는 공포의 비명을 질렀다. 그러나 남편이 물속에서 몸부림치고 허우적거리는 것을 보고는 웃음을 터뜨렸다.

"케인, 나도 모르게 웃음이 터졌어요! 우스운 걸 어떡해! 유다, 그렇게 꿔다 놓은 보릿자루처럼 서 있지만 말고 좀 도와줘요!"

킹 벤디고는 가라앉았다가 떠올랐다가 악을 쓰더니 물을 한번 먹고는 다시 가라앉았다. 풀 가장자리에 앉아 있던 유다는 깜짝 놀랐다. 부지런히 손발을 놀려 형에게 헤엄쳐 가서는 왕의 턱을 움켜쥐었다.

"기적이다! 기적이야! 아킬레스건이 드러났다! 물속에서는 완전히 진흙 토막이로군! 태풍 조심하셔야겠어!"

유다가 큰 소리로 말했다.

엘러리와 경감은 투덜거리는 남자를 물 밖으로 끌어냈다. 엘러리는 유다 벤디고의 목소리를 처음 들었다는 사실을 그제야 깨달았다.

"케인, 미안해요. 괜찮아요? 하지만 당신이 스타일 구기는 모습은 한 번도 본 적이 없어서 그만 나도 모르게……. 맥주

병!"

칼라는 남편의 머리를 감싸면서 키득키득 웃었다.

킹 벤디고는 아내를 밀어내고 물기를 탁탁 털어낸 다음 체육관 밖으로 성큼성큼 걸어 나갔다. 그의 얼굴은 어두웠다.

링 위에서 내내 멍청히 서 있던 맥스는 바닥으로 뛰어내려 주인의 뒤를 쫓았다.

칼라는 웃음을 멈추었다.

"화가 난 거예요. 자기는 잘 웃어도 막상 본인이 웃음거리가 되는 건 싫다는 거죠……. 그 종이쪽지는 뭐죠? 또 그놈의 협박장인가요?"

칼라도 그 사실을 알고 있는 것이다.

"그런 모양입니다. 벤디고 부인."

엘러리는 앞서 벤디고의 손에서 종이가 미끄러질 때 그것을 집어서 슬쩍 주머니에 집어넣었다. 그는 종이를 내밀었다. 칼라와 경감은 그것을 읽었다.

유다는 수영장 가에 앉아서 조용히 술을 마시고 있었다.

종이의 지질도 같았으며 휴대형 무소음 윈체스터 타자기로 친 것이었다.

편지 내용은 이랬다.

'당신은 6월 21일 목요일 12시 정각에 살해당할 것이다—'

"말도 안 돼. 난 다른 편지들도 알아요. 케인한테서 알아냈지요. 하나같이 말이 안 되더라고요. 유치찬란해서. 미안해요. 옷을 갈아입어야겠어요."

칼라는 그렇게 말하고 탈의실로 향했다.

그들이 돌아섰을 때 유다 벤디고는 어디론가 종적을 감추고 없었다.

술병과 잔을 가지고.

퀸 부자는 젖은 옷을 굳이 갈아입지 않기로 했다. 그들은 2층으로 부리나케 올라가서 엘리베이터로 달려갔다.

"'ㅇ'에 홈이 있었다. 'ㅇ'이 모두 열 개인데 전부 이중으로 홈이 파여 있었어. 이제 문제는……."

경감이 소곤거렸다.

"대장, 당신의 보고서, 어서 보여주시오!"

엘러리는 경비대장에게 말했다.

대장은 근무시간 기록표를 엘러리에게 내밀었다.

그들은 올 때처럼 허둥지둥 되돌아왔다.

방으로 들어와 문을 꽁꽁 잠근 다음 퀸 부자는 보고서를 들여다보았다.

적힌 이름은 단 하나였다.

엘러리가 유다 벤디고의 타자기에 홈을 낸 이후로 유다 벤디고의 방을 드나든 사람은 유다 벤디고 말고는 아무도 없었다.

네 번째 협박 편지는 유다 벤디고의 타자기를 사용해서 쳤을 뿐만 아니라, 그것을 친 사람 역시 유다 벤디고라고 볼 수밖에 없었다.

"좋아. 이제는 밝혀졌다. 범인은 유다 벤디고, 시간은 6월 21일 목요일 12시 정각. 이젠 끝났어."

경감이 방 안을 서성이면서 말했다.

"그렇지 않습니다. 언제 12시죠?"

"뭐?"

"낮인지 밤인지 모르잖아요. 다섯 번째 편지가 올 겁니다."

"그거야 아무려면 어떠냐. 지금 중요한 건 범인이 유다란 사실을 우리가 알아냈다는 거야. 이제 알아냈으니 이걸 어쩐다?"

"아벨한테 보고하죠."

"워싱턴에 있잖니."

엘러리는 문제 될 것 없다는 듯이 어깨를 으쓱했다.

"돌아올 때까지 기다리죠."

"만약에, 만약에 아벨이 6월 22일 금요일까지 돌아오지 않으면 어떻게 될까?"

엘러리는 종이로 입가를 톡톡 쳤다.

"아니, 만약에 그 전에 돌아오면 또 어떻게 될까? 우리가 보고를 하면 그 사람은 이렇게 나올 거다. '고맙지만 나도 그렇게 생각하고 있었습니다. 자, 모자 쓰고 어서 가주세요!' 우리는 서쪽으로, 방향은 잘 모르겠지만 좌우지간 뉴욕 쪽으로 날아갈 테지. 이유가 뭐냐? 도대체 우리가 왜 필요했느냐고."

"유다라는 친구를 그들이 어떻게 처리할까요? 산 채로 가죽을 벗길까요? 세공자크 한 방울 삼키지 못하게 될 때까지 목을 매달아놓을까요? 뼈만 앙상한 손목을 찰싹찰싹 갈길까요?"

"어서 젖은 옷이나 벗어라. 특실에서 폐렴에 걸린다는 게 말이나 되겠니?"

그들은 말없이 옷을 벗었다.

8

그다음에 벌어진 상황은 도저히 참을 수가 없었다. 아무런 할 일이 없었기 때문이다. 다음 날 하루 종일 기다렸지만 아벨은 섬으로 돌아오지 않았다. 칼라의 얼굴도 볼 수가 없었다. 칼라가 가벼운 몸살을 앓아 스톰 박사의 명령으로 침대에 꼼짝없이 누워 있게 되었다는 말을 전해 들었다. 킹 벤디고는 중앙 본부로 복귀해서 어제 못 한 일을 만회하려는 듯 밤늦게까지 거기서 피바디와 함께 붙어 있었다. 퀸 부자는 유다만 두세 번 보았다. 유다는 다정하게 손짓을 하면서 아는 척을 했지만 애써 그들을 피하려 들었다. 아벨을 기다릴 것 없이 유다한테 대놓고 물어보는 것이 바람직하지 않을까 하고 장시간 토론을 벌이기도 했지만 결국 그러지 않기로 했다.

정말이지 할 일이 없었다.

그래서 그들은 섬을 구경하기로 했다.

"어쩌면 메모와 스케치를 좀 더 남길 수 있을지 모르니까."

경감이 말했다.

이번에는 파란 셔츠와 갈색 셔츠까지 종적을 감추었다. 적어도 그들이 가려는 길을 막는 사람은 없었고 미행자도 없었다.

권투 글러브 사건이 벌어진 지 이틀째 되던 날 그들은 섬에서 지금까지 한 번도 보지 못한 곳을 조사했다. 그곳에는 공장도 없었고 노동자들의 주택단지도 없었고 모래언덕과 가시덤불만이 우거진 황량한 곳이었다. 파란 바닷물이 몰려와 절벽을 때리면서 산산이 부서지고 있었다. 삼면이 바다에 노출된 이곳은 섬에 있는 뾰족한 곳 가운데 하나였는데, 효과적으로 은폐하기가 어렵다 보니 자연 상태로 내버려둔 모양이었다.

"그렇다고 완전한 자연 상태는 아니네요."

엘러리가 말했다.

"저기 위를 보세요. 관목이 자라기 시작하는 곳 말입니다. 폭기대면 안성맞춤일 것 같은 듬직한 자작나무 같은 게 보이죠? 사실은 16인치 포예요."

"이런 거지 같은 땅을 누가 뺏을까 봐서? 저건 뭐냐?"

아버지가 소리를 질렀다.

"뭐가요?"

경감은 모래언덕에서 좀 더 앞으로 나가 있었다. 아버지 옆으로 쑥 나선 엘러리는 자기도 모르게 걸음을 멈추었다.

절벽이 그들의 발치에서 끝나면서 가파르기는 하지만 그런대로 내려갈 수는 있는 길이 해안선까지 나 있었다. 절벽과 해안선 사이에 콘크리트 건물이 한 채 서 있었다. 건물은 크지 않았다. 쇠창살이 달린 창문 몇 개는 너무 작았다. 마치 장난감 요새처럼 보였다. 푸른빛과 모래 빛깔의 줄무늬가 그려진 건물 주위에는 야자나무가 심어져 있었다. 바다 쪽에서 보면 배경과 잘 구별되지 않을 것 같았다.

이 구역 전체가 높이 3.6미터가량 되는 철조망으로 둘러싸여 있었다.

엘러리는 위장된 케이블 일부를 가리켰다.

"감전됩니다."

건물 옥상의 망루에는 작은 총좌(銃座)가 있었고 좁은 총안(銃眼) 틈새로 기관포가 삐죽 주둥이를 내밀고 있었다. 중무장한 제복 차림의 사내들이 영내를 순찰하고 있었다.

"벤디고 왕국의 군인들인가 봐요. 외딴곳에 처박혀 있으니 틀림없이 적적할 겁니다. 다정한 말 한마디에 넘어갈지도 몰라요."

엘러리가 소곤거렸다.

그는 절벽을 타고 내려갔다. 경감도 그 뒤를 따랐다. 발밑에서 이판암 조각이 튀었다. 해는 뜨거웠다.

절벽 밑에 당도하니 작은 저택 차량이 한 대 서 있었다. 시동장치에 열쇠가 꽂혀 있었지만 차 안은 비어 있었다. 그들은 주위를 둘러보았다. 해안도로는 나 있지 않았다. 도로는 절벽 위에서 끊겨 있었다.

"도대체 이 차를 어디서 끌고 온 거야?"

"터널입니다. 저기 위장된 문 보이시죠? 저 안으로 바위를 뚫어서 절벽 위의 도로로 나가는 겁니다. 절벽에 난 문이라, 죽이는군! 여기 사람들은 하나같이 정신연령이 여덟 살을 넘지 못하는 것 같아요, 아버지."

"악동들이지."

"정지!"

검문소였다. 군인 둘이 경기관총을 들고 있었다. 총구가 퀸 부자의 배를 겨누고 있었다. 군인들 뒤에서 얼굴이 검게 탄 장교가 나타났다.

그 옆에는 스프링 대령이 담배를 피우며 서 있었다.

"안녕하십니까."

엘러리가 스프링 대령에게 말했다.

대령은 담배만 피웠다.

"어떻게 오셨습니까?"

장교는 거칠고 기계적으로 물었다.

"특별한 용무는 없습니다. 그냥 둘러보는 거죠. 이분은 소령이 맞습니까? 아직 이곳 계급 체계에 익숙하지 않아서."

스프링은 자기 부하의 통상 업무에 개입하고 싶지 않았는지 마치 처음 보는 사람처럼 무심하게 서 있었다.

"들어가서 구경해도 될까요, 대령?"

스프링 대령은 담배만 피웠다.

"통행증을 주시오."

장교가 불쑥 말했다.

"어쨌건 여기는 뭐 하는 곳이오? 도대체 여기서 무슨 놀이를 하는 겁니까, 소령?"

"통행증!"

농담이 전혀 먹혀들 것 같지 않은 딱딱한 음성이었다.

퀸 부자는 웃음을 거두었다.

"우린 통행증이 없습니다. 스프링 대령이 우리가 누군지 말해줄 겁니다."

엘러리가 조심스럽게 말했다.

"당신들이 누군지는 압니다. 통행증."

"우리는 섬 어디든지 가도 좋다고 킹 벤디고와 아벨 벤디고의 개인적인 허락을 받은 사람들입니다. 아직 연락이 안 온 모양이죠?"

"제시해요!"

"뭘 제시해? 말하지 않았습니까? 어디든지 가도 좋다는 허락을 당신네 왕이 내렸다고."

엘러리는 점점 부아가 치밀었다.

"여기서는 스프링 대령님이 서명한 통행증을 제시해야 합니다. 출입 금지 구역이에요. 통행증이 없으면 여기서 당장 나가십시오. 통행증 있습니까?"

"이런 망할 놈의."

경감이 투덜거렸다.

엘러리는 대령의 얼굴을 뚫어지게 바라보았다. 제복 차림의 오동통한 사내는 바구니 안에서 훈련된 벼룩 떼가 익살극을 펼치는 것을 보고 있는 듯한 얼굴이었다.

"좋습니다, 대령. 우리는 당신 앞에 있어요. 퀸 경감과 나는 통행증이 필요합니다. 발급해주시죠."

대령이 웃었다.

"암, 그래야지요. 한데 킹 벤디고나 아벨 벤디고의 부서(副署)가 필요합니다. 그게 규칙이죠. 내 사무실에다 정식으로 요청을 하세요. 그럼 실례."

대령은 거의 타들어 간 담배를 우아하게 쳐들었다가 톡 떨어뜨린 다음 구두 뒤축으로 밟아 껐다.

"가자, 애야."

퀸 경감이 말했다.

네 가지 일이 거의 동시에 일어났다.

콘크리트 건물에 단 하나 보이는 문이 빠끔히 열리더니 토실

토실한 스톰 박사가 진료 가방을 들고 나타났다. 그 뒤에 거인 호위병이 버티고 있었다.

엘러리는 주머니에서 쌍안경을 꺼내 눈에 착 붙이고 쇠창살이 달린 창문 하나를 살폈다.

스프링 대령의 표정이 굳어지면서 장교에게 뭐라고 날카로운 소리를 질렀다.

장교는 앞으로 뛰쳐나와 옥상 망루에다 고함을 쳤다. 철조망에 흐르는 전류는 위에서 조작하게 되어 있는 모양이었다. 장교는 검문소 문에 손을 갖다 대더니 쓱 열었다.

"체포해!"

스프링 대령이 말했다.

쌍안경은 엘러리의 손에서 장교의 손으로 넘어갔고, 다음 순간 퀸 부자는 보초 두 명에게 붙들렸다.

그들은 철조망 안으로 끌려 들어갔다.

"대체……."

경감은 목이 졸렸다. 병사 하나가 그의 넥타이를 움켜쥐고 있었다. 노인의 얼굴이 시뻘게졌다.

냉정한 목소리가 엘러리의 내면에서 울렸다.

'터무니없군. 소설에나 나올 법한 얘기야.'

그의 주먹이 누군가의 몸을 갈긴 것 같았다. 사람들이 그를 무섭게 노려보고 파란 하늘, 푸른 바다, 하얀 모래, 녹색 야자나무가 어지러이 맴돌았다. 온몸이 쑤신다 싶더니 다음 순간 복부에서 격통을 느꼈다. 그는 바닥에 쓰러져 모래 속에 코를 처박았다. 등 위에서 누군가 그를 눌러대고 있었다.

잠시 뒤에 그의 몸이 들어 올려지더니 세워졌다. 주위 광경이 조금씩 눈에 들어왔다. 그의 아버지는 허공에 대고 빈약한 주먹을 마구잡이로 헛되이 내뻗고 있었다. 콘크리트 건물의 문은 다시 닫혀 있었다. 검은 양복에 하얀 셔츠를 받쳐 입어 펭귄을 떠올리게 하는 스톰 박사는 스프링 대령에게 뭐라고 주절거리고 있었다.

퀸 부자는 무장한 군인들에게 둘러싸여 있었다.

아무도 위협하는 이는 없었다.

얼굴을 찡그린 사람조차 없었다.

'업무의 일부. 자기들에게 주어진 일을 하고 있을 뿐…….'

엘러리는 자기도 모르게 허리를 굽히고 가랑이를 움켜쥐었다.

스프링 대령은 담배를 또 한 대 피워 물면서 고개를 숙이고 찡그린 얼굴로 스톰 박사의 말을 듣고 있었다.

"규칙은 어기라고 있는 게 아닙니다."

그러나 스톰 박사는 여전히 주절거렸다.

엘러리를 붙든 병사들의 손아귀는 완강했다. 차라리 다행스럽다고 엘러리는 생각했다. 아버지는 여전히 헛된 주먹질을 하고 있었다. 벤디고의 비행기 한 대가 하늘 높이 날아갔다.

"좋습니다."

스프링 대령이 어깨를 으쓱했다.

대령은 장교에게 한마디 던진 다음 돌아서서 건물 쪽으로 걸어갔다. 바로 문이 열렸다. 그는 안으로 들어갔다. 문이 쾅 닫혔다.

"이제 가셔도 됩니다."

엘러리는 고개를 들었다. 스톰 박사가 웃고 있었다.

"나는……."

"대역죄죠. 왕을 배신했으니까요. 아니면 자기가 하는 일에 넌덜머리가 났는지도 모르지요. 이유야 얼마든지 있을 수 있겠죠. 아마 액스트의 충성심이 의심받고 있는 모양입니다. 취조를 받았든지 아니면 현재 취조를 당하고 있는 거예요. 또는 그가 연구 진행을 거부했기 때문에 지금 설득 공작을 벌이고 있는지도 모르지요. 어쨌든 그 사람은 킹의 강제수용소에 갇혀 있는 겁니다⋯⋯. 벤디고 섬에 재판정이라는 게 있는지 모르겠군요."

경감은 아들의 상처를 보살피고 찜질을 해주고 침대에 뉘었다. 엘러리는 잠들지 못했다. 도저히 잠이 오지 않았다.

경감은 계속 방 안을 서성였다. 아버지와 아들은 함께 있어야 한다는 무언의 공감대를 갖고 있었다. 아버지가 옆방으로 갔다면 엘러리도 쫓아갔을 것이다.

마침내 엘러리가 침대에서 나와 옷을 입었다.

"점심이나 할까?"

"생각 없어요."

"어디 가는데?"

그러나 엘러리는 비틀거리면서 벌써 복도로 나갔다. 경감은 허둥지둥 뒤를 쫓았다.

중앙 본부에 당도한 엘러리는 훼방꾼이 있으면 거칠게 밀어붙일 기세로 책상으로 다가섰다.

"엘리베이터 문을 열어요. 당신네 왕을 만나야 하니까!"

세 경비병 중 가운데 남자가 말했다.

"알겠습니다."

　30초 뒤 기골이 장대한 의전관이 커다란 집무실로 뚫린 문을
열어놓은 채 기다리고 있었다.

　"날 들쑤시는 게 당신의 유일한 특기로군. 자, 들어오시오."

　방 안에서 쩌렁쩌렁한 목소리가 울렸다.

　퀸 부자가 들어가자 의전관은 살짝 문을 닫았다.

　킹 벤디고는 책상 앞에 앉아 있었다. 그 옆 의자에 이매뉴얼
피바디가 앉아서 열심히 서류를 들여다보고 있었다. 그들이 한
번도 본 적이 없는 남자, 양쪽 볼이 피둥피둥하고 억세어 보이
는 거한이 버티고 서 있었다. 그 남자 양옆에는 무장한 병사 둘
이 서 있었다.

　벤디고는 한 손을 책상 위에 얹고 느긋하게 앉아 있었다. 엘
러리와 경감이 다가가자 손가락 하나를 까딱했다. 병사 둘이
사내의 팔을 끼고 옆으로 비켜섰다.

　"벤디고 씨……."

　엘러리가 입을 열었다.

　"이것 때문에 온 거요?"

　킹이 웃으면서 말했다.

　킹의 다른 손이 나타났다. 엘러리의 쌍안경이 들려 있었다.

　엘러리는 흑단 책상 너머로 킹을 노려보았다. 킹의 검은 눈
이 광채를 발하고 있었다. 엘러리가 오리라고 예견하고 있었음
에 틀림없었다. 킹은 재밋거리를 찾고 있었으며, 그가 가장 재
미있어 하는 것은 무력한 남자가 분에 못 이겨 화를 내는 것이
라는 사실을 엘러리는 퍼뜩 깨달았다.

　이런 경우에는 부드럽게 나가는 것이 상책이었다. 달리 선택
의 여지가 없었다. 엘러리는 손을 내밀어 그 도도한 손끝에서

쌍안경을 받아 쥔 다음 역시 도도하게 돌아섰다.

"잠깐."

엘러리는 평정을 잃지 않았다. 그는 이 남자에게 두 번 다시 화를 내지 않으리라 마음먹었다.

"자유행동을 허락했을 때 우리는 당신들의 머리가 좋기 때문에 그것이 어디까지나 상대적이라는 사실을 이해하리라고 생각했소. 여기는 보통 섬과는 다르오. 우리는 비밀을 지키고 싶소. 당신들은 손님입니다. 손님들이 옷장까지 들여다보는 것을 우리는 바라지 않소."

"더구나 해골을 그 안에 감추고 있을 때는 더 그런 생각이 간절하겠지요."

엘러리가 말했다.

"좋을 대로 생각하시오. 그건 그렇고, 당신은 카메라 같은 촬영 장비가 있습니까?"

"아뇨."

"퀸 경감, 당신은 있습니까?"

"없소이다."

"그럼 참고삼아 말씀드리지요. 벤디고 섬에서는 카메라를 휴대할 수 없습니다. 카메라는 발견되는 대로 몰수해 부수고 필름은 소각됩니다. 그리고…… 벌금이 부과됩니다. 이상이오."

킹은 피바디 쪽으로 얼굴을 돌렸다.

"벤디고 씨."

벤디고는 쓱 얼굴을 돌렸다.

"왜요?"

"숨기는 것은 좋지 않다고 생각하기 때문에 말씀드립니다만,

아버지와 저는 권총을 가지고 있습니다. 권총도 당신의 휴대
금지품 목록에 올라 있습니까?"

엘러리가 물었다.

"천만에요. 우리는 권총을 대단히 좋아합니다. 권총은 얼마
든지 갖고 다녀도 좋습니다. 하지만 카메라만은 안 됩니다."

다시 그들의 눈이 마주쳤다.

이번에는 엘러리도 미소를 머금었다.

"알겠습니다."

엘러리는 엄숙하게 말했다.

"잠깐!"

킹 벤디고가 왕처럼 말했다. 그 서슬에 이매뉴얼 피바디가
처음으로 서류에서 고개를 들었다.

"당신은 모를 거요. 암, 알 리가 없지……. 저기 앉아서 당신
때문에 중단된 일을 지켜보시오."

킹은 엄지손가락으로 곡면 벽에 접한 의자 두 개를 가리켰
다.

엘러리는 두려움을 느꼈다. 킹의 느린 말투는 기분 나쁘리만
큼 단조로웠다. 그것은 전류가 통하는 철조망 뒤에 서 있던 로
봇 같은 장교를 연상시켰다. 엘러리는 이곳에 온 것을 조금 후
회했다. 불안을 감추기 위해 그는 서둘러 의자 쪽으로 갔다. 경
감은 얼굴이 파랗게 질려서 벌써 의자 옆에 대기하고 있었다.

그들은 이유도 모른 채 주뼛주뼛 의자에 앉았다.

"자, 계속하게."

벤디고가 피바디에게 말했다.

피바디는 일어섰다. 킹은 의자에 등을 기대고 잠시 눈을 감

았다. 그것은 연극처럼 과장된 몸짓이면서도 연극과는 거리가 멀었다. 이윽고 눈을 뜬 킹은 두 병사 사이에 서 있는 사내를 응시했다. 그 검은 눈동자의 차가운 광채에 이끌려 엘러리는 우람한 사내를 처음으로 자세히 보았다.

사내의 무릎은 체중을 지탱하기가 벅차다는 듯 축 늘어져 있었다. 투실투실한 뺨은 냉방이 잘 되어 있음에도 불구하고 창백했고 땀에 절어 있었다. 그는 초점을 맞추기가 힘든지 가느다랗게 실눈을 뜨고 있었다. 가끔씩 눈을 끔뻑거리기도 했다. 전체적인 인상은, 피로하기는 하지만 사건의 진행에 최대한 주의를 쏟으려고 노력하는 것 같았다. 엘러리는 살인 사건 재판의 피고 중에 그런 남자들을 본 적이 있었다.

엘러리는 강제수용소에서 빠져나온 직후 차 안에서 자기가 속으로 던졌던 물음에 대한 답이 지금 주어지고 있음을 돌연 깨달았다.

그렇다. 벤디고 섬에는 법정이 있었던 것이다. 이것은 그중의 하나로 최고심이었다.

무릎이 꺾인 거한은 재판을 받고 있었다.

이매뉴얼 피바디가 입을 열었을 때는 더는 의심할 여지가 없었다. 그는 노련한 검사처럼 매섭고 확신에 찬 말투로 말했다. 킹 벤디고는 최고재판소 판사처럼 초연하고 엄숙한 얼굴로 논고를 듣고 있었다.

피바디는 죄상의 윤곽을 짚었다. 그것은 뚱뚱한 남자가 어떤 명령을 실행하지 못한 것과 관련이 있었다. 엘러리는 그 이야기의 내용을 자세히 따라갈 수가 없었다. 머릿속이 여러 가지 인상들로 복잡했기 때문이었다. 벤디고의 준수하면서도 무표정한 얼굴, 주절거리는 법률가의 약간 신경질적인 손가락 놀림, 뚱뚱한 남자의 절망적 긴장, 유리 벽면의 광채, 열린 금고 입구에 서서 열심히 군것질을 하고 있는 맥스의 억센 턱. 금고 입구는 맥스가 가장 마음에 들어 하는 장소인 모양이었다. 맥스는 아까부터 내내 이곳에 붙어 있었을까……?

피바디의 진술은 점점 구체성을 띠어갔다. 그는 날짜와 이름과 사실을 열거했다. 그것들은 엘러리에게는 아무런 의미가 없었고 점점 그를 혼란에 빠뜨릴 뿐이었다. 그가 어렵사리 알아들은 것이라고는 피고가 어떤 일을 했거나 하지 않았기 때문에 아시아 어딘가에서 중요한 비밀 접촉의 끈이 끊겨 그 여파로 무기 매매 계약이 어그러졌다는 내용뿐이었다. 적어도 무기에 관한 거래라는 느낌이 들었으나 엘러리는 그마저도 확신할 수 없었다. 석유일지도, 원자재일지도, 선박 계약에 관한 것일지도 몰랐다. 그것이 무엇이든, 뚱뚱한 남자는 벤디고 제국에 중대한 죄 또는 과오를 저질렀다는 이유로 고발당하고 있었다.

엘러리는 웃고 싶은 충동을 억눌렀다.

킹의 검사는 드디어 논고를 끝내고 자리에 앉아 서류를 가지런히 모았다. 그러고 나서 의자 등받이에 기대어 다리를 포갠 채 뚱뚱한 남자를 주시했다.

"달리 할 말은 없는가?"

킹이 재판관처럼 차갑고 엄숙하고 초연한 말투로 물었다.

뚱뚱한 남자는 입술을 핥으면서 눈을 재빨리 끔뻑거리며 무언가 소리를 내려고 혼신의 노력을 기울였다. 그러나 입이 다시 축 늘어졌을 뿐 끽 소리 하나 내지 못했다.

"말해봐라, 노턴. 달리 할 말이 없는가?"

이번에는 좀 더 날카롭고 인간적인 목소리였다.

뚱뚱한 남자는 다시 진땀을 흘리면서 입술을 움직이려고 노력했지만 이번에도 성공을 거두지 못하고 어깨를 으쓱했다. 엘러리는 그처럼 피로와 절망에 지친 몸짓을 본 적이 없었다.

엘러리의 팔을 아버지가 쿡 찔렀다. 엘러리는 쑥 내밀고 있던 몸을 도로 의자에 파묻었다.

킹은 우아하게 생긴 오른손을 옆으로 그었다.

파리라도 쫓는 듯한 손놀림이었다.

병사들은 뚱뚱한 남자의 팔을 끼고 밖으로 나갔다. 남자의 무릎은 후들거리더니 문에 닿기 직전에는 완전히 늘어져버렸다.

세 사람은 모습을 감추었다.

집무실에는 눈부신 햇살이 쏟아지고 있었다. 방 전체에 무료한 적막감이 감돌았다. 아무도 입을 열지 않았다.

킹 벤디고는 몽롱한 눈으로 옥좌에 퍼질러 앉아 있었다.

킹의 법률고문 피바디는 느긋하게 다리를 꼬고서 한 손을 말끔히 간추린 서류 위에 얹고 있었다. 머리는 뻐딱하게 한쪽으로 기울어져 있었다.

부지런히 움직이던 맥스의 손은 멈추어 있었다. 그 손은 입 앞에서 정지해 있었다.

그들은 기다리고 있었다. 분명히 그랬다.

하지만 무엇을 기다리고 있었을까?

이 몽롱한 상태를 깨뜨릴 웃음을 기다리고 있었을까? 그래서 모두가 눈을 뜨고 현실 세계로 돌아오기를 기다리는 것이었을까?

아니면 총성일까?

'말도 안 돼. 터무니없이⋯⋯.'

어쨌거나 벽은 방음장치가⋯⋯.

엘러리는 퉁기듯이 자리에서 일어났다.

킹 벤디고도 일어섰다. 법률고문 피바디는 꼰 다리를 풀었다. 맥스는 들고 있던 호두를 입에 툭 털어 넣은 다음 주머니에서 호두를 새로 꺼냈다.

끝난 것이다.

무슨 일인지는 몰라도 좌우지간 끝난 것이다.

킹은 법률가에게 점잖게 말했다. 6천만 달러의 세금 관련 소송이 유럽 어느 나라의 고등재판소에 현재 계류 중이었다. 벤디고는 판사들의 수입을 비롯해 개인 신상에 관한 질문을 던졌다.

피바디는 부지런히 답변했다.

엘러리는 문가에서 아버지를 기다리다가 뒤를 돌아보았다. 킹과 법률고문은 다시 의자에 앉아서 머리를 맞대고 있었다. 그들은 대화에 푹 빠져 있었다. 둥그런 벽은 빛을 받아 반짝거렸고 기다란 집무실은 평온했다. 맥스는 호두를 공중에 던져 물개처럼 그것을 입으로 받아먹고 있었다.

엘러리는 비틀거리며 밖으로 나왔다.

9

수요일 밤이 되었지만 아벨 벤디고의 행방은 아직도 묘연했다. 엘러리는 한나절 내내 피바디를 졸졸 쫓아다니며 아벨이 무슨 일로 워싱턴에 갔는지를 캐물었지만 그때마다 피바디는 빤히 엘러리의 얼굴을 쳐다보기만 할 뿐이었다. 칼라도 그 문제에 관해서는 아무것도 알지 못했다.

칼라와 대화를 나눈 뒤 엘러리는 심란해졌다.

"이제는 어떤 위협을 받아도 놀라지 않아요."

칼라는 빨간 머리를 쓸어 올리면서 그렇게 말했다.

"끊임없이 위협의 대상이 되는 별스러운 사람과 결혼했다는 사실을 저는 진작부터 받아들이지 않을 수 없었어요. 케인은 미국 대통령보다도 엄중한 경호를 받고 있습니다. 더할 나위 없이 헌신적이고 충실한 남자들이 지키고 있는 거예요."

그러면서 칼라는 생긋 웃었다.

"가령, 가령 말입니다, 벤디고 부인. 바깥양반의 목숨을 노리는 사람이 측근 중의 측근이라는 사실을 저희가 알아냈다고 한다면……"

엘러리가 조심스럽게 말을 꺼내자 칼라는 머리를 뒤로 젖히며 깔깔 웃었다.

"측근이라고요! 불가능해요. 케인에게는 측근이 없거든요. 심지어 아벨도 아니에요. 저도 아니고요."

엘러리는 이 뻔한 발뺌에 불만을 느끼면서 물러났다. 칼라는 무언가 깊이는 구석이 있어도 그것을 자기 가슴속에만 묻어둘 여자였다.

밤이 이슥해지고 목요일이 다가오자 엘러리는 입술이 바짝 바짝 타서 한곳에 2, 3분 이상은 머물러 있을 수가 없었다. 그리고 초조해지면 초조해질수록 주변의 모든 것들이 그의 부아를 돋우었다. 자기 자신의 죽음이 걸린 문제에 처음에는 장난스럽게, 다음에는 경멸을 섞어서, 그리고 마지막에는 회사의 사소한 규칙을 되풀이해서 위반한 것을 보았을 때처럼 짜증스럽게 반응하는 킹, 퀸 부자를 사건에 끌어들이고는 온다 간다 말도 없이 사라져버린 아벨, 쓸데없는 얘기는 시시콜콜 주워섬기면서도 정작 솔직한 얘기를 해야 할 때는 딴전을 피우는 칼라, 꼭두새벽부터 밤늦게까지 브랜디를 마셔대면서 어쩌다 마주치면 충혈된 눈으로 실실 웃기만 하는 유다, 하나같이 마음에 들지 않았다. 이런 밥맛없는 암살자들은 난생처음이었다.

경감도 도움이 되지 못했다. 그는 수요일 하루 종일 욕실에 죽치고 앉아 벤디고 세계로부터 등을 돌렸다. 그는 자신이 그린 섬의 출입 제한 시설 약도를 가능한 한 세부 내용을 보태어 다듬고 특기할 만한 사항을 깨알 같은 속기 문자로 적어 내려갔다.

수요일 밤에 퀸 부자가 막 잠자리에 들려고 할 때 전화가 걸려왔다.

"나한테 볼일이 있다고요, 퀸 씨?"

아벨이었다.

"있고말고요! 다시 협박장이……."

"그 얘긴 들었습니다."

"다음 협박장은 안 왔습니까? 한 번 더 올……."

"그 얘기는 전화상으로는 하지 않는 게 좋겠습니다."

"왔습니까?"

"오지 않았다고 생각합니다만……."

"생각한다고요? 내일이 21일이라는 거 모르십니까? 그런데 당신은 태평하게……."

"어쩔 수 없었어요. 내일 아침에 봅시다."

"잠깐! 지금 이야기해야 합니다. 잠깐이면 되니까 이리 내려와 주시지요, 벤디고 씨……."

"미안합니다. 워싱턴 출장 건으로 형과 밤늦게까지 일을 해야 해서요. 아침에 봅시다, 퀸 씨."

"하지만 알아냈단 말입니다……!"

"아…… 무얼 알아냈습니까?"

한동안 침묵이 흐르더니 아벨이 물었다.

"전화상으로는 하지 않는 게 좋겠다면서요?"

"누굽니까?"

"당신 형 유다입니다. 당신의 결론과 일치합니까?"

엘러리는 털어놓았다.

다시 침묵이 흘렀다. 드디어 아벨이 입을 열었다.

"그래요."

"그럼, 아버지와 나는 어떻게 할까요? 돌아갈까요?"

"아, 아닙니다. 큰형님에게 직접 말씀해주십시오."

"오늘 밤?"

"내일 아침, 아침 식사를 들면서요. 칼라한테 말해놓겠습니다. 형에게 당신이 알아낸 내용을 있는 그대로 이야기하세요. 그다음 일은 형의 반응을 보면서 결정합시다."

"하지만……."

거기서 전화는 끊겨버렸다.

엘러리는 아벨 벤디고의 자신 없는 태도가 마음에 걸려서 뜬눈으로 밤을 지새웠다. 그래도 결론을 못 내린 채 아버지와 함께 아침 식탁에 앉게 되었다. 그러나 의자에 앉으면서 엘러리는 돌연 답을 얻었다. 계획 입안자인 아벨도 형 킹의 일에 관해서는 무엇 하나 계획을 세울 입장이 못 되는 것이다. 킹은 도저히 의중을 헤아릴 수 없는 인물로 그의 반응은 늘 미지수였다. 이런 개인적 위기 상황을 맞이했을 때 킹이 어떤 방향으로 날아갈지는 전혀 예측할 수 없는 노릇이었다. '그다음 일은 형의 반응을 보면서 결정합시다…….' 아벨이 유다의 짓이라는 걸 금세 간파하고도 그 사실을 드러내기 전에 외부인의 확인을 얻으려 한 것도 그런 연유에서였는지 모른다. 아벨이 할 수 있는 것은 탄약을 재고 어떤 방향으로 얼마만큼 쏘아야 하는가가 판가름 날 때까지 사태가 발전하기를 기다리는 일뿐이었다.

오늘 아침 킹은 부루퉁한 얼굴이었다. 쿵쿵거리며 식당으로 들어선 그는 퀸 부자를 보고도 본체만체했다. 눈 밑이 검은 게 어젯밤에 과로했다는 사실을 드러내주었다. 그러나 몸이 피로해서는 아니고 기분 탓일 거라고 엘러리는 생각했다. 킹 벤디고는 남 앞에서 쉽게 나약함을 드러내는 그런 남자가 아니었다.

식탁에는 아벨도 맥스도 그리고 유다도 있었다.

유다를 구슬려서 식사에 참석하게 한 것은 아벨임이 틀림없었다. 그것도 유다가 거의 멀쩡한 모습으로 나타난 것을 보면 아벨의 공적이 얼마나 주도면밀했는지 알 수 있었다. 이른 시각인데도 그 가무잡잡한 얼굴의 작은 암살자는 비교적 허리를 똑바로 세우고 자리에 앉아 있었다. 유다의 손은 조금 떨렸다. 그는 커피를 두 잔째 마시고 있었다.

아벨은 잔뜩 긴장하고 있었다. 엘러리는 흥미롭게 그런 모습을 지켜보았다. 아벨은 흘러내리지도 않는 안경을 자꾸 밀어 올렸다. 행동 하나하나가 불안했고 극도로 조심스러웠다.

"오늘은 특별한 날인가? 뉴욕에서 온 골칫덩어리들도 와 계시고, 유다, 너까지! 이런 꼭두새벽에 네가 웬일이냐?"

킹은 식탁을 쓱 둘러보고 한 손으로 냅킨을 집으며 말했다.

유다의 퀭한 눈이 형의 손에 머물렀다.

그 손은 냅킨을 무사히 들어 올렸다.

봉투 하나가 식탁 위로 떨어졌다.

맥스가 느닷없이 고함을 지르는 바람에 칼라는 의자 팔걸이를 움켜쥐었다. 그녀의 얼굴이 하얘졌다. 맥스는 벌떡 일어서더니 봉투를 잡아먹을 듯이 쩨려보았다.

"누구 짓이야? 누구야, 누구?"

맥스는 자기 냅킨을 찢어발기면서 악을 썼다.

"앉아라, 맥스."

킹이 말했다. 그는 봉투를 유심히 바라보았다. 부루퉁한 표정은 어느새 사라지고 없었다. 돌연 그의 입가에 짓궂은 미소가 잠깐 번졌다. 킹은 봉투를 집었다. 그의 이름이 적혀 있었다. '킹 벤디고.' 그게 전부였다. 봉투는 봉해져 있었다.

"오늘이 6월 21일 목요일입니다, 벤디고 씨. 그래서 특별한 날이지요. 잠깐 봐도 될까요?"

엘러리는 벌써 자리에서 일어나 물었다.

킹은 봉투를 유다의 접시 위에 던져놓았다.

"그걸 전문가한테 넘겨라. 그 사람 돈 받고 하는 일이 그거니까."

유다는 묵묵히 명령에 따랐다.

엘러리는 조심스레 봉투를 받았다. 아버지가 칼을 들고 헐레벌떡 식탁을 빙 돌아왔다. 엘러리는 봉투를 뜯었다.

"뭐라고 적혀 있나요, 퀸 씨?"

칼라의 목소리는 아주 가벼웠지만 얼굴빛은 창백했다.

같은 편지지였다. 'ㅇ' 자에는 홈이 패어 있었다. 유다 벤디고의 휴대용 윈체스터로 작성된 글이었다.

"뭐랍니까?"

아벨이 갈라진 음성으로 말했다.

"자자, 아벨, 진정해라."

킹은 비아냥거렸다.

"마지막 편지와 같은데, 두 가지 점이 다릅니다. 단어 하나가 덧붙여졌는데 이번에는 줄표로 끝나지 않고 마침표로 끝났습니다. '당신은 6월 21일 목요일 밤 12시 정각에 살해당할 것이다.'"

"밤과 마침표라. 그렇군. 편지는 더 없을 거야. 할 말은 다 했으니까."

경감이 중얼거렸다.

"누가 무슨 말을 한다고? 죽여버리겠다! 누구야?"

맥스가 고릴라 같은 가슴을 내밀면서 씨근거렸다.

킹은 유다를 가운데 두고 손을 뻗어 맥스의 마른 살구 열매 같은 귀를 붙들더니 잡아당겼다. 맥스는 비명을 지르며 도로 주저앉았다. 킹이 웃었다. 그는 이런 상황을 즐기고 있는 것 같았다.

"케인, 오늘은 우리 둘이 사라지기로 해요. 단둘이만. 이 편지들이 아무것도 아니란 건 저도 알아요. 하지만……."

칼라의 손은 담홍색의 옷을 만지작거리고 있었다.

"그럴 수 없소. 할 일이 태산 같은데. 둘이 지내는 건 나중으로 미룹시다. 어럽쇼! 다들 상여꾼 같은 얼굴을 하고 있군. 재미있지 않나?"

"형님. 이걸 좀 진지하게 받아들였으면 좋겠어요. 절대로 재미있는 일이 아닙니다……. 퀸 씨가 드릴 말씀이 있대요."

아벨이 천천히 말했다.

엘러리 쪽으로 돌아간 검은 눈이 반짝거렸다.

"어디 들어볼까."

"먼저 질문을 드리고 싶습니다, 벤디고 씨. 오늘 밤 자정 어디에 계실 예정입니까?"

엘러리는 유다 쪽을 보지 않고 말했다.

"오늘 처리해야 할 극비 사안을 매듭지어야지."

"어디서요?"

"그 시각에 내가 늘 있는 곳이지. 어디긴 어디야. 기밀실이오."

"강철 문이 달려 있고 건너편에 유다 씨의 방이 있는 그 방이
지요?"

"그렇소."

아벨이 재빨리 입을 열었다.

"대략 11시부터 한두 시간가량 거기 있습니다. 비서한테 맡
길 수 없는 일이 있거든요."

"아벨이 없으면 제가 대신 그 자리에 앉지요."

칼라가 말했다.

그녀의 남편은 퀸 부자에게 씩 웃었다.

"가족 내부의 암투, 거대한 계략이 꾸며지는 집안. 그쯤 생각
하고 있겠구먼."

"케인, 농담하지 마요. 당신은 오늘 밤 거기 있으면 안 돼요."

"무슨 소리."

"안 된다니까요!"

킹은 신기하다는 듯이 아내를 바라보았다.

"당신 정말 걱정하는구먼."

"당신이 오늘 밤 거기 있겠다고 고집한다면 저도 함께 있겠
어요."

"그건 받아들일 수 있지. 어차피 아벨도 바쁜 일이 있을 테니
까. 자, 이런 어린애 장난은 그만두고 식사나 합시다."

얼어붙은 듯이 서 있던 하인들이 비로소 움직이기 시작했다.

"제 생각인데요, 벤디고 씨……."

엘러리가 입을 열었다.

"그만. 나 좀 보시오. 일에 대한 당신의 열의는 높이 평가하
지만 나의 비밀 작업은 절대 중단할 수 없는 것이오. 살해라니,

말도 안 돼. 그 방에서는 불가능한 짓이오. 앉아서 식사나 하시오. 퀸 경감, 당신도."

그러나 퀸 부자는 움직이지 않았다.

"왜 불가능하다는 겁니까, 벤디고 씨?"

경감이 물었다.

"기밀실은 오로지 그런 목적으로 만들어진 방이니까요. 벽, 바닥, 천장, 모두 두께 60센티미터의 단단한 철근 콘크리트요. 이 방에는 창도 안 달려 있소. 물론 냉방 장치가 있고 벽에는 인공조명 장치가 있지만, 유일한 입구는 저 문이오. 그 문도 금고용 강철로 되어 있지. 사실은 방 전체가 금고인 셈이오. 누가 무슨 수로 날 죽인다는 거요?"

킹은 달걀 반숙을 공격했다.

맥스는 난처한 얼굴을 했다. 그러더니 마음을 정한 듯 식탁을 탕탕 두드렸다. 하인 둘이 재빨리 튀어나와 시중을 들었다.

그러나 칼라는 걱정스럽게 말했다.

"냉방 장치 말인데요, 케인. 그걸 이용할지도 몰라요. 가스를 그 안으로 보내면……."

그녀의 남편은 껄껄 웃었다.

"누가 유럽 사람 아니랄까 봐서! 좋소, 냉방기에 경비병을 배치하도록 하지. 당신 얼굴 펴지는 일이라면 무슨 짓인들 못할까."

"벤디고 씨."

엘러리가 말했다.

"이 편지를 보낸 사람을 아직도 만만히 보시나요? 그 사람은 오늘 밤 자정에 당신이 쥐 새끼 한 마리 기어들 수 없고 믿음직

한 무장 경호원이 삼엄한 경비망을 펴는 곳 안에 있을 거라는
사실을 속속들이 알고 있습니다. 그 친구는 그 방이 난공불락
이라는 사실을 잘 알고 있어요. 요컨대 자기 계획을 실행에 옮
기는 데 가장 불리한 시간과 장소를 선택한 겁니다. 그런데도
자신 있다는 겁니다. 괴상한 일 아닙니까?"

"말 한번 잘했소. 괴상하지. 나폴레옹처럼 괴상한 친구야. 불
가능한 소리야."

"가능합니다."

엘러리가 말했다.

킹이 엘러리를 빤히 쳐다보았다.

"어떻게?"

"나 같으면 당신이 직접 나를 불러들이게 만들 겁니다."

킹은 의자에 등을 기대면서 미소를 머금었다.

"가족 말고는 아무도 그 방에 들어오지……."

그는 말을 멈추었다. 미소가 사라졌다.

방 안은 쥐 죽은 듯 잠잠했다. 맥스도 쩝쩝거리지 않았다. 칼
라는 미간을 찌푸리고 엘러리를 뚫어지게 바라보았다.

"무슨 소리요?"

사나운 음성이었다.

엘러리는 이제 식탁 맞은편에 앉은 유다를 쳐다보았다. 유다
는 시선을 아무에게도 주지 않고 집게손가락으로 세공자크 병
을 톡톡 두드리고 있었다.

"저희를 불러들이기 전에 동생 아벨 씨가 개인적으로 조사를
했습니다. 우리는 결론을 비교했습니다, 벤디고 씨. 결론은 같
았습니다."

엘러리가 말했다.

"이해가 안 가는군. 아벨, 무슨 소리야?"

아벨의 잿빛 얼굴은 더욱 짙게 변했다.

"말씀하세요, 퀸 씨."

엘러리는 말했다.

"여태까지 온 모든 편지를 친 타자기를 발견했습니다. 종이도 찾아냈습니다. 타자기와 같은 곳에 있었습니다. 저는 타자기의 'ㅇ'에 홈을 파놓았는데, 그 이후로 받은 편지 두 통의 'ㅇ' 자에 모두 홈이 패어 있었습니다. 동일한 타자기라는 결론이 확인된 셈이지요. 좀 더 확실한 증거를 확보하기 위해 그 타자기가 있는 방을 24시간 감시하도록 경비병에게 시켰지요. 그결과는 결정적이었습니다, 벤디고 씨. 네 번째 편지가 오기까지 그 방을 드나든 사람은 오직 한 사람, 그 방의 주인뿐이었습니다. 당신 동생 유다 씨입니다."

킹 벤디고는 가무잡잡하고 왜소한 동생 쪽으로 천천히 고개를 돌렸다. 식탁 위에 얹힌 두 형제의 팔은 거의 닿을 뻔했다. 킹의 뺨이 시뻘겋게 달아올랐다.

맥스는 주인에게서 유다로 눈길을 돌렸다.

"말도 안 돼. 말도 안 된다고요. 술김에 장난한 거죠, 유다? 그렇죠?"

칼라는 당혹한 목소리로 물었다.

병을 잡는 유다의 손놀림은 놀라우리만큼 차분했다. 그는 코르크를 따기 시작했다.

"장난이 아닙니다. 절대 아니에요."

공허한 음성으로 유다가 말했다.

"그렇다면, 유다, 네가 그 편지를 썼단 소리냐? 날 죽이겠다고 협박하는 게 너냐? 그래?"

"맞아."

유다는 세공자크 병을 높이 쳐들었다. 그러더니 재빨리 그것을 입으로 가져갔다.

킹은 동생이 술 마시는 모습을 지켜보았다. 그 경이의 눈길은 유다의 굽은 콧날, 축 처진 콧수염, 가녀린 목, 위아래로 오르내리는 울대뼈로 이동했다. 이윽고 유다는 입에서 병을 떼고 형의 눈길을 받았다. 두 사람 사이에 무언가가 오간 듯 킹은 격앙된 목소리로 말했다.

"자정이라고? 벌써 준비를 끝냈나?"

"자정이지. 정각 12시."

유다도 큰 소리로 맞받았다.

"유다, 너 제정신이 아니구나."

"형이야말로."

킹은 침착하게 앉아 있었다.

"오래전부터 나한테 한을 품고 있었던 모양이군……. 너한테 신경 쓰지 못했다는 건 나도 인정한다. 하지만 너를 배려해준 사람이 그나마 나 말고 누가 있니? 술만 아는 너 같은 무용지물을 데리고 있어준 것만도 감지덕지해야지. 좋아하는 술을 마음껏 퍼마실 수 있는 게 누구 덕분이라 생각하는 거냐? 그런데 나를 죽이기로 마음먹었다? 너 제정신으로 하는 말이냐? 벼룩도 낯짝이 있는 법이다. 난 네 형이다. 아무런 느낌도 없어? 고마움도 충성심도 못 느끼는 거냐?"

"증오심은 있지."

유다가 말했다.

"나를 증오해? 왜?"

"선하지 않으니까."

"내가 강하기 때문이겠지."

킹 벤디고가 말했다.

"약하기 때문이지. 중요한 부분에서는 약하니까. 허울 좋은 힘이란 게 있는 법이야. 형의 힘이 갖는 약점은 그 속에 인간미가 없다는 거지."

유다가 단호히 말했다. 그의 얼굴은 죽은 사람의 얼굴 같았지만 두 눈에서는 불꽃이 튀었다.

킹의 얼굴이 시뻘게졌다.

"인간미가 없어. 형한테 인간은 뭐지? 형은 사람을 금속이나 석유나 화학제품이나 무기나 배 같은 상품으로 다루지. 형은 인간의 가치를 노동시간이며 작업 능률에밖에 두지 않아. 형이 직원들에게 주택을 제공하는 이유는 도구를 집 안에 두는 것과 같은 이유지. 그들을 위해 병원을 짓는 것은 기계의 수리 공장을 세우는 것과 같은 이유지. 그들의 자녀를 학교에 보내는 것은 연구소를 유지하는 것과 같지. 이 섬에 있는 모든 인간은 카드로 분류되어 있어. 이 섬의 모든 인간은 감시당하고 있어……. 일할 때도 잘잘 때도 사랑을 나눌 때도! 형한테 걸린 사람은 절대로 빠져나가지 못한다는 사실을 내가 모를 줄 아나? 스톰 그 자식이 형이 세운 연구소에서 무슨 짓을 하는지 내가 모를 줄 아나? 액스트가 왜 사라졌는지, 그 전에 핑걸스, 프레스콧, 스카니글리아, 재컷, 블럼이 왜 사라졌는지 내가 모를 줄 아나? K-14 시설에서 무슨 짓을 벌이고 있는지 내가 모를 줄 아나? 그뿐인 줄 알아?"

유다는 또랑또랑한 목소리로 말했다.

킹의 얼굴에서 시뻘건 기운이 사라졌다. 그 대신 상대를 깔아뭉갤 것 같은 섬뜩한 표정이 떠올랐다.

"개인의 존엄성, 선택을 할 수 있는 자유로운 권리는 형의 제국에서 벌이는 사업 때문에 모조리 희생되었어. 개인을 보호하는 모든 법률은 폐지되었어. 형 자신의 법률 외에는 법률을 인정하지 않지. 그리고 법률을 시행할 때는 형 자신이 판사고 배심원이고 총살대 노릇을 해. 형이 만들고 집행하고 처형하는 법은 도대체 어떤 걸까? 권력을 영속하는 보호막이지."

"여긴 작은 섬이다."

킹이 뇌까렸다.

"형의 권력은 전 세계에 뻗어 있다고."

비쩍 마른 동생이 반박했다.

"퀸 부자 앞이라고 해서 어진 군주 같은 얼굴을 하지 말라고. 그런 능청은 나뿐만 아니라 퀸 부자의 지성을 깔보는 행위야. 형의 권력은 모든 방면에 걸쳐 뻗쳐 있지. 형은 개인의 주권도 엉망으로 해놓았지만 국가의 주권도 엉망으로 해놓았어. 각국 지도자를 돈으로 매수하고, 정부를 전복하고, 정치적 해적에게 자금을 대는 일을 밥 먹듯이 자행하지 않느냐고. 하나같이 군수공장의 주문을 얻기 위해……."

"왜 그 말이 나오지 않나 생각했다. 사악한 무기왕, 국제적 악당, 폭탄을 양손에 든 그리스도의 적. 그게 다음에 하고 싶은 말이냐?"

킹이 말했다.

유다는 식탁 위에 야윈 주먹을 올려놓았다.

"악당. 입만 번지르르하게 살아서. 안 그런 적이 없었지. 진실을 호도하고 교묘한 거짓말을 일삼고 사람을 등쳐 먹고……. 어디서 그런 어려운 기술을 터득했는지 몰라. 하지만 어물어물 넘어가려다간 큰코다쳐. 형의 죄는 탄약을 만든다는 게 아니야. 불행히도 우리가 사는 세계에서 탄약은 불가피해. 누군가는 탄약을 만들어야 한다고. 하지만 형에게는 전쟁이, 늑대들의 세계에서 살아남으려고 애쓰는, 훌륭한 사회를 지키기 위한 필요악이 아니야. 천문학적 이윤을 챙기고 그에 수반되는 권력을 얻기 위한 수단이지."

"그다음에는 내가 전쟁을 일으킨다고 비난하겠지?"

킹은 짐짓 심각한 표정으로 말했다.

"천만의 말씀. 형은 전쟁을 일으키지 않아. 전쟁은 형의 힘을 넘어선 세력들이 일으키지. 형 같은 사람 천 명이 힘을 합쳐도 전쟁은 일으키지 못해. 형이 하는 일은 전쟁을 낳는 조건을 이용하는 거지. 장작을 지피고 불길을 살려서 활활 타오르게 하는 거지. 만일 어떤 두 나라, 또는 두 국가 집단 사이에 분쟁이 생기면 형은 둘 사이의 교섭을 방해하고 전쟁으로 발전시키는 거야. 어느 쪽이 옳은가는 문제가 되지 않지. 옳으냐 그르냐는 형의 사전에서 아무런 의미를 갖지 않으니까. 그냥 분쟁이 생겨 그것이 전쟁으로 치닫고 돈이 벌리면 그만이야. 그게 바로 형의 책임이지. 그것은 한 인간의 죄악으로서는 너무도 엄청난 죄악이지."

유다는 형 쪽으로 몸을 기울이면서 주먹을 흔들었다.

"형은 살인자야. 형이 이 섬에서 저지른 살인이나 형의 하수인들이 어떤 정책이나 밀약을 실행에 옮기기 위해 세계 각지에서 범한 살인만을 말하는 게 아니야. 나는 역사가들이 통계적인 기록으로 남기는 살인을 말하고 있는 거야. 전쟁 살인이지. 형이 오해와 긴장과 사회적·경제적 갈등을 이용해 전쟁으로 끌어들이는 수많은 목숨을 말하는 거야. 설마 모른다고 하지는 않겠지? 형은 희대의 살인마야. 연속극 대사처럼 유치하게 들리겠지. 비웃어도 좋아. 그건 내 능력의 한계니까. 하지만 몇백만의 인간이 형 때문에 전쟁터에서 목숨을 잃고 있어. 몇천만의 인간이 노예가 되고 마지막 자존심과 존엄성마저 빼앗기고 벌거숭이로 형의 소각로에 던져져서 그 뼈가 산을 이루고 있어!"

"그건 내 탓이 아니다."

킹이 말했다.

"무슨 소리! 형은 이제 겨우 첫발을 내디딘 데 불과해. 내가 술 취했다고 장님인 줄 알았나? 형이 기밀실에서 밤중에 무슨 꿍꿍이를 꾸미는지 내가 모를 줄 알았나? 너무 심해. 너무 심하다고."

유다는 말을 끊었다. 입술이 바르르 떨렸다. 킹은 세공자크병을 자기 쪽으로 슬쩍 잡아당겼다. 유다가 입맛을 다셨다.

"위험한 말을 하는구나, 유다. 언제부터 공산당원이 된 거냐?"

킹이 조용히 말했다.

유다는 웅얼거리듯이 대꾸했다.

"사람 잡지 마. 인간의 존엄성을 믿는 내가 어떻게 공산당에 들어갈 수 있겠나?"

"공산당에 반대하는 거냐, 유다?"

"공산당에도 반대하고 형에게도 반대하지. 그들도 형도 뿌리는 같으니까. 목적을 위해서는 수단과 방법을 가리지 않는다는 점에서. 한데 그 목적이란 게 뭘까? 아무도 모르지. 상상은 가지만!"

"넌 지금 갈피를 못 잡고 있다. 공산당에 반대하면서 나한테도 반대할 수는 없지. 나는 공산당의 불구대천의 원수니까. 나는 서방이 그들과 싸울 수 있도록……."

"씨도 안 먹히는 소리 하지 마. 그전이나 지금이나 말이야 그럴듯하게 들리지. 하지만 그건 진실이 아니야. 형이 서방 편에서서 공산당을 적대시하는 이유는 공산당이 자유세계에 위협이 되기 때문이 아니라 그들이 반대 세력으로서 존재하고 있기 때문이야. 앞으로 10년 뒤에는 어떻게 될까? 형은 다시 서방을, 아니면 동방을, 북방을, 남방을, 아니면 이 모두를 규합하거나 사주해 새로운 적과 싸우게 만들걸. 화성인과 싸울지도 모르지. 그래서 지금 내가 그걸 저지하려는 거야!"

"나를 저지해? 너한테는 무리다."

킹 벤디고가 중얼거렸다.

"한다니까! 오늘 밤 12시에 내가 죽일 거야. 형은 오늘로 끝장이야. 내일부터는 세상이 좀 나아지겠지."

킹 벤디고는 너털웃음을 터뜨렸다. 머리를 뒤로 젖히더니 다시 배꼽을 잡고 웃었다. 그는 식탁 가장자리에 두 주먹을 넣고 가까스로 몸을 지탱했다. 얼마나 웃었는지 두 눈에 눈물이 고여 있었다.

유다의 의자가 뒤집어졌다. 그는 식탁을 돌아 형의 목으로 달려들었다. 손이 미끄러졌다. 유다는 앙상한 주먹으로 킹의 두툼한 가슴팍을 두들겼다. 두들기면서 그는 증오와 분노의 고함을 질렀다. 한순간 킹은 놀랐다. 웃음이 그쳤고 눈이 동그래졌다. 킹은 방어하려고 하지 않았다. 유다의 주먹은 벽돌담에 부딪치는 고무공처럼 튀어 올랐다.

이윽고 맥스가 움직였다. 그는 악을 쓰면서 가슴팍을 갈겨대는 왜소한 남자를 주인에게서 떼어낸 다음 장난감처럼 공중으로 번쩍 들었다. 유다는 팔다리를 버둥거리면서 끅끅거렸다. 그 소리를 듣고 맥스는 히죽 웃었다. 맥스는 그 왜소한 체구를 마구 흔들어댔고 유다의 얼굴이 파랗게 질리고 눈이 튀어나오고 혀가 삐져나올 때까지 멈추지 않았다.

칼라는 울상이 되어 얼굴을 가렸다.

"괜찮소. 걱정하지 마. 유다는 벌 받는 걸 아무렇지도 않게 생각하거든. 오히려 좋아하지. 전부터 그랬어. 맞으면 쾌감을 느끼는 녀석이야. 그렇지, 유다?"

맥스는 왜소한 사내를 방 한구석으로 던졌다. 유다는 벽에 부딪쳐 바닥에 쿵 떨어지더니 꼼짝도 하지 않았다.

"걱정 마십시오. 식사를 끝낸 다음 제가 지킬 테니까요."

맥스가 웃으면서 주인에게 말했다. 그는 자리에 앉아 포크를 들었다.

"적당히 해둬라, 맥스. 자정이라고 했던가? 그 시간이 되면 저 녀석은 보나마나 곤드레만드레 인사불성이 될 거니까."

킹은 한쪽 구석에 쓰러져 있는 동생을 힐끔 바라보더니 말을 이었다.

"저래서 민주주의가 안 되는 거요, 퀸 씨. 당신도 인텔리니까 진보다 민주주의다 떠들고 다니겠지? 말짱 소용없어. 턱을 쑥 내밀고 한 대 갈겨주시오, 하는 소리나 같아. 유다가 술에 절어 제정신을 못 차리는 것처럼 당신들은 허튼소리에서 헤어 나오지를 못하거든. 당신들이 쓸데없는 헛소리를 지껄이는 동안 역사는 앞으로 쑥쑥 나아가지.”

킹은 껄껄 웃으면서 자리에 앉아 냅킨을 집었다.

하인 둘이 쏜살같이 달려왔지만 킹은 그들을 물리쳤다.

“유다를 내버려둬라. 그 정도면 됐어, 맥스.”

고릴라는 자리에서 일어나 있었다. 유다가 꿈틀거리고 있었던 것이다. 유다의 얼굴은 피범벅이었다.

“앉아.”

고릴라는 앉았다.

“유다 씨, 제가 도와…….”

퀸 경감이 입을 열었다.

유다는 한 손을 들었다. 그 손짓이 무언가를 의미했는지 경감은 그리로 가다가 멈추었다.

유다의 형제들이 지켜보고 있었다. 아벨의 얼굴은 파랗게 질려 있었지만 킹은 눈곱만큼의 동정심도 보이지 않았다.

유다는 식당에서 기어 나갔다. 그들은 그 뒷모습을 물끄러미 바라보았다. 유다의 오른쪽 다리가 식당 밖으로 완전히 사라지기까지 제법 시간이 걸렸다. 이윽고 그 다리도 시야에서 사라졌다.

“칼라. 칼라?”

킹이 기운차게 불렀다.

“네?”

“오늘 낮에는 중앙 본부에 있을 거고 저녁때는 기밀실에 있을 예정이오. 저녁도 거기서 들 거요. 11시에 기밀실에서 봅시다."

"밤에도 일하려고요? 그런……?"

칼라가 말을 끊었다.

"당연하지."

"하지만 유다가…… 협박……."

"그 시간이 되면 손가락 하나 움직이지 못한다니까. 내 말 믿어, 여보. 난 유다를 잘 알지……. 뭐요, 퀸 씨? 나한테 할 말이 있소?"

엘러리는 헛기침을 했다.

"벤디고 씨, 당신은 성난 지식인이라든지 진보적 민주주의자의 저력을 과소평가하고 있습니다. 내가 왜 이런 말을 하는지 모르겠군요. 당신이 죽든 살든 내 알 바 아닌데……."

"과연 그럴까."

킹 벤디고가 빙그레 웃었다.

엘러리는 그를 노려보았다.

"관심이 아주 없는 건 사실 아니지요. 이곳의 실정을 안 지금은 당신이 죽었다는 소식을 듣는 순간 건배하고 싶은 심정이니까. 그러나 암살은 곤란합니다. 나는 전부터 사람을 죽이는 데는 반대합니다. 어릴 적 성서의 가르침 탓도 있지만 나는 민주주의를 신봉하니까요. 성서든 민주주의든 올바른 수단을 강조하지요. 살인은 그릇된 수단이기 때문에……."

"내가 죽는 걸 보고 싶지만 나를 폭력으로부터 지키기 위해서라면 자기 목숨도 얼마든지 바치겠다……. 당신 같은 사람들의 문제점이 바로 그거야! 그 이상 바보 같은 짓이 어디 있나?"

킹은 껄껄 웃었다.

"정말 그렇게 믿습니까?"

"물론이지."

"그렇다면 당신의 얼마 안 남은 시간을 이런 말싸움에 허비하기가 아깝군요. 내가 말하려는 것은 당신의 동생 유다가 당신을 죽이고 싶어 할 뿐 아니라 세부적 계획까지도 세웠다는 사실입니다. 틀림없이 무기를 쓰기로 마음먹었을 겁니다. 준비도 해놓았을 거고요. 총이 있겠지요?"

"그렇소. 술에 절어 있을 때도 총은 곧잘 쏘지. 유다는 몇 시간씩 연습을 할 때가 있소. 물론 사격장 표적으로. 살아 있는 것은 쏘지 않지. 기질에 안 맞으니까. 유다는 생쥐 한 마리 못 죽일걸. 본인 입으로도 그렇게 말했지만. 내 걱정은 하지 마시오……."

"천만에요. 유다 씨 걱정을 하는 겁니다."

검은 눈이 가늘어졌다.

"무슨 뜻이오?"

"손에 피를 묻히면 지는 거니까."

엘러리가 천천히 말했다.

"이제 보니 감상적이로군. 이제 당신은 필요 없소. 오전 중에 비행기로 돌아가시오.."

킹이 신경질적으로 말했다.

"안 돼요! 퀸 부자는 여기 있어야 합니다. 그들을 보내면 안 돼요……."

아벨이 자리를 박차고 일어섰다.

"아벨! 난 더는 못 참겠다!"

"난 형을 잘 알아! 유다의 손에 총을 쥐여주고 한번 쏴볼 테면 쏴봐라, 하고 싶은 거겠지! 난 유다도 잘 알아. 그를 과소평가하면 안 돼요. 퀸 부자는 남아 있게 하세요. 적어도 내일 아침까지는."

"스프링 대령에게 맡겨라."

"스프링은 안 돼요. 이 일은 나한테 맡기세요!"

킹이 성을 버럭 냈다. 그러더니 어깨를 으쓱하고 말했다.

"좋아. 이 메스꺼운 민주주의자들의 상판을 하루 더 봐주기로 하지. 이 허튼소리를 끝낼 수만 있다면 무슨 짓인들 못 하겠나! 이제 모두 나가, 나 아침 좀 먹게."

10

아벨 벤디고의 친필 승인서를 얻어낸 퀸 부자는 그날 오후에 기밀실을 조사할 수 있었다. 스프링 대령은 약간 허둥거렸지만 그 거대한 쇠문을 직접 열어주었다. 대령과 저택 경호를 책임지고 있는 장교, 무장 경호원 두 명이 함께 들어와 두 사람의 일거수일투족을 감시했다.

텅 비어 보이는 그 거대한 방은 병원 입원실처럼 잿빛으로 칠해져 있었다. 문은 달랑 하나뿐이었는데, 바로 그들이 들어온 문이었다. 창문이라곤 없었고 벽 자체가 그림자를 만들지 않는 일정한 세기의 빛을 발하고 있었다. 재질이 단단해 보이는 장식 띠가 천장 가까운 높이에서 사방 벽을 두르고 있었다. 그것은 벤디고의 기술자들이 발명한 다공성 금속이었는데 기존의 난방 및 냉방 기능을 하고 있었다.

"그야말로 숨 쉬는 금속재입니다. 그러니 뚫린 창이 없어도 괜찮지요."

스프링 대령은 그렇게 설명했다.

빙 안의 공기는 부드럽고 신선하고 상쾌했다.

벽은 그림, 걸개, 장식물 하나 없이 텅 비어 있었다. 바닥은 촘촘히 무늬가 박힌 푹신푹신한 재질로 되어 있었는데 그것은 소리를 죽이는 효과도 낼 수 있었다. 천장도 방음장치가 되어 있었다.

기밀실 한복판에는 대단히 큰 금속 책상이 있었고 그 뒤에 가죽이 덮인 회전의자가 하나 있었다. 책상 위에는 전화 말고 는 없었다. 타자기 책상이 그 큰 책상과 면해 있었는데, 거기 놓인 전동 타자기는 뚜껑이 열려 있었다. 타자기 책상 뒤에는 딱딱한 금속 의자가 놓여 있었다. 철제 서류함들이 약 1.5미터 높이로 벽마다 촘촘히 쌓여 있었다.

문 위, 그러니까 커다란 책상에 앉은 사람이 정면으로 볼 수 있는 위치에는 기능에 중점을 둔 시계가 있었다. 수수해 보이는 두 개의 금 시침과 분침, 그리고 숫자가 적혀 있지 않은 열두 개의 금 눈금을 가진 그 시계는 벽에 묻혀 있었다.

방에는 이것들 말고는 없었다.

"벤디고 일가 외에 이 방을 누가 사용합니까?"

퀸 경감이 물었다.

"안 합니다."

"유다 벤디고는 이 방에 자주 오나요?"

엘러리가 말했다.

스프링 대령은 경비대장을 힐끔 쳐다보았다. 경비대장이 말했다.

"자주는 아닙니다. 그것도 잠깐 머물다 갈 뿐 오래 있지는 않습니다."

"유다 씨가 마지막으로 이 방을 찾은 게 언제입니까?"

"기록을 봐야 합니다."

"보시오."

장교는 스프링 대령을 쳐다보았다. 대령이 고개를 끄덕이자 장교는 사라졌다가 잠시 뒤에 장부를 하나 갖고 나타났다.

"6주 전이 마지막이었습니다. 그 일주일 전에도 한 번 왔었고 3주 전에도 왔었습니다."

"그 방에 혼자 있었는지 여부도 그 기록에 나와 있나요?"

"그렇습니다."

"혼자 있었소?"

"아닙니다. 이 방이 비어 있을 때는 오지 않았습니다. 들어올 수가 없지요. 킹 씨나 아벨 씨만 들어올 수 있습니다. 열쇠는 두 분만 갖고 있습니다. 물론 경비실 벽금고에는 비상 열쇠가 하나 있습니다만. 하녀들이 청소를 하도록 매일 문을 따야 하거든요."

"경비병들이 하녀도 감시하겠군요."

"경비대장도 합니다."

퀸 부자는 잠시 기밀실을 둘러보았다. 엘러리는 서류함 몇 개를 만져보았지만 대부분 잠겨 있었다. 잠기지 않은 몇 개는 텅텅 비어 있었다. 잠기지 않은 서랍 하나에서 그는 세공자크 코냑 한 병을 찾아내고 한숨을 쉬었다.

엘러리는 철문도 조사했다. 그것은 난공불락이었다.

그들이 방을 나섰을 때 대령은 문이 잘 닫혔는지 꼼꼼히 확인하고 나서 열쇠를 경비대장에게 넘겼다. 경비대장은 경례를 하고 경비실로 갔다.

"또 도와드릴 일이 있습니까? 두 분을 정성껏 받들라는 분부를 받았습니다."

엘러리는 스프링 대령의 말이 다소 처량하게 느껴졌다.

"냉방 장치 말인데요."

경감이 입을 열었다.

"아, 예……."

엘러리는 그들을 떠나 복도를 가로질렀다. 유다 벤디고의 방문을 두드렸다. 응답이 없었다. 다시 두드렸다. 여전히 응답이 없었다. 그는 안으로 들어갔다.

맥스가 털북숭이 손으로 턱을 괸 채 의자에 걸터앉아 있었다. 맥스의 눈은 사냥개처럼 유다 벤디고의 손 움직임만 좇았다. 빈 세공자크 병 하나가 유다의 책상 위에서 나뒹굴고 있었다. 유다는 새 병을 막 따고 있었다. 세관 수입 인지를 뜯어내고 칼로 단단한 밀랍 봉인을 긋고 있었다. 고릴라쯤은 안중에도 없는 것 같았다. 엘러리가 다가서자 그는 고개를 들었다.

엘러리는 그날의 남은 시간을 유다 벤디고의 영혼을 구제하는 데 쏟아부었다. 그러나 유다는 못 말리는 남자였다. 그는 구원을 거부한 것이 아니라 아예 무시했다. 유다는 전보다 더 송장처럼 보였다. 맞아 죽은 송장. 아까 식당 벽에 부딪쳐서 뺨은 퉁퉁 부어오르고 시퍼렇게 멍이 들어 있었다. 입술이 터져서 약간 벌어진 입은 엘러리가 시체 공시소에서 자주 보던 모습이었다.

"나도 재미있어서 이러는 건 아닙니다, 엘러리. 정말 아니에요. 당신도 그렇겠지만 꼭 내 손으로 형을 죽여야 하는 것도 아닙니다. 하지만 누군가는 그 더러운 일을 해야만 합니다. 구세주를 기다리다가 지쳤어요."

"피를 흘리면 당신도 킹과 달라질 게 뭐 있습니까?"

"난 사형 집행인입니다. 선량한 뭇 시민들의 존경을 받을 겁니다."

"사형 집행인은 법의 승인을 받고 일하는 사람이지요. 그렇지 않을 경우 그 사람은 살인자입니다."

"법? 벤디고 섬에서요? 물론 특수한 상황이란 건 인정합니다. 하지만 바로 그 점이 중요해요. 이곳에서는 한 줌의 역사적 기록에 나타난 인류의 고귀한 견해를 제외하고는 그런 승인을 받아낼 도리가 없어요. 문명의 양심이 나에게 그 일을 맡긴 겁니다."

땅거미가 질 무렵, 유다는 엘러리의 입을 막고 이렇게 말했다.

"시간 낭비 마세요. 나는 마음을 굳혔습니다."

그 순간 엘러리는 유다 벤디고가 자신의 거사가 성공하리라는 확신을 갖고 있다는 느낌을 받았다.

"도저히 이해가 안 가네요. 당신의 확고한 결심은 알겠는데, 우리한테 사전에 적발된 사실이 방해가 되지 않습니까? 자세한 내용은 나도 모르지만 당신이 계획대로 움직일 수 있도록 우리가 수수방관할 것 같습니까? 당신을 막는 건 이 방에 있는 맥스 하나로도 충분해요. 살인은 불가능합니다. 유다. 우린 그걸 허락할 수 없어요."

이때쯤 엘러리는 어린애처럼 유다를 타이르고 있었다.

유다는 코냑을 홀짝거리면서 미소 지었다.

"아무리 그러셔도 소용없다니까요."

"좋아요. 폭력에 물든 사람은 아무리 예방 조치를 취해도 조만간 출구를 찾아내고야 만다는 사실은 나도 인정합니다. 하지만 우리가 시간과 장소를 정확히 알고 있는 이상……."

유다는 가녀린 손을 내저었다.

"그건 중요하지 않아요."

"뭐가요?"

"당신네가 시간과 장소를 안다는 사실 말입니다. 당신네가 알고 모르고에 내가 신경을 썼더라면 애당초 그런 편지를 띄우지도 않았겠지."

"우리가 알고 있는데도 불구하고 하겠다는 겁니까?"

"물론이죠."

"그 시간에? 그 자리에서?"

엘러리가 탄식을 내뱉었다.

"오늘 밤 사정. 기밀실."

엘러리는 유다를 유심히 보았다.

"흠. 별도의 계획이 또 하나 있으시구먼. 이건 우리를 현혹하기 위한 수단이고."

유다는 자존심이 상한 것 같았다.

"그런 게 아니라니까! 진담이오. 그래 봐야 일만 그르치지. 그걸 모르겠소?"

"모르겠습니다."

유다는 어깨를 으쓱하고 다시 병을 기울였다.

"물론, 실제로는 걱정할 필요가 없겠지요. 당신이 오늘 밤 이 방을 떠날 수 없도록, 킹이 이 방으로 들어올 수 없도록 내가 조치해놓았으니까. 나는 당신과 시시덕거릴 만큼 한가한 입장이 못 돼요. 한 가지만 알고 싶습니다. 당신이 그 시각에 결행할지는 미지수지만 당신이 살해 시각을 말했고 위치도 알려주었으니, 기왕 말이 나온 김에 어떤 방법으로 형을 죽일지 말해

줄 수 없겠습니까?"

"말할 수 있지요. 쏘아 죽일 겁니다."

유다가 말했다.

"뭘로?"

"내가 아끼는 총으로."

"말도 안 돼. 아버지와 나는 오늘 이 방을 두 번이나 뒤졌습니다. 우린 이런 일에는 베테랑이에요. 기억하시는지는 모르지만 우린 당신 몸도 뒤졌습니다. 이 구석에는 총을 비롯해서 어떤 무기도 없습니다."

엘러리가 신경질적으로 말했다.

"안됐군. 당신 코앞에 탄알이 장전된 총이 있습니다."

"여기? 지금?"

"당신이 서 있는 위치에서 2미터도 채 떨어지지 않은 곳이지."

엘러리는 사방을 두리번거렸다. 그러더니 자세를 바로잡고 빙긋 웃었다.

"누굴 속이려고. 난 안 넘어가요."

"속임수가 아니오. 진짜라니까."

엘러리는 웃음을 멈추었다.

"나는 명백한 거짓말이라고 생각하지만, 만에 하나 당신 말이 진짜일지도 모르니까 다시 한 번 수색을 해야겠습니다."

"수고를 덜어드리지. 총이 어디 있는지 가르쳐드리겠소. 알아봐야 별거 아니니까."

'별거 아니라······.'

"어디 있습니까?"

엘러리가 점잖게 물었다.

"맥스의 주머니요. 당신이 수색을 시작할 때 거기 찔러 넣었지."

맥스는 후다닥 일어섰다. 그러고는 자기 주머니를 더듬기 시작했다. 엘러리는 쏜살같이 그리로 가서 직접 주머니를 뒤졌다. 사탕과 호두와 그 밖에 엘러리가 손으로 확인할 수 없는 잡동사니가 수북이 들어 있었다. 그러나 끈적거리는 군것질거리 사이에서 단단하고 차가운 물체가 만져졌다. 엘러리는 그것을 꺼냈다.

맥스는 그것을 물끄러미 보았다.

볼품없이 생긴 자동권총이었다. 총신이 뭉툭해서 남자의 손아귀에 숨길 수 있을 정도였다. 총신은 3센티미터도 채 되지 않았고 권총 전체의 길이는 10센티미터를 안 넘었다. 25구경 독일제 발터였다. 크기는 아담했지만 엘러리는 이 작은 무기가 무서운 살상력을 갖고 있다는 사실을 잘 알고 있었다. 게다가 그 총은 사용한 흔적이 역력했다. 군데군데 상아 세공이 마모되었고 손잡이 오른쪽은 반질반질했다. 오른쪽 하단의 상아 세공은 삼각형으로 아예 떨어져 나가 있었다.

유다는 그윽한 눈길로 총을 바라보았다.

"예쁘죠?"

자동권총에는 탄알이 가득 들어 있었다. 엘러리는 탄창과 약실을 비우고 작은 발터를 호주머니에 넣은 다음 문 쪽으로 걸어갔다. 열쇠를 따고 손잡이를 돌리니 문 앞에 퀸 경감이 서 있었다.

"무슨 일이냐, 엘러리?"

"유다의 이빨을 뽑았어요. 저 대신 갖고 계세요."

엘러리는 탄약통을 아버지에게 건넸다.

"이럴 수가……. 또 있을 거다!"

"있어도 이 방에는 없습니다. 하여튼 다시 찾아보죠."

엘러리는 문을 도로 닫고 유다를 뚫어지게 바라보았다. 왜 총이 있는 곳을 말했을까? 당초 범행에 쓰기로 마음먹은 제2의 총이 숨겨진 곳이 발각당할까 봐 선수를 친 것일까?

"잘 지키시오."

엘러리는 그러지 않아도 잘 지키고 있는 맥스에게 하나 마나 한 말을 던지고 유다의 방 두 개와 욕실을 다시 뒤졌다. 유다는 무관심한 얼굴로 술만 들이켰다. 몸수색을 다시 한 번 요구했을 때도 순순히 응했다. 몸수색이 끝나자 옷을 고쳐 입고 다시 술병으로 손을 뻗었다.

다른 총은 없었다. 탄약통도 발견되지 않았다.

엘러리는 가냘픈 사내를 마주 보고 앉았다. 사내는 미쳤든지, 아니면 술에 절어서 가상과 현실을 구분하지 못할 지경에 이르러 있었다. 그 어느 쪽이든 상관없었다. 독일제 권총을 그가 흉기로 사용할 작정이었다면 이빨은 빼놓은 셈이었다. 유다는 이 방을 나가지 않을 것이고 나가려 해도 나가지 못할 것이다. 그리고 퀸 부자는 필요하다고 생각되면 완력을 써서라도 킹 벤디고가 유다의 방에 들어오는 것을 막아도 좋다는 아벨 벤디고의 전폭적 동의를 받아놓은 상태였다.

이 집요한 암살자가 독재자를 암살할 수 있는 수단은 아무것도 없었다. 그리고 만일 유다의 기괴한 행동이 매수되었든지 아니면 고용된 살인 청부업자의 계획을 은폐하기 위한 것이라도 그쪽은 그쪽대로 대응할 준비가 되어 있었다.

그날 밤 정각 11시에 킹과 칼라가 복도에 나타났다. 경비병 여섯 명이 그들을 에워싸고 있었다. 칼라는 창백했지만 남편은 웃고 있었다.

"어떠시오? 두 사람 다 재미가 좋은가?"

킹이 경감에게 말을 걸었다.

"농담하지 마세요. 아무 일도 없겠지만…… 농담은 하지 마요."

칼라가 사정했다.

킹은 나정히 아내의 어깨를 안으면서 금사슬로 바지에 연결된 작은 금상자에서 열쇠를 꺼냈다. 퀸 경감은 주위를 둘러보았다. 두 경비병이 복도 맞은편에 있는 유다 벤디고의 방문 앞에 서 있고 그중 한 명이 손잡이를 꽉 움켜쥐고 있었다. 방 안에서는 맥스와 엘러리가 유다를 감시하고 있다는 것을 경감은 알고 있었다. 그래도 그는 마음이 놓이지 않았다.

"잠깐 기다리시오, 벤디고 씨. 안으로 들어가기 전에 내가 먼저 수색을 해야겠습니다."

킹은 거대한 문을 벌써 열었고 칼라는 한 발 앞서 기밀실로 들어서려 하고 있었다.

경감은 문을 가로막고 섰다. 킹이 노려보았다.

"오늘 오후에 수색을 끝낸 것으로 아는데."

"그건 아까 일이지요."

경감은 미동도 하지 않았다.

"좋소!"

킹은 불쾌한 얼굴로 한 걸음 물러섰다. 경비병 세 명이 쪼르르 달려와 문과 킹 사이에 끼어들어 어깨를 맞대고 섰다. 킹은 우습다고 생각하는 모양이었다.

"나 참. 꼭 코러스걸처럼 늘어섰군."

방은 그날 오후 경감이 보았을 때와 똑같았다. 그러나 그는 서류함, 책상, 의자, 바닥, 벽, 천장, 하나도 빠뜨리지 않고 꼼꼼히 살폈다.

"벤디고 씨, 책상 속과 서류함도 열어봐야겠습니다."

"거절하겠소."

그는 퉁명스럽게 나왔다.

"그래도 안 됩니다."

"그래도?"

"벤디고 씨. 나는 아벨 씨로부터 중대한 책임을 위임받았습니다. 내가 필요하다고 판단한 방법으로 이 문제를 처리하는 것을 당신이 거부할 경우 이 방에 들어가는 것을 저지해도 좋다, 여차하면 실력 행사도 불사하라는 허가를 동생에게서 받았다 이 말입니다. 동생은 책상 서랍과 서류함 수색에 가급적 당신의 동의를 얻어내기를 바라고 있지만 수색의 불가피성을 인정하고 있습니다. 동생이 쓴 허가서를 보여드릴까요?"

킹이 잡아먹을 듯이 경감을 노려보았다.

"가족 외에는 누구도 서랍을 볼 수 없다는 사실을 아벨도 알고 있소."

"서류는 단 한 장도 읽지 않겠다고 약속합니다. 지뢰나 시한 폭탄이 가설되어 있을까 봐 이러는 겁니다. 난 척 보면 알죠."

킹 벤디고는 한동안 대답을 하지 않았다.

"케인, 뭐든 이분들이 시키는 대로 하세요. 어서요."

칼라는 혀가 굳어서 발음이 잘 안 되는 모양이었다.

킹은 어깨를 으쓱하고 사슬 끝에서 작은 상자를 떼어냈다.

"이 열쇠는 서류함, 이 열쇠는 책상 서랍이오. 작은 책상 서랍은 열려 있소."

경감은 열쇠 두 개를 받았다.

"수색을 하는 동안 이 문을 닫아도 될까요?"

"안 돼!"

"그럼 두 분은 멀찍이 물러나 계시죠. 경비병 셋이서 날 감시해도 충분하니까."

경감이 약간 심술궂게 말했다.

그는 철저히 수색했다.

복도로 나와서 경감이 말했다.

"한 가지만 더. 저 방에는 밀실이나 비밀 문이나 판이나 통로 같은 것이 하나도 없습니까? 그와 비슷한 것이 단 하나도 없습니까?"

"없소."

킹은 시간이 지체되는 데 화를 내고 있었다.

경감은 열쇠 두 개를 돌려주었다.

"그럼 들어가셔도 좋습니다."

벤디고 제국의 지배자가 아내를 데리고 기밀실 안으로 들어가 문을 닫자 경감은 문을 당겨보았다. 그러나 자동 자물쇠가 작동했는지 꿈쩍도 하지 않았다.

그는 문을 등지고 서서 한 경비병에게 말했다.

"담배 있소?"

엘러리의 아버지는 대단히 긴장했을 때만 담배의 힘에 의지했다. 그제야 경감은 보통 때 같으면 죽어도 눈 하나 깜짝하지 않았을 남자를 위해서 방금 자기가 오장육부가 산산조각 날 뻔한 위기를 넘겼다는 사실을 깨달았다.

유다는 손에 들고 있는 세공자크를 여전히 마셔대고 있었다. 시각은 11시 20분. 병은 거의 비어 있었다. 죽기 살기로 마셔대기로 작정한 사람 같았다. 유다는 음악을 들어도 좋으냐고 정중하게 요구했다. 엘러리는 동의하기 전에 전축을 면밀히 조사했다. 유다는 뿌리 깊은 인간의 불신감이 서글프다는 듯 설레설레 고개를 저었다.

"판 가까이 가지 마요. 내가 갖다 드릴 테니까."

엘러리가 말했다.

"음악까지 의심하는 겁니까?"

유다가 탄식을 했다.

"판 속에 총이야 숨기지 못하겠지. 하지만 내가 미처 못 보고 지나간 앨범 안에 탄약통이 박혀 있는지도 모르지 않습니까? 당신은 맥스 앞에 꼼짝 말고 앉아 있으세요. 음악은 내가 틀겠습니다. 신청곡은?"

"모차르트까지 의심하다니. 모차르트!"

"이런 상황에서는 하프의 달인이었다는 오르페우스도 의심하겠지요. 모차르트?"

"C장조 교향곡 피날레. 거기, 마흔한 번째요. 인간이 표현한 것 중에 셰익스피어의 몇몇 작품이나 황홀한 영감에 넘치는 바흐의 곡을 제외하면 이렇게 웅장한 건 또 없지요."

"선전 문구 같군."

엘러리는 중얼거렸지만 그것은 부당한 평가였는지도 모른다. 그는 앙세르메가 지휘한 스위스 로망드 관현악단의 연주에 몇 분간 귀를 기울였다. 유다는 손바닥 사이에 잔을 끼운 채 눈알을 반짝거리면서 다리를 쭉 뻗고 앉아 있었다.

모차르트의 곡이 절정에 이르렀을 때 엘러리는 시계를 보았다. 11시 32분이었다. 그는 음악하고는 담을 쌓은 맥스에게 신호를 보냈다. 그리고는 조용히 문 앞으로 가서 손잡이를 잡았다. 문을 열기 전에 엘러리는 유다를 돌아보았다. 유다는 웃고 있었다.

문소리를 듣고 경감이 재빨리 뛰어왔다. 그는 기밀실에서 한시도 눈을 떼지 않으면서 등으로 열린 문의 틈새를 막았다.

"이상 없어요, 아버지?"

"그래."

"킹과 칼라는 저 안에 있나요?"

"아까 들어간 뒤로 한 번도 문이 안 열렸다."

엘러리는 고개를 끄덕였다. 기밀실 앞을 지키고 선 경비병 사이에 아벨 벤디고의 모습도 보였다. 아벨은 불안한 눈빛으로 엘러리를 보더니 기어이 다가왔다.

"일이 손에 안 잡혀요. 우스운 얘기지만 사실이 그렇습니다. 유다는 어떻습니까, 퀸 씨?"

"그 양반 뱃속은 정말 모르겠어요. 혹시 정신병이라도 걸린 적이 있습니까?"

"형을 죽이겠다고 협박해서 그러시는 겁니까?"

"아니요. 계획이 우리에게 알려진 걸 알면서도 그것을 실행하겠다고 저렇게 나오니까요."

"실행은 불가능하죠, 그렇죠?"

아벨이 재빨리 물었다.

"불가능합니다. 그런데 본인은 그렇게 생각하지 않아요."

"유다는 옛날부터 조금 이상한 데가 있었어요. 물론 술 탓도……"

"술독에 빠지기 시작한 건 언제부턴가요?"

"오래됐지요. 내가 유다하고 얘기 좀 하는 게 좋다고 생각하십니까, 퀸 씨?"

"아니요."

아벨은 고개를 끄덕이고 원래 자리로 돌아갔다.

"네 질문에 답하지 않았다."

경감이 말했다.

엘러리는 어깨를 으쓱하고 문을 닫았다. 문을 잠근 다음 열쇠를 주머니에 넣었다.

교향곡이 끝나자 엘러리는 판을 치웠다. 판을 제자리에 놓고 돌아서니 유다는 빈 잔을 물끄러미 응시하고 있었다. 형을 살해하기로 작정한 그 사내는 코냑 병을 집어서 기울였다. 병은 비어 있었다. 그는 의자 팔걸이를 양손으로 움켜쥐고 일어섰다.

"어디 가는 겁니까?"

엘러리가 물었다.

"한 병 더 하려고요."

"거기 계세요. 내가 대신 가져올 테니."

엘러리는 베히슈타인 피아노 뒤로 가서 수북이 쌓인 상자 꼭

대기에서 세공자크 병을 하나 집었다. 유다는 주머니를 더듬고
있었다. 마침내 주머니칼을 끄집어냈다.

"내가 대신 열겠습니다."

칼을 빼앗아 든 엘러리는 세관 수입 인지를 뜯고 병 주둥아
리에 단단히 엉겨 붙은 밀랍을 긁어냈다. 그 주머니칼에는 코
르크 마개 뽑개도 달려 있었다. 그것으로 엘러리는 코르크를
뽑았다. 그는 빈 잔 옆에 술병을 놓았다.

"이것도 잠깐 내가 보관하겠습니다."

엘러리가 말했다.

유다는 자기 칼이 엘러리의 바지 주머니로 들어가는 것을 보
았다.

그러고는 병을 들었다.

엘러리는 시계를 보았다.

11시 46분이었다.

11시 53분에 엘러리는 맥스에게 말했다.

"유다 앞에 가서 감시하도록. 금방 올 테니까."

맥스는 벌떡 일어서서 유다가 앉아 있는 책상 쪽으로 갔다.
거대한 등판에 가려 유다는 보이지 않았다.

엘러리는 문을 열고 살짝 나와 복도 쪽에서 다시 문을 잠갔다.

아버지와 아벨 벤디고, 경비병들은 아까와 똑같은 자리에 서
있었다.

"아직 안에 있지요?"

"아직 있다."

"문도 열리지 않았고요?"

"그래."

"확인해봐야지."

엘러리가 쏘아붙이듯이 말했다.

"유다는…….."

아벨이 복도 맞은편을 보면서 입을 열었다.

"맥스가 엄중히 감시하고 있습니다. 문도 잠가놓았고 열쇠는 내 호주머니에 있어요. 벤디고 씨!"

엘러리가 큰 소리로 외쳤다.

얼마 있다가 딸깍하고 자물쇠가 돌아갔다. 경비병들이 바짝 긴장했다. 문이 열렸을 때 킹 벤디고가 우뚝 버티고 서 있었다. 그는 셔츠 바람이었다. 비서 책상에 앉아 있던 칼라가 몸을 비틀어 문 쪽을 멍하니 바라보았다.

"무슨 일이오?"

거한이 물었다.

"그냥 아무 일 없는지 확인하려고요."

"난 아직 살아 있소……. 아벨? 그 사람들하고 그렇게 일찍 끝내도 되는 거냐?"

아벨을 알아보고 킹이 화를 버럭 냈다.

"내일 아침에 마무리 짓기로 했습니다. 어서 들어가세요, 어서요."

"허……!"

탄식하는 소리는 문이 쿵 닫히면서 들리지 않게 되었다. 경 감은 문을 당겨보았다. 이미 잠겨 있었다.

엘러리는 다시 시계를 보았다.

11시 56분 30초.

"자정이 지날 때까지 절대 문을 열어서는 안 됩니다."

엘러리가 말했다. 그는 홀을 가로질렀다.

엘러리가 유다의 방문을 안에서 다시 걸어 잠그자, 맥스는 책상에서 물러 나와 터벅터벅 문 쪽으로 걸어가서 어깨를 기대고 섰다.

"별일 없었소, 맥스?"

맥스는 씩 웃었다.

"코냑을 마셨지."

유다가 몽롱한 얼굴로 말했다. 그는 잔을 들었다.

엘러리는 책상을 돌아서 유다 옆에 섰다.

11시 57분 20초.

"시간이 잘 가는군."

엘러리가 중얼거렸다. 그는 자정이 코앞으로 다가온 지금 유다가 과연 이 최후의 시간을 어떻게 요리할 것인지 궁금했다.

그는 의자에 파묻힌 가냘픈 체구를 줄곧 내려다보았다. 엘러리는 자기도 모르게 근육이 긴장되는 것을 느꼈다.

자정은 앞으로 2분 남아 있었다.

유다는 손목시계를 쓱 보더니 빈 잔을 내려놓았다.

그러고는 의자에 앉은 채 몸을 빙글 돌려 엘러리를 올려다보았다.

"부탁인데, 내 발터를 돌려줄 수 있겠습니까?"

유다가 말했다.

"이거요? 이걸 가지고는 아무것도 못 할 텐데."

엘러리는 주머니에서 작은 권총을 꺼내면서 말했다.

유다가 한 손을 내밀었다.

유다의 눈에는 감정이 전혀 나타나 있지 않았다. 상대를 조롱하는 듯한 느낌도 받았지만 그것은 술 때문일 거라고 엘러리는 생각했다. 만일 그게 아니라면…….

용의주도한 엘러리는 다시 발터를 점검했다. 아까 탄약통을 제거한 뒤로 발터는 내내 그의 호주머니 안에 들어 있었다.

자동권총은 물론 비어 있었다. 그럼에도 불구하고 엘러리는 전보다 더 꼼꼼히 그것을 살폈다. 속임수일 가능성이 있다. 총알 하나가 어디 박혀 있어서 어떤 부위에 압력을 가하면 그것이 그대로 발사될 수도 있지 않겠는가. 엘러리는 그런 총이 있다는 소리는 들어보지 못했지만 가능한 이야기였다.

그러나 이번 경우는 다르다. 이것은 정통 독일제 발터다. 엘러리는 발터를 수도 없이 다루어보았다. 이것은 정통 독일제 발터이며 장전되어 있지 않다고 자신할 수 있었다.

그는 작은 권총을 유다의 손에 떨어뜨렸다.

총알이 없는 그 총을 유다가 오른손으로 바꾸어 쥐고 집게손가락을 방아쇠에 거는 것을 보고 엘러리는 측은함과 당혹감이 한꺼번에 밀려드는 야릇한 느낌을 받았다. 유다는 이제부터 자기가 하려는 일이 엄청나게 중요한 일이며 극도의 집중력을 요구한다는 듯이 눈을 똑바로 뜨고 불필요한 동작은 가급적 하지 않았다.

그는 왼손으로 책상을 누르면서 자리에서 일어섰다.

엘러리는 유다의 두 손에서 한시도 눈을 돌리지 않았다.

이제 유다는 왼손을 들었다. 손목시계의 초침을 뚫어지게 보았다.

30초.

총을 든 오른손은 똑똑히 시야에 들어왔다. 아무리 재주가 좋다고 해도 속임수에 능하다고 해도 이제는 소용없었다. 어떻게 그 일이 가능하단 말인가? 혹시 기적적으로 탄약통을 뚝딱 출현시켜 장전을 할 수 있다고 하더라도 그걸로 무얼 하겠는가? 엘러리를 쏜다? 맥스를 마비시킨다? 설사 복도로 나갔다 손 치자. 그다음은 어쩌겠단 말인가? 강철 문은 꽁꽁 닫혀 있다. 무장 경비병들은 허수아비란 말인가? 거기다 열쇠도 없다.

15초.

도대체 무슨 꿍꿍이속일까?

유다는 발터를 들었다.

맥스는 움찔했고, 엘러리는 하마터면 튀어 나갈 뻔했다. 엘러리는 자신의 반사 신경을 억눌러야만 했다. 맥스는 무어라 알아듣기 힘든 말을 던지더니 킬킬거리면서 다시 문에 몸을 기댔다.

너무 어리석은 짓이다. 저 총알 없는 총을 가지고 유다가 할 수 있는 일은 아무것도 없었다. 그러나 엘러리의 마음 한구석에는 야릇한 호기심이 계속 남아 있었다. 유다는 도저히 일을 저지를 입장이 못 되는데도 마치 무슨 일을 준비하는 것처럼 행동한다. 그게 뭘까?

7초.

유다의 오른팔이 올라와 앞으로 쭉 뻗었다. 그는 분명히 무언가를 겨냥하고 있었고 사격할 수 없는 무언가를 조준하고 있었다. 도저히 관통할 수 없는 벽 저 너머를 향해.

5초.

발터를 움켜쥔 유다의 오른팔에서 눈에 보이지 않는 선을 그으면 그것은 유다의 서재 벽을 통과해 복도를 지나 기밀실의 벽을 뚫고 들어가 기밀실 정중앙, 아마도 의자에 걸터앉아 있을 남자의 몸에 도달할 것이다.

3초.

유다는 형 킹을 겨냥하고 있었다.

제정신이 아닌 것이다.

2초.

유다는 들어 올린 자기 손목을 응시했다.

1초.

'자, 어쩔 셈이냐, 유다?'

시계가 째깍하고 12시를 가리킴과 동시에 유다는 방아쇠를 당겼다.

그 순간에 작은 발터가 불을 뿜고 반동으로 튀어 올랐다고 하더라도 엘러리는 그 정도로 기겁을 하지는 않았을 것이다. 발사될 리 없는 권총이 발사되었다면 이치에 맞지 않는 유다의 지금까지의 행동이 적어도 이치에 맞게 설명되기 때문이다. 물리적으로 기적이라고 하더라도 그것은 유다의 행동에 논리의 무게를 부여하는 것이었다.

그러나 작은 발터는 불을 뿜지도 않았고 반동으로 튀어 오르지도 않았다. 그것은 딸깍 소리만 냈을 뿐 이내 조용해졌다. 방 안에 울려 퍼지는 소리도 없었고, 벽에 구멍도 생기지 않았으며, 비명도 들리지 않았다.

엘러리는 그를 곁눈질했다.

이 유다라는 사내는 정말이지 어처구니가 없었다. 그의 태도는, 발사될 리 없고 또 실제로 발사되지 않은 권총의 방아쇠를 당긴 사람의 거동이 아니었다. 총구에서 뿜어 나온 불을 보고 반동을 느끼고 발사음과 비명을 들은 남자의 태도였다. 훌륭하게 목적을 달성한 사람 같았다.

유다는 천천히 발터를 내려서 조심스럽게 책상 위에 놓았다.

그런 다음 의자 깊숙이 몸을 파묻고 세공자크 병에 손을 뻗었다. 코르크를 뽑아내고 잔에 살짝 술을 붓더니 왼손에 병을 든 채 조금씩 천천히 마시기 시작했다. 이윽고 그는 병과 잔을 내던졌다. 병과 잔은 바닥에 떨어져 깨졌고, 그는 책상 위에 얼굴을 묻고 울었다.

엘러리는 패씸하게 여기면서 사태를 반추했다. 탄알이 들어 있지 않은 권총. 벽, 복도, 그리고 다시 두께 60센티미터의 철근 콘크리트 벽. 상대는 그 맞은편에 있기 때문에 안전하다. 무사하다. 그러나 만일…… 만일…….

있을 수 없는 일이다. 천부당만부당하다.

엘러리는 날카로운 목소리를 들었다. 자기 목소리라고는 생각할 수 없을 정도였다.

"마치 형을 쏜 사람 같군요."

"쐈어요."

그는 슬픔에 젖어 울먹이고 있었다.

"정말 형을 죽였다는 소립니까?"

유다의 다음 말에 엘러리는 자기 귀를 의심했다.

"죽였소."

그는 분명히 그렇게 말했다. 엘러리는 턱을 쓸어내렸다. 이 남자는 미쳤다.

"어쨌다고요?"

"킹은 죽었어요."

"저 사람 말 들었습니까?"

엘러리는 찡그린 얼굴로 맥스를 보았다.

맥스는 싱글거리면서 관자놀이를 톡톡 쳤다.

엘러리는 울화통이 치밀어서 유다의 어깨를 움켜잡아 의자에 등이 닿게 유다의 몸을 똑바로 세웠다.

정말로 울고 있었다.

엘러리는 손을 뗐다. 유다는 울음을 그치고 가지런하지 못하고 누렇게 변색된 치아로 아랫입술을 깨물었다. 그는 바지 주머니에 손을 넣어 무언가를 찾았다. 잠시 뒤에 손수건이 나타났다. 유다는 그것으로 코를 풀고 한숨을 내쉬었다.

"나는 어떤 벌을 받아도 무방합니다. 그러나 반드시 해야 하는 일이었습니다. 그가 어떤 인간이고 무엇을 획책하고 있었는지 당신은 아무것도 모릅니다. 나는 그 사람을 저지하지 않으면 안 될 입장이었어요. 반드시."

유다가 억양 없는 목소리로 말했다.

엘러리는 발터를 집어 찬찬히 뜯어보았다.

그는 권총을 도로 책상 위에 놓고 성큼성큼 문으로 다가갔다. 그리고 문 앞에 버티고 있던 맥스에게 말했다.

"비키시오."

엘러리는 문을 열었다.

복도는 잠잠했다. 경감과 아벨 벤디고는 기밀실 문에 기댄 채 활기찬 대화를 나누고 있었다. 경비병들의 얼굴에는 안도의 빛이 역력했다.

"아, 엘러리. 이제 끝났다……. 무슨 일이냐? 백지장처럼 얼굴이 하얗구나."

경감이 말했다.

"유다는 괜찮습니까?"

아벨이 재빨리 물었다.

"예. 무슨 일…… 없었나요?"

엘러리가 아버지의 팔을 붙들면서 물었다.

"무슨 일? 없었다."

"아무 소리도…… 없었고요?"

"무슨?"

"……총성이오."

"그야 없었지."

"기밀실을 드나든 사람도 없었지요?"

"그래."

"문은 계속 닫혀 있었죠?"

"그럼."

아버지는 아들을 물끄러미 쳐다보았다.

아벨과 경비병도…….

엘러리는 자기가 바보처럼 느껴졌다. 유다 벤디고에게 화가 났다. 그는 그냥 미치광이가 아니라 못된 미치광이였다. 그런데…….

엘러리는 거대한 강철 문으로 걸어가서 주의 깊게 그것을 보았다.

다른 사람들은 이상하다는 듯이 그를 지켜보았다.

엘러리는 문을 똑똑 두드렸다.

잠시 뒤에 좀 더 세게 쿵쿵 두드렸다.

아무런 응답이 없었다.

"기다려봤자 소용없을 겁니다."

피곤한 목소리가 말했다.

엘러리는 홱 돌아섰다. 유다가 복도로 나와 있었다. 맥스가 싱글거리면서 유다의 두 손을 뒤로 돌려 누르고 있었다.

"무슨 뜻이오?"

경감이 초조한 듯 물었다.

엘러리는 두 주먹으로 철문을 두드리기 시작했다.

"벤디고 씨! 괜찮습니까?"

대답이 없었다. 엘러리는 손잡이를 돌리려고 했지만 꿈쩍도 하지 않았다.

"벤디고 씨! 문 좀 열어요!"

엘러리가 소리 질렀다.

아벨 벤디고는 손가락 마디를 꺾으면서 중얼거렸다.

"형은 기분이 나쁘면 무시하고 대답을 하지 않지만 칼라까지 왜……?"

"누가 열쇠 없습니까?"

"열쇠? 자, 여기 있습니다. 어째서 형은……. 아마 화가 난 모양입니다……. 하지만…… 자!"

엘러리는 아벨에게서 열쇠를 잡아챘다. 그것은 킹의 열쇠를 복제한 것이었다. 그는 열쇠를 구멍에 넣고 비틀었다…….

칼라는 남편의 책상 옆 바닥에 쓰러져 있었다. 그녀의 눈은 감겨 있었다.

킹 벤디고는 책상 뒤의 가죽 회전의자에 앉아 있었다. 그는 눈을 뜨고 있었다.

그러나 앉은 자세를 보는 순간 엘러리는 피가 멎는 기분이었다.

벤디고는 의자에 앉은 채 몸이 한쪽으로 기울어 있었고, 한 팔은 무릎 사이에, 한 팔은 옆으로 늘어뜨리고 있었다. 머리는 뒤로 젖혀졌고 입도 벌어져 있었다.

새하얀 실크 와이셔츠의 왼쪽 가슴께가 선홍색으로 물들어 있었다.

그리고 그 붉은 원의 한가운데에 작고 검은 총구멍이 나 있었다.

11

엘러리가 처음 한 일은 기적과는 아무런 상관이 없었다. 그는 아벨 벤디고에게 돌아서서 말했다.

"스프링 대령을 이 일에 끌어들이기를 원하십니까?"

아벨은 팔다리를 벌리고 문턱을 가로막고 서 있었다. 멍한 눈은 엘러리의 어깨 너머로 방 안을 응시하고 있었다.

"벤디고 씨."

그는 아벨의 팔을 건드리면서 질문을 되풀이했다.

"안 됩니다. 절대 안 돼요. 경비대는 들어오지 못합니다!"

아벨은 그제야 제정신이 드는 모양이었다.

엘러리는 아벨을 들여보냈다. 유다도 들여보냈다. 맥스도 쪼르르 따라 들어왔다. 엘러리는 아버지도 불러들였다.

그러고는 경비병들 면전에서 문을 닫았다.

손잡이를 돌려보았지만 벌써 자동으로 잠겨 있었다.

엘러리는 의자에 앉아 있는 사내에게 걸어갔다. 퀸 경감은 칼라 옆에 무릎을 꿇고 앉았다. 아벨과 유다는 문가에 거의 어깨를 맞대고 서 있었다. 유다는 피곤해 보였다. 그는 서류함에 기대어 있었다. 아벨은 혼잣말을 하고 있었다. 맥스는 어안이 벙벙한 모양이었다. 그의 호전성은 남아 있지 않다. 숨을 쉴 때마다 입술에 침이 번졌다. 그는 두려운 눈빛으로 의자에 늘어진 인물을 바라보고 있었다.

경감이 얼굴을 들었다.

"부인은 죽지 않았다."

"그런데 왜?"

"기절한 것 같아. 총상도 타박상도 전혀 찾아볼 수가 없다."

엘러리는 킹 벤디고의 책상 위에 놓인 전화기를 들었다. 교환원이 나오자 그가 말했다.

"스톰 박사 부탁하오. 급합니다."

엘러리를 바라보던 경감은 의자에 늘어진 인물로 시선을 돌렸다. 경감은 다시 칼리를 조심스럽게 들어서 타자기 책상 뒤의 의자로 안고 갔다. 그리고 얼굴이 밑으로 오게끔 의자 위에 눕히고는 자기 외투를 벗어서 여자를 감싸주었다. 여자의 다리를 올리고 머리를 낮게 했다.

"스톰 박사? 퀸입니다. 킹 벤디고가 총에 맞았습니다. 가슴쪽에 심한 부상입니다. 심장에서 가깝습니다. 죽지는 않았어요. 필요한 건 모두 가져오세요. 움직이지 못할 가능성도 있습니다."

그는 전화를 끊었다.

"죽지 않았다!"

아벨이 앞으로 나섰다.

"제발 손대지 마세요, 벤디고 씨. 스톰 박사가 도착할 때까지 기다리는 수밖에 없습니다."

아벨의 얼굴은 땀으로 범벅이 되어 있었다. 그는 연신 침을 꿀꺽 삼키면서 유다를 곁눈질했다.

자기의 암살이 성공리에 끝나지 못했다는 소식을 접한 유다의 표정은 망치로 한 대 얻어맞은 사람 같았다. 그의 눈에는 엘러리가 도저히 이해할 수 없는 충격의 빛이 나타나 있었다. 엘러리는 자질구레한 데까지 신경을 쓸 마음의 여유가 없었지만 유다가 허탈감에 젖어 있다는 사실만은 알아차릴 수 있었다.

"맥스, 유다를 감시하시오."

엘러리는 거인의 팔을 만졌다.

맥스는 소매로 입술을 닦고는 유다에게 돌아섰다. 그는 어깨를 세우고 가무잡잡한 유다에게 다가섰다.

"그럼 안 되지, 맥스. 손은 대지 마요. 그냥 킹 가까이 가지 못하게 막기만 하라고."

엘러리가 타이르듯이 말했다.

칼라가 신음을 토하며 머리를 돌렸다. 경감은 여자의 뺨을 찰싹찰싹 때렸다. 잠시 뒤에 그는 여자를 앉혔다.

칼라는 울지 않았다. 머리로 쏠렸던 피가 재빨리 내려가면서 그녀의 얼굴은 앞서보다 더 하얘졌다. 칼라는 축 늘어진 남자를 바라보았다.

"죽지 않았습니다, 벤디고 부인. 스톰 박사가 오고 있어요. 이제 마음 놓으세요. 심호흡을 하세요."

경감이 말했다.

그러나 경감의 말이 그녀에게는 와 닿지 않았다. 의자에 앉아 있는 남자는 영락없이 죽은 사람의 몰골이었다.

쿵쿵하고 문을 두드리는 소리가 났다. 무릎과 손을 짚고 거대한 책상 밑을 들여다보고 있던 엘러리는 벌떡 일어나 문으로 달려갔다.

"제가 열지요! 물러나세요."

엘러리가 아벨 벤디고에게 말했다.

엘러리가 문을 열자 스톰 박사가 그를 밀치고 들어왔다. 복도는 경비병과 저택 관리인들로 북적거리고 있었다. 하얀 가운을 입은 남자가 응급 수술대를 밀고 들어왔다. 휴대용 멸균 장치는 또 다른 남자가 밀고 왔다. 그러나 엘러리는 이들이 문지방을 넘지 못하게 막았다. 물건들은 넘겨받았다. 엘러리가 막아서는 동안 경감은 그것들을 하나하나 챙겼다. 문간에 몰려있는 인파를 팔꿈치로 밀어젖히면서 스프링 대령이 나타났다. 그는 고함을 쳤다.

"기다려. 문을 닫지 마시오!"

엘러리는 어깨 너머로 아벨 벤디고에게 말했다.

"당신이 직접 얘기하시지요."

엘러리 뒤에 있던 아벨은 고집을 부리는 대령에게 고개를 흔들었다.

"아무도 안 돼, 대령. 아무도 안 돼."

엘러리는 스프링의 굳어버린 면전에서 문을 닫았다.

문이 자동으로 닫힌다는 것은 알고 있었지만 그래도 한번 손잡이를 돌려보았다.

"수술대에 눕히게 좀 도와주시오."

스톰 박사는 자기 일에 몰입할 뿐 이렇다 할 반응은 보이지 않았다. 멸균 장치가 돌아가고 있었다. 그가 들고 온 구급함의 내용물이 책상 위에 펼쳐졌다.

박사의 지시에 따라 그들은 다친 남자를 의자에서 수술대로 옮겼다. 육중한 몸은 생명이 사라진 것 같았다.

"어떨 것 같습니까?"

스톰은 손을 휘휘 저었다. 그는 피하주사를 준비하고 있었다. 엘러리는 작은 철제 의자를 비서용 책상에서 방 한구석으로 밀고 갔다. 경감이 칼라를 그리로 부축해 갔다. 그녀는 고분고분 따랐다. 자리에 앉은 칼라의 눈길은 꼼짝 않는 남편의 몸과 스톰 박사의 손가락에 머물러 있었다. 맥스는 다른 쪽 구석에서 같은 벽을 등지고 유다 앞에 서 있었다. 두 사람 다 움직이지 않았다.

"벤디고 부인! 벤디고 부인!"

경감이 말을 걸었다. 그는 여자를 흔들어 깨웠다.

여자는 흠칫했다.

"누가 쐈습니까?"

"모르겠어요."

갑자기 그녀는 울기 시작했다. 얼굴을 숙이지도, 두 손에 파묻지도 않은 채. 그들은 잠자코 있었다. 잠시 뒤에 그녀는 울음을 그쳤다.

"그럼, 이 방에 누가 들어왔습니까, 벤디고 부인?"

엘러리가 물었다.

"아뇨."

아벨은 비서 책상과 바닥에서 종이들을 하나씩 주워 모으고 있었다. 스톰 박사가 킹의 책상을 닦고 내던진 것이었다. 그 행동이 측은해 보였다. 앞으로 쓰지 못하게 될지도 모르는 남자의 비밀을 챙기는 그 기계적 동작은…… 정리 정돈을 해야 할 필요가 없어져버린 집에서 고집스럽게 자기가 해야 할 일을 하는 충직한 하인을 떠올리게 했다. 아벨은 서류를 차곡차곡 쌓아 서류함에 넣은 다음 다시 열쇠로 잠갔다. 무언가 할 일이 있다는 것을 다행스럽게 생각하는 사람 같았다.

"그 문을 드나든 사람은 아무도 없었습니까, 벤디고 부인?"

엘러리는 시종 방 안을 둘러보았지만 난감하기는 마찬가지였다.

"네."

"한 사람도요?"

"그래요."

"전화도 없었습니까?"

"네."

"부인이나 남편께서도 하지 않았고요?"

"네."

"어떤 형태로건 방해를 받은 적이 한 번도 없었던 거군요."

"딱 한 번 있었어요."

"언젭니까?"

엘러리의 눈이 반짝거렸다.

"자정 몇 분 전에 당신이 문을 두드렸을 때요."

"아, 그게 유일한 방해였습니까? 틀림없습니까?"

"네."

엘러리는 실망했다.

"엘러리, 그건 우리가 잘 안다. 아벨 씨와 나는 내내 문밖에 있었기 때문에……."

경감이 말했다.

"그러고 나서 어떻게 됐습니까, 부인?"

엘러리는 다시 방 안을 훑어보기 시작했다.

"잠깐 동안에 너무 끔찍한 일이 벌어졌어요."

칼라는 수술대를 살짝 보고는 질끈 눈을 감았다.

"문을 닫고 책상으로 돌아간 케인은 다시 서류를 보기 시작했어요. 저는 다른 책상에서 남편 대신 보고서를 검토하고 있었지요. 저는 문과 시계를 등지고 있었기 때문에 시간이 얼마나 되었는지 알 수 없었어요……. 그래서 시간이 그렇게 코앞으로 다가왔는데도……."

그녀의 목소리는 떨렸다. 그들은 기다렸다.

"저는 제 일에 정신이 팔려 있었어요. 그만…… 잊어버렸지요. 종이 댕댕 울렸을 때……."

"종이 울려요? 저 시계가?"

엘러리의 시선은 문 위의 벽면에 박힌 시계로 향했다.

"네. 한 시간마다 울려요. 저는 고개를 들어 뒤돌아보았죠. 종은 그때 막 울리기 시작한 거였어요. 시계는 12시를 가리키고 있었어요. 그때 기억이 났죠."

"그리고 어떻게 됐습니까?"

이제 엘러리는 칼라를 뚫어지게 바라보고 있었다.

"전 케인을 보기 위해 시계에서 눈을 돌렸어요. 케인이 그걸 기억하고 있을까 궁금한 생각이 들어서……."

칼라는 눈을 떴다. 땅딸막한 하얀 가운의 사내를 옆에 두고 수술대 위에 누워 있는 남자를 다시 한 번 보았다. 그러고는 재빨리 말을 이었다.

"하지만 그 사람은 일에 빠져 있었어요. 아예 그깟 일에는 관심도 없다는 식이었지요. 아, 조금만 두려움을 느꼈어도……. 조금만! 그러기는커녕 셔츠 바람으로 극비 보고서의 여백에 끼적거리고 있었지요. 그때…… 그게 벌어졌어요."

"뭐가요?"

"당한 거예요."

"어떻게?"

경감이 캐물었다.

"잠깐만요, 아버지. 시계는 그때도 울리고 있었나요, 부인?"

"네……. 가만. 모르겠어요. 거기서 편지를 쓰고 있는가 싶었는데…… 갑자기 몸을 비틀면서 의자 뒤로 넘어갔어요. 전 그때…… 구멍을 보았어요. 검은 구멍을. 가슴에요. 붉은 피가 번져 나갔어요……."

그녀의 입술이 경련을 일으켰다.

"아니, 괜찮아요……. 조금이라도 도움이 되면 좋겠는데……. 전 사실 잘 모르겠어요……. 아무 생각 없이 그저 내 팔로 안아야겠다는 생각에 그이 곁으로 달려갔어요……. 워낙 갑작스럽게 당한 일이라서 죽는다는 생각도 없었어요……. 그저 그이가 나를 필요로 한다는 생각에서…… 저는 손으로 그이를 만졌어요. 그러고는 기억이 끊겼다가 퀸 경감님 손에 깨어난 겁니다. 손을 뻗는 순간 정신을 잃은 모양이에요."

"제 말을 잘 들어주시기 바랍니다. 대답을 하기 전에 잘 생각하세요. 사실에서 한 치도 벗어나서는 안 됩니다. 아시겠죠?"

엘러리는 칼라가 앉아 있는 의자로 상체를 기울여 얼굴을 바짝 갖다 댔다.

"네."

그녀는 걱정스럽게 얼굴을 한쪽으로 기울였다.

"총성을 들었습니까?"

"아뇨."

"생각을 잘 하셔야 합니다. 잠깐 사이에 너무 엄청난 일이 벌어졌기 때문에 부인은 흥분해 있습니다. 생각을 하세요. 그 순간을 다시 생각하세요. 부인은 책상 앞에 앉아 있는 남편을 보고 있었습니다. 그때 남편은 글씨를 쓰고 있었습니다. 다음 순간 남편이 몸을 뒤틀면서 뒤로 넘어갔고, 검은 구멍과 혈흔이 셔츠에 나타났습니다. 분명히 총을 맞은 거지요. 누군가 총을 쏜 겁니다. 남편이 몸을 뒤틀 때 소리가 나지 않던가요? 아무 소리라도 좋습니다. 커다란 총성이 아니어도 관계없어요. 쩍 하는 날카로운 균열음이라든지, 픽 하는 소리라든지, 딸각하는 금속음이라도요. 딸깍 소리도 없었습니까?"

"소리는 전혀 기억에 없어요."

"그 순간에 냄새는 맡지 못했습니까, 부인? 뭐가 타는 냄새라든지?"

그녀는 고개를 흔들었다.

"그때 뭐가 타고 있었는지는 몰라도 저는 냄새는 맡지 못했어요."

"연기는? 연기도 보지 못했나요?"

경감이 물었다.

"네."

"그럴 리가!"

엘러리는 아버지의 팔에 손을 얹었다.

"보세요, 부인. 누군가 두 분과 같이 이 방 안에 있었음이 분명합니다. 틀림없습니다. 부인 모르게 누군가 숨어 있었을 가능성은 없을까요?"

"그럴 리 없다."

경감이 다시 흥분했다.

엘러리는 아버지의 팔을 다시 잡았다.

"숨어 있었을 리 없어요. 아까도 말씀드렸지만 전 시계를 돌아보았습니다. 누군가 내 뒤에 있었다면 그때 내 눈에 띄었을 거예요. 보시다시피 이 방 안에는 숨을 데라곤 없거든요. 그리고 누가 감히 들어올 수 있었겠어요? 모르겠어요. 전 다만 있는 그대로 말씀드리는 거예요."

칼라는 고개를 설레설레 저었다.

엘러리는 허리를 세웠다. 아버지의 왼손을 붙들고 그 옆에 자기 손을 놓았다.

두 사람의 손목시계는 정확히 맞았다.

부자의 시선은 자동적으로 벽시계로 쏠렸다.

벽시계도 그들의 손목시계와 정확히 시간이 일치했다.

두 사람은 어떻게 추리해야 좋을지 난감한 얼굴로 서로를 마주 보았다. 서재에서 유다가 벌인 기괴한 행동에 대해서는 경감도 엘러리에게 이미 들었다.

칼라의 증언은 기괴함만 더할 뿐이었다.

유다가 빈 권총을 형 킹이 있는 쪽으로 겨누어(그 둘은 벽 두 개와 사람으로 꽉 들어찬 복도를 사이에 두고 있었다.) 방아쇠를 당긴 순간…… 바로 그 순간에, 수많은 사람이 있고 벽이 있고 잠긴 문이 있고 거기다 총알은 없는데도, 킹 벤디고는 가슴에 총알을 맞고 벌렁 넘어간 것이다!

유다가 입을 열었다.

"술이 필요해. 이 친구 손 좀 떼라고 하시오. 난 마셔야겠어."

"맥스, 나한테 맡겨라."

아벨이 말했다.

맥스는 손을 떼었다. 유다는 얼굴을 찡그리고 팔을 쓰다듬으면서 구석에서 걸어 나왔다. 맥스가 그 뒤를 따랐다.

"술은 잠깐 기다려야겠습니다. 이 방에서 나가면 안 돼요."

엘러리가 재빨리 다가가서 말했다.

유다는 엘러리 옆을 쓱 지나쳤다. 서류함 앞에 서서 입술을 핥고 실눈을 뜨고 생각에 잠긴 듯 이마에 주름을 모았다. 그러더니 서류함 하나를 찍어 그것을 당겼다. 철제 서랍이 나오자 자그맣게 탄성을 올리면서 그 안을 더듬었다. 세공자크 병 하나가 그의 손에 들려 나왔다. 그는 주머니를 뒤지기 시작했다.

"내가 깜빡했군. 당신은 그 보물단지 숨겨놓은 곳 하나는 정말 귀신처럼 머리에 담아두고 있군요."

엘러리가 쏘아붙였다.

"내 칼! 당신이 가져갔소!"

유다의 손이 경련을 일으켰다.

"내가 대신 따드리지요."

엘러리는 유다의 주머니칼을 꺼냈다. 세관 수입 인지를 뜯고 병 상단의 밀랍을 발라낸 다음 코르크까지 빼냈다.

유다는 병을 가로챘다. 울대뼈가 오르락내리락했다. 누르스름한 뺨에 혈색이 돌기 시작했다.

"이젠 좀 작작 마시라고."

아벨이 유다에게 한마디 했다.

유다는 입에서 병을 뗐다. 눈은 여전히 흐리멍덩했지만 광채는 약간 남아 있었다. 그는 병을 쑥 내밀었다.

"한잔하실 분?"

즐겁게 말했다.

아무도 대답을 하지 않자 그는 방 한구석으로 가서 벽에 등을 대고 스르르 주저앉았다. 그 와중에도 한 모금 더 삼키고 병을 바닥에 내려놓았다.

"이제 나는 됐습니다. 내 걱정은 말고 하던 일 계속하시오."

유다가 말했다.

"유다, 누가 킹을 쐈습니까?"

엘러리는 다정스럽게 물었다.

"나요. 내가 쏘는 걸 보고도 그러시네."

유다는 갑자기 무릎을 세우더니 가냘픈 팔로 감싸 안았다. 옹송그린 자세였다.

"유다!"

아벨이 버럭 화를 냈다.

"자정에 죽인다고 했고 말 그대로 실천에 옮겼소."

유다는 몸을 까딱까딱 흔들었다.

"죽지는 않았소."

경감이 내려다보며 말했다.

유다는 계속 몸을 흔들었다.

"그건 중요하지 않고, 원칙은 지켰어요."

유다는 손을 내저으며 모호하게 말했다. 손이 술병 위로 떨어졌다. 그는 병을 다시 입으로 가져갔다.

그들은 유다에게서 시선을 거두었다. 그러나 맥스만은 양손을 벌렸다 오므렸다 하면서 유다의 코앞에 서 있었다.

유다는 개의치 않았다.

스톰 박사가 말했다.

"우리의 어르신은 목숨을 건졌습니다. 신은 총알 따위로 죽지는 않지. 자, 누구한테 드릴까?"

그는 작업을 계속하면서 한 손을 옆으로 내밀었다. 퀸 경감이 그 손에서 피에 젖은 작은 솜 조각을 받아 들었다. 솜 위에는 탄알이 얹혀 있었다.

엘러리는 즉시 경감 옆으로 왔고, 아벨과 칼라는 슬금슬금 다가와서 수술대 위에 있는 남자를 살폈다. 칼라는 바로 눈을 돌렸다.

"뒤로, 뒤로 물러서세요."

스톰 박사가 말했다. 그는 붕대를 풀고 있었다.

"당신들은 한 사람도 멸균 처리가 되지 않았습니다……. 하긴 나도 마찬가지지만. 날고 기는 스톰이 시골 돌팔이 박사로 전락할 줄이야! 스승님이 무덤에서 울겠소."

"아직 의식이 없는데."

아벨이 살그머니 말했다.

"당연하죠. 당장 수술대에서 뛰어 내려와 물구나무서기를 한다고는 말하지 않았습니다. 우리 황제는 구사일생으로 살아났고 아직은 중태라 이겁니다. 하지만 좋아질 겁니다. 좋아지고말고요. 불사신이니까. 이제 곧 병원으로 옮겨야 합니다. 비키시오, 아벨. 퀸 씨도 마찬가지고. 무슨 냄새를 맡으려는 겁니까?"

"상처를 보고 싶습니다."

엘러리가 말했다.

"자, 보시오. 이제까지 총상을 한 번도 본 적이 없습니까? 그래서 사건 해결은 어떻게 했소?"

땅딸한 박사는 부지런히 손을 놀렸다.

"진짜 상처군요."

엘러리는 허리를 숙이고 셔츠를 집어 들었다. 스톰이 킹의 몸에서 잘라 벗겨낸 것이었다.

"그런데 화약 자국이 없어요."

"자, 뒤로 물러나세요!"

"완벽해."

퀸 경감이 말했다. 아버지와 아들은 경감의 손바닥에 놓인 피에 젖은 솜 위의 탄알을 보고 있었다.

"모양이 조금도 일그러지지 않았어. 탄피는 없었니?"

"네."

엘러리가 대답했다.

"자동권총에서 발사된 탄알이라면 탄피가 이 방에 있어야 한다."

"그렇네요. 한데 없습니다."

경감은 탄알을 솜으로 쌌다. 그런 다음 타자기 책상으로 가서 서랍을 열고 새 봉투를 찾아냈다. 그 안에 솜을 넣은 다음 웃옷 안주머니에 넣었다.

"거추장스럽지 않게 저리로 가자."

경감이 소곤거렸다.

두 사람은 아무도 없는 방 한구석으로 갔다. 엘러리는 모서리에 기댔고 아버지는 방을 등지고 섰다.

"이건 요술 장난이 아니다. 그 점을 분명히 하고 넘어가자. 우리가 정신 바짝 차려야 해."

"계속하세요. 아버지 생각은 어떠세요?"

"기적이 아니다. 그걸 단단히 명심해라. 유다는 자기가 킹을 쏘았다고 말한다. 술기운에 편승해 거짓말하는 거야. 저 친구가 만약에 생각이 있다면 무슨 생각으로 저런 거짓말을 하는지 나도 모르겠다만 하여간에 그건 말도 안 되는 소리야. 킹의 가슴에서 스톰이 빼낸 총알은 삼투압이나 마법의 주문으로 거기 들어간 게 아니야. 그 총알은 분명히 킹의 가슴에 박혀 있었다. 스톰은 그걸 꺼냈고……. 내 눈으로 봤다. 스톰은 속임수를 부린 게 아니야. 정말로 총알을 들어냈다. 따라서 총알은 분명히 총에서 발사되었다는 소리야. 누구의 총일까? 어떤 총일까? 어디서 쏘았을까?"

엘러리는 잠자코 있었다. 경감은 집게손가락으로 콧수염을 북북 비벼댔다.

"유다의 총은 아니다. 적어도 유다가 자정 무렵에 들고 있던 그 총은 아니야. 그 총은 비어 있었다고 너한테 들었다. 너는 직접 그 총에서 꺼낸 탄약통을 나에게 주었지. 유다에게는 다른 탄약통이 없었다. 네가 두 번이나 그의 방을 뒤졌지 않니. 설령 갖고 있었다고 하더라도 네가 자정 몇 초 전에 발터를 확인했고 그때 분명히 장전되어 있지 않았다. 너는 그 이후로 단 1초도 총에서 눈을 떼지 않았다고 했다. 유다는 방아쇠를 당겼고 딸깍 소리가 났어. 총은 발사되지 않았다. 아무것도 쏘지 못했어. 그럴 수가 없었지. 유다는 용의 선상에서 지워야 해. 정신병원에 있어야 할 사람이다."

"계속하세요."

엘러리가 말했다.

"따라서 총알은 다른 총에서 발사되었다. 어디서 쏘았을까? 기밀실 밖에서? 보자. 이 방 벽은 두께 60센티미터의 철근 콘크리트다. 사전에 구멍을 뚫어놓았다? 이 맨벽에 어디 구멍이 있다는 거냐? 내 눈에는 안 보인다. 우리가 눈을 까뒤집고 구석구석 살펴도 그런 구멍은 없을 거라는 걸 너도 알고 나도 안다. 구멍을 뚫었다면 1미터도 떨어지지 않은 거리에서 24시간 보초를 서고 있는 경비병들 귀에 들리지 않았을 리가 없지. 문? 개미 한 마리 스며들지 못할 튼튼한 강철이다. 구멍이라 해봤자 열쇠 구멍 말고는 없는데 총알이 지나가기에는 너무 작고 비좁아. 그 안의 자물쇠에 막혀서 지나가지도 못하겠지만. 창문도 없다. 채광창도 없다. 비밀 통로도 없고 비밀 방도 없다. 좌우지간 비밀이라는 글자가 들어가는 별스러운 장치는 하나도 없다고 킹 벤디고 본인 입으로 말했어. 벽에서 천장까지 이어져 있는 냉난방 장치? 비록 숨은 쉰다지만 봐라, 이렇게 단단하다. 어디에도 구멍은 나 있지 않아. 더구나 거기서 발사되었다고 하더라도 각도상으로 그렇게 맞힐 수가 없지."

"그렇다면 결론은……."

"이치에 닿는 유일한 결론이지. 총은 방 안에서 쐈다. 방 안에 누가 있었지? 킹 벤디고 내외다. 킹의 셔츠에서 화약 자국을 발견하지 못했지?"

엘러리는 아버지의 어깨 너머로 칼라 벤디고를 바라보았다.

"너도 그런 의심을 했겠지만."

경감이 중얼거렸다.

"맞습니다. 하지만 총은 어디 있죠?"

"이 방 안에."

"이 방 어디요?"

"나도 모른다. 하지만 여기 있어."

"전 이 방을 뒤졌어요."

"방법이 안 좋았다."

아버지가 신랄하게 꼬집었다.

"이제부터 본격적으로 뒤져야 한다……. 아니, 여자의 몸에는 없다. 지금 입고 있는 저 가운 어디에 권총을 숨길 수 있겠니? 그렇지 않아도 기절한 척한 여자를 의자로 안고 가면서 확인했다. 유부녀를 건드린 게 좀 마음에 걸리긴 하지만 하는 수 있겠니? 여기다, 엘러리. 이 안에 있어. 아무도 이 방에서 나가지 않았다. 반드시 그걸 찾아내야 해. 자, 시작하자."

"좋아요. 시작해요."

엘러리는 구석에서 나왔다.

그러나 찾을 수 있을 거라는 확신은 조금도 들지 않았다.

그들은 방을 세 번이나 뒤졌다. 세 번째에는 방을 구획 지어서 1센티미터씩 조사했다. 아벨에게서 서류함 열쇠를 받아 서랍도 모두 조사했다. 비밀 상자가 없는지 서류함 하나하나의 내용물을 모두 꺼내서 살펴보았다. 책상 서랍도 1제곱센티미터씩 살폈고, 빈 공간이 없는지 책상 다리와 뼈대도 빠짐없이 조사했다. 서류함 꼭대기에 올라가서 벽을 구석구석 손가락으로 쓸어보았다. 엘러리는 서류함 위에 의자를 얹고 그 위에 기어 올라서 방 안을 돌아가며 천장 가까이의 금속 장식 띠를 조사했다. 시계는 특히 정밀하게 조사했다. 두 사람은 서류함이 벽에 고정되어 움직이지 않는다는 사실도 확인했다. 의자 두 개

는 물론 전화기도 분해했다. 타자기 안도 들여다보았다. 의식
불명의 남자가 누워 있는 수술대와 멸균 장치와 스톰 박사의
가방과 12시 이후에 운반되어 온 갖가지 기구들까지 조사했다.

권총은 없었다. 탄피도 없었다.

"저들 가운데 한 사람이 갖고 있다."

경감이 중얼거렸다. 그리고 나서 목소리를 높였다.

"몸수색을 하겠습니다. 한 사람도 빠짐없이 실시합니다. 벤
디고 부인, 죄송하지만 부인도 포함해섭니다. 우선 머리를 좀
풀어주시기 바랍니다. 여기 있는 이 사람은 아침에 마시는 커
피를 인생 최고의 짜릿한 즐거움으로 여기는 늙은이니까 아무
쪼록 겁내지 말아주십시오. 물론 여러분이 저희가 철수하기를
바란다면 몸수색은 필요 없습니다만."

아벨 벤디고가 조용히 입을 열었다.

"나는 진상을 알고 싶습니다. 나부터 시작해주시오."

경감은 아벨과 칼라와 맥스의 몸을 수색했다. 엘러리는 스톰
박사와 수술대 위의 남자를 맡았다. 엘러리는 수술대 위의 남
자에게 많은 시간을 쏟아부었다. 그는 두툼한 붕대 안에 권총
이 숨겨져 있을지 모른다는 가능성까지 생각해보았다. 그러나
그것은 불가능한 일이었다. 한눈에 보아도 그 정도는 알 수 있었
다. 스톰 박사는 성난 싸움닭처럼 엘러리의 주변을 서성거렸다.

"조심! 이런…… 안 돼! 그가 죽으면 당신은 살인자요. 그깟
권총 때문에 사람이 죽어도 좋다는 소리요?"

총은 누구도 갖고 있지 않았다. 탄피도 발견되지 않았다.

경감은 곤혹스러워했다. 엘러리는 괴로운 표정을 지었다. 두
사람 다 말이 없었다.

아벨이 방 안을 서성거리기 시작했다.

화장이 지워지고 머리를 풀어헤친 칼라는 수술대 옆에 서서 남편의 차가운 손을 쓰다듬고 있었다. 머리도 한 번인가 만졌다. 유다는 한쪽 구석에 웅크리고 앉아서 태연자약 코냑을 마셨다. 눈동자는 풀려 있었다. 맥스는 거대한 어깨를 축 늘어뜨리고 있었다.

스톰 박사는 피하주사를 한 방 더 준비했다.

퀸 부자는 서서 물끄러미 그것을 지켜보았다.

아벨은 무언가에 조금씩 격앙되어가고 있었다. 그는 걸음을 옮기면서 유다를 힐끔힐끔 노려보았다. 자신에게 낯설기만 한 감정을 억누르려고 애를 쓰는 모양이었지만 그는 싸움에서 지고 있었다. 마침내 그는 자제심을 잃었다.

그는 유다에게 달려들어 목깃을 움켜잡았다. 불의의 기습을 당한 유다는 병을 꼭 쥔 채 코르크처럼 구석에서 뽑혀 나왔다. 유다의 이빨이 반짝거렸다. 엘러리는 그가 웃고 있는 것은 아닐까 순간적으로 생각했다.

"이 술고래 미치광이. 어떻게 했어? 난 네 머리를 알아. 병적이고 불평불만에 가득 차 있지. 항상 우리를 속물 취급했어. 언제나 우리를 미워했고. 왜 난 죽이지 않았지? 어떻게 했느냐고?"

유다는 술병을 입술에 갖다 댔다. 조인 목 때문에 눈알이 튀어나올 것만 같았다. 아벨은 술병을 빼앗았다.

"오늘 밤에는 못 마셔! 절대로 못 마시게 할 거야! 이런 짓을 하고도 무사할 줄 알았나? 형이 자리에서 일어나면 그땐 각오하라고."

유다는 캑캑거렸다. 아벨은 그를 서류함 쪽으로 내동댕이쳤다. 유다는 바닥에 쓰러져서 고개를 들었다.

그는 진짜로 웃고 있었다.

퀸 부자는 모두가 방에서 나가기 전에 다시 한 번 몸수색을 했
다. 스톰 박사, 아직 의식불명으로 수술대에 누워 있는 킹 벤디
고, 웅크린 채 히죽거리고 있는 유다, 맥스, 칼라, 아벨…….

경감이 검사를 마치면 엘러리가 밖으로 내보냈다. 속임수를
못 쓰도록 한 사람 한 사람씩 내보냈다. 경감은 밖으로 나가는
의료 기구도 한 번 더 조사했다.

총은 없었다. 탄피도 없었다.

"이해가 안 가는군요."

마지막으로 방을 나서면서 아벨이 말했다.

"진상을 꼭 알아내야 합니다. 형이 알고 싶어 할 테니까요.
두 분에게 전권을 드리겠습니다. 스프링 대령에게 이 사건과
관련 있는 모든 활동에 대해서 그를 포함한 전 경비대가 두 분
의 명령에 따라야 한다고 지시해놓겠습니다."

그는 손에 들고 있던 술병을 쳐다보았다. 입술을 굳게 다물
었다.

"유다는 걱정하지 마십시오. 더는 해코지를 못 하도록 단단
히 묶어놓을 테니까."

그리고 아벨은 밖으로 나갔다. 엘러리는 문이 잠기나 확인한
다음 돌아섰다.

"아버지, 이제……."

"환장하겠구먼. 이제 뭐?"

경감이 씁쓸하게 말했다.

"이제 본격적인 수색을 벌여야죠."

엘러리가 말했다.

45분 뒤에 두 사람은 킹 벤디고의 책상 옆에 마주 보고 서 있었다.

"여기 없습니다."

아들이 말했다.

"그럴 리 없다! 그럴 리 없어!"

아버지가 말했다.

"어떻게 킹을 쏘았을까요? 방 밖에서?"

"불가능하다!"

"방 안에서?"

"불가능하다!"

"불가능하죠. 밖에서도 불가능, 안에서도 불가능……. 이 방에는 절대 권총이 없고."

경감은 잠자코 있었다.

잠시 뒤에 엘러리가 입을 열었다

"우립니다."

"뭐?"

"우리도 몸수색을 해야지요."

그들은 각각 자기 몸을 검사했다.

이어 서로의 몸을 검사했다.

권총은 없었다. 탄피도 없었다.

엘러리는 오른발을 들어 킹 벤디고의 책상을 쿵 찼다.

"여기서 나가죠!"

기밀실 문을 닫고 나서 엘러리는 마지막으로 문이 잠겼나 확인했다.

문은 잠겨 있었다.

스프링 대령의 모습은 보이지 않았다. 눈앞에서 자신의 권한이 이양되는 것을 보고 싶지 않았던 모양이다.

"대장!"

경비대장이 부리나케 달려왔다.

"예."

"밀랍과 양초를 가져와요."

"알겠습니다."

물건이 오자 엘러리는 양초에 불을 붙여 촛농을 낸 다음 그것을 철문의 열쇠 구멍에 두껍게 발랐다. 그는 잠시 기다렸다. 그러고는 자기 도장 반지를 그 위에다 꾹 눌렀다.

"이 문 앞에 세 시간 교대로 24시간 경비병을 세우시오. 저걸 만지면 안 됩니다. 만약 건드렸다간……."

"알겠습니다!"

"경비실에 기밀실 열쇠가 여분으로 하나 있는 것으로 아는데, 그것도 가져오시오."

그들은 복도를 걸어가서 열쇠가 오기를 기다렸다. 기밀실 앞에는 벌써 경비병 하나가 지키고 서 있었다.

"나머지 열쇠 둘도 아버지가 갖고 있지요?"

경감은 고개를 끄덕였다. 엘러리는 세 번째 열쇠를 건네주었다. 경감은 그것을 조심스럽게 받아서 바지 주머니에 넣었다.

"가서 눈 좀 붙이자."

경감은 엘리베이터 쪽으로 걸어갔다. 그러더니 우뚝 멈춰 서서 뒤돌아보았다.

"안 가니?"

엘러리는 그 자리에 꼼짝 않고 서 있었다. 엘러리는 야릇한 표정을 지었다.

"이번엔 또 뭐냐?"

경감은 되돌아와서 나무라듯이 말했다.

"스톰이 킹의 가슴에서 빼낸 탄알 말인데요, 구경이 얼마였죠?"

엘러리가 느릿느릿 말했다.

"작지. 아마 25구경이었을 거다."

"그렇죠. 유다의 권총도 25구경이에요."

"자, 가서 자자니까."

경감은 가려고 했다.

그러나 엘러리는 아버지의 팔을 붙잡았다.

"엘러리……."

아버지는 애걸 조로 나왔다.

"전 조사해야겠어요."

"죽겠네!"

경감은 바닥을 짓이기며 아들의 뒤를 따라갔다.

유다의 방문 앞에도 경비병이 서 있었다. 그는 퀸 부자가 다가오자 경례를 했다.

"누구 명령인가?"

경감이 짜증스레 물었다.

"아벨 벤디고 님이 직접 하달하신 명령입니다."

"유다 벤디고는 방 안에 있는가?"

"예."

엘러리는 안으로 들어갔다. 경감은 그 옆을 지나쳐서 유다의 침실 문을 열었다. 코 고는 소리가 방 안에 울려 퍼지고 있었다. 경감은 전기 스위치를 넣었다. 유다는 얼굴을 뒤로 젖힌 채입을 벌리고 잠들어 있었다. 악취가 진동했다. 유다의 토사물이었다.

경감은 스위치를 끄고 문을 닫았다.

"있니?"

엘러리는 작은 발터 위에 손을 얹고 있었다. 그것은 12시에 유다가 '마술적 살인'을 실연한 뒤, 엘러리가 던져놓은 그대로 책상 위에 나뒹굴고 있었다.

"이번엔 뭐냐? 뭘 보는 거냐고?"

엘러리는 한 손으로 가리켰다.

유다의 책상 뒤 양탄자 위에 탄피가 있었다.

경감은 서둘러 그것을 주웠다. 그리고 주머니에서 엘러리가 12시 전에 유다의 발터에서 빼낸 뒤 맡아달라고 준 새 탄약통을 꺼냈다.

"탄약통의 탄피와 모양도 크기도 똑같군. 동일물이야."

"유다는 쏘지 않았습니다. 권총은 발사되지 않았어요. 그가 그 속임수를 부렸을 때 탄피는 튀어나오지 않았습니다. 총은 정말 비어 있었어요. 속임수예요. 다 같은 속임수라니까요."

"어디 총이나 보자!"

엘러리는 권총을 아버지에게 건넸다. 경감은 상아를 박아 넣었고 밑변 귀퉁이의 표면이 삼각형으로 떨어져 나간 독일제 권총을 유심히 살폈다. 그는 고개를 설레설레 저었다.

"완전히 사람 돌게 만들어요. 잠들기 전에 어디로 가야 할지 아시겠지요?"

경감은 넋을 잃고 고개를 끄덕였다.

아버지는 권총을, 아들은 탄피를 들고 말없이 방을 나왔다. 경감은 부풀어 오른 가슴 안주머니를 가볍게 두드렸다. 거기에는 킹 벤디고의 몸에서 빼내어 솜에 싸고 다시 봉투에 집어넣은 탄알이 들어 있었다.

경비실에서 엘러리는 대장에게 말했다.

"운전사 딸린 빠른 차량을 준비해주시오. 그리고 누군지도 모르고 어디에 있는지도 모르지만 탄도 전문가를 깨워서 탄도 연구소, 그것도 어디에 붙어 있는지 모르지만, 하여튼 거기에서 우리를 기다리고 있으라고 전하시오. 10분 안에!"

두 사람은 탄도 전문가의 이름을 끝내 기억하지 못했다. 그 사람이 어떻게 생겼는지도 나중에 떠올릴 수 없었다. 악몽의 마지막 에피소드가 일어난 연구소 자체도 희미한 기억으로 남아 있을 뿐이었다. 한 시간 반 남짓한 시간 동안에 경감은 딱 한 번인가 이렇게 훌륭한 연구소는 지금까지 본 적이 없다고 말했다. 그러나 나중에 그는 실제로는 아무것도 보지 못했기 때문에 그런 말을 했을 리 만무하다고 발뺌했다. 엘러리도 그 당시는 기억의 기능이 다른 기능과 마찬가지로 정지해 있었기 때문에 그 점에서 아버지를 반박하기는 어려웠다.

충격은 너무도 컸다. 두 사람은 탄도 전문가 옆에서 그가 탄피와 탄알을 조사하고 비교하기 위해 권총을 발사하고 씻고 암모니아 처리 하는 모습을 지켜보았다. 노여움과 경계와 희망이

교차된 심정으로 그들은 상대가 속임수를 쓰지 않나 눈여겨보면서, 한편으로는 또 다른 기적이 일어날지도 모른다는 예감에 젖었으며, 아이의 출산을 기다리는 아빠처럼 담배를 뻑뻑 피우면서 자신들의 어리석은 놀음을 한심스러워하기도 했다.

충격은 너무도 컸다.

두 사람은 검사 결과를 두 눈으로 직접 보았다. 탄도 전문가는 격침(擊針) 자국, 노리쇠 탄피 제거 장치의 자국 등을 세세히 지적했지만, 사실 그런 지적은 불필요했다. 그들이 유다의 서재에서 주운 탄피가 심상치 않다는 것은 너무도 분명했기 때문이었다. 그들은 하마터면 킹의 목숨을 앗아 갈 뻔했던 탄알과 시험용 탄알을 현미경으로 비교 점검하고 두 탄알이 정확히 합치되는 것을, 믿어지지는 않지만 눈으로 확인했다. 두 사람이 사진으로 확인하겠다고 고집하자 탄도 전문가는 사진 한 장에 탄알의 둘레 전체가 찍힌 롤 사진을 만들어주었다. 그들은 뚫어지게 보고 비교하고 토론하고 논쟁했다. 그리고 그것이 모두 끝났을 때 그들은 기가 막히는 결론에 이르렀다.

스톰 박사가 킹 벤디고의 가슴에서 빼낸 탄알은, 두꺼운 벽두 개와 강인한 사내들이 버티고 선 넓은 복도를 사이에 두고 형을 저격한 유다 벤디고의 권총에서 발사된 것이었다.

있을 수 없는 일이었다.

그러나 그것은 사실이었다.

12

7월이 왔다. 1일 그리고 4일.

중앙 본부 앞에서는 일종의 의식이 거행되어 벤디고 섬의 검은 깃발 옆에 미국 국기가 게양되고 아벨 벤디고가 짧은 연설을 했다. 그것은 미합중국이 바디젠 회사에 비공식 대표로 파견한 제임스 월브리지 모너휴를 위한 것으로, 이 독립국가가 우호적 정부에게 나타내는 의식이었다. 식에는 영국의 클리츠와 프랑스의 카스베르도 참석했다. 행사가 끝난 뒤 회의실에서 칵테일파티가 열렸지만 엘러리 부자는 초대받지 못했다. 나중에 그들이 들은 바로는 각국 원수의 건강을 기원하는 축배가 여러 순배 돌았다는 것이었다. 모습을 나타내지 않은 킹 벤디고, 미합중국 대통령, 영국 국왕, 프랑스 대통령의 순이었다.

벤디고는 아직도 저택 병동에 입원해 있었고 경비병이 24시간 그곳을 지키고 있었다. 스톰 박사가 제출한 애매모호한 용태 보고서는 환자가 빨리 회복되고 있다는 인상을 주었다. 7월 5일에는 환자가 상반신을 일으킬 수 있게 되었다는 보고가 나왔다. 그러나 그의 아내와 아벨 외에는 면회가 허락되지 않았다. 맥스는 면회인의 범주에 들어가지 않았다. 그는 결코 병실을 떠나지 않고 하루 세 번의 식사도 그곳에서 했으며, 주인의 손이 닿는 곳에 간이침대를 두고 거기서 잤다.

칼라는 하루의 대부분을 병원에서 보냈다. 퀸 부자는 저녁때 말고는 그녀와 만날 기회가 거의 없었다. 저녁 식탁에서 칼라는 모두가 가장 관심을 갖고 있는 주제를 제외한 모든 화제를 부자연스럽게 열심히 지껄였다. 아벨을 보기란 하늘의 별 따기였다. 킹이 쓰러진 뒤 총리는 공사다망해진 것이다.

유다는 여전히 불가사의한 인물이었다. 암살 미수 사건 뒤 처음 일주일 동안 그는 감시병이 딸린 채 방 안에 감금당했으며, 베히슈타인 그랜드피아노 뒤에 있던 세공자크 코냑 여섯 상자는 아벨 벤디고의 명령으로 몰수되었다. 그러나 유다는 늘 취해 있었다. 그의 방은 몇 번이나 수색당했고 이따금 찾기 쉬운 은닉처에서 술병이 한두 개 발견되었다. 그러나 경비병들은 이것이 자기들을 만족시키기 위한 연극이 아닐까 생각했다. 그가 어디서 술을 입수했는지 그들은 도저히 알 수가 없었다. 경비병들의 수색을 그가 마치 보물찾기 놀이처럼 냉소적으로 즐기고 있다는 사실은 한눈에도 알 수 있었다. 그의 감금이 풀리고 병동을 제외하고 저택 안을 자유롭게 활보할 수 있게 된 후부터는 그를 술로부터 차단하려는 노력도 중단되었다. 유다의 비밀 은닉처를 절반이라도 찾아내려면 군단 하나를 거느린 병참에 정통한 장군이 필요할 것이다.

퀸 부자는 유다가 어떻게 행동의 자유를 얻게 되었는지 의아했고 그 설명을 듣기까지 며칠을 허비했다. 드디어 그들은 아벨을 기습적으로 덮치는 데 성공했다. 어느 늦은 밤 아벨이 잠을 자기 위해 저택으로 막 들어설 때였다.

"정말입니다. 두 분을 피하려 했던 건 아닙니다. 형이 쓰러진 뒤 눈이 돌아갈 만큼 바쁘게 지내다 보니 그렇게 됐습니다. 어쩐 일이십니까?"

아벨은 전보다 얼굴이 더 창백해 보였고 쌓인 피로로 어깨가 축 늘어져 있었다.

"알아볼 게 많아서요. 우선, 왜 유다에게 자유를 허락했는지 묻고 싶습니다."

엘러리가 말했다.

아벨은 한숨을 쉬었다.

"진작 설명을 드릴 걸 그랬군요. 일단 의자에 앉으시죠……. 제가 무척 신경을 쓰는 일은, 아마 가장 신경 쓰는 일인지도 모르지만, 6월 21일 밤에 일어났던 사건의 진상이 새어 나가지 않게 하는 것입니다. 모너휴 씨나 카디건 경, 카스베르 씨가 킹이 지독한 독감으로 몸져누워 있는 줄로 알고 있다는 것은 두 분도 익히 알고 계실 겁니다. 형의 암살이 하마터면 성공할 뻔했다는 사실이 알려졌을 때 어떤 중대한 파급 효과가 일어날지는 아무도 모릅니다. 전 세계적으로 말입니다. 우리 사업은 대단히 미묘하면서도 광범위합니다. 일전에 유럽의 거물 정치인이, 킹 벤디고가 바람에 맞으면 온 세계가 재채기를 한다고 말했을 정도니까요."

아벨은 가볍게 웃었지만 퀸 부자는 여전히 굳은 얼굴이었다.

"그것이 유다와 어떤 관계가 있다는 겁니까?"

경감이 캐물었다.

"미국과 영국과 프랑스의 신사들은 비상한 후각을 갖고 있습니다. 잠시 유다가 모습을 드러내지 않으면 그들은 추리를 하기 시작할 겁니다. 킹의 돌발적인 와병과 유다의 갑작스러운 실종을 연결 지어 진상을 탐지할지도 모릅니다. 그러니 이 편이 더 안전합니다. 유다는 킹에게 접근하지 못합니다. 눈에 잘 띄지는 않지만 유다는 엄중히 감시당하고 있습니다."

퀸 부자는 한동안 아무 말이 없었다.

이윽고 경감이 입을 열었다.

"벤디고 씨, 또 하나 묻지요. 우리는 스톰 박사에게 환자 면담 요청을 했지만 환자의 침상에서 백 보 이내로 접근해서는 곤란하다는 답변뿐입니다. 환자에게 질문하고 싶은 게 몇 가지 있습니다. 머리맡까지 다가갈 수 없겠습니까?"

"스톰 박사가 허락하지 않을 겁니다. 형은 아직 중태인 모양이에요."

"당신은 매일 만나지 않습니까."

"불과 몇 분입니다. 몇 가지 미해결 사안 때문에 형이 워낙 불안해해서 안심을 시키려고요. 딴 이유는 없습니다."

"충격에 관해서 물어보셨습니까?"

엘러리가 슬쩍 물었다.

"물론이지요. 하지만 헛수고예요. 무리하게 캐물을 수도 없는 노릇이고. 환자를 흥분시키면 안 된다는 게 스톰 박사의 엄명이라서요."

"그래도 뭔가 말은 했겠지요. 가슴을 맞았는데. 아주 가까이서 총을 쏘았으니 누가 쏘았는지 모를 리가 없을 것 같은데요."

아벨은 정색을 했다.

"나도 그렇게 형에게 질문을 던졌습니다. 두 분께서 그 점을 알고 싶어 할 거라고 생각했기 때문입니다. 그러나 병원에서 정신을 차리기 전까지 무슨 일이 일어났는지 전혀 기억이 안

난다는 겁니다. 또 질문이 있습니까?"

아벨은 자리에서 일어섰다.

"음, 가장 중요한 질문입니다."

엘러리가 말했다.

"뭡니까?"

아벨은 조금은 짜증스럽다는 듯이 말했다.

"무엇 때문에 우리가 이곳에 있어야 합니까?"

아벨은 여느 때처럼 감정을 드러내지 않는 눈으로 물끄러미 바라보았다. 마치 뜨거운 다리미가 누르고 지나간 것처럼 그의 얼굴이 반질반질해졌다. 그는 총리의 말투로 답변에 나섰다.

"두 분을 고용한 이유는 편지의 필자가 누구인지 나 자신의 조사를 확인해주십사 하는 것이었습니다. 그 일은 끝났지요. 그리고 지금은 미묘한 가족 문제의 해결에 도움을 청하기 위해 계속 체류해달라고 부탁드리는 것입니다. 그 일은 아직 해결되지 않았지요."

"그럼 우리가 일을 계속하기를 원한단 말입니까?"

엘러리의 얼굴에도 감정은 드러나지 않았다.

"물론입니다. 특히 앞으로 2, 3주 동안 도움이 절실합니다. 형이 자리에서 일어나면 다시 유다의 일이 문제가 될 겁니다. 감금할 수도 없고……."

"왜요? 킹 씨가 활동을 재개하면 유다에게 무슨 짓을 하든 아무도 눈치채지 못할 텐데요."

경감이 물었다.

총리의 딱딱한 표정은 사라졌다. 아벨은 머리를 흔들고 안경에서 광채를 발하면서 도로 자리에 앉았다.

"당연히 그런 의문을 품을 만도 하지요. 두 분에게는 모든 게 아주 이상스럽게만 보일 겁니다. 실은 우리가 가장 신경 써야만 하는 것은 유다보다도 오히려 큰형 쪽입니다. 제 기대와는 달리 큰형은 유다를 감금하는 것을 용인하지 않을 겁니다. 큰형에게는 약점이 있어요. 무모함에 가까운 용기가 그런 약점 중 하나지요. 지나친 자부심도 그렇습니다. 큰형 생각으로는 유다를 감금하는 것은 개인으로서 패배를 뜻합니다. 그 정도는 이제 저도 압니다. 그리고 형제로서의…… 그 이상 말 안 해도 잘 아시겠지요. 물론, 유다가 어떻게 그 일을 했는지도 아직 수수께끼로 남아 있습니다. 퀸 씨, 전 찜찜해서 견딜 수가 없습니다. 큰형도 마찬가지고요. 뭐가 뭔지 알 수가 없어요. 그동안 진전은 있었습니까?"

엘러리는 한쪽 발에 몸을 실으며 말했다.

"난공불락의 힘과 옴짝달싹하지 않는 피해자로는 진전할 수가 없습니다. 사실에 입각해 말씀드리면, 형님이 저격당한 것은 물리적으로는 불가능한 일입니다. 그럼에도 불구하고 형님의 심장 가까이에 총알이 박혔습니다. 탄도 검사에 관한 저희 보고서를 읽을 시간이 있었습니까?"

"믿을 수가 없더군요."

아벨이 중얼거리듯이 말했다.

"그렇습니다. 믿을 수가 없어요. 하지만 의심의 여지가 없습니다. 유다는 엄중한 감시를 받고 있었으니 그의 권총에서 발사되었을 리가 없는데, 형님의 가슴에서 빼낸 총알은 유다의 권총에서 발사된 것입니다. 이것은 과학적으로 입증된 사실입니다. 이런 일은 아버지도 그렇고 저도 그렇고 봤거나 들은 적이 없습니다."

"무리도 아닙니다. 퀸 씨, 당신처럼 숙달되고 탁월한 재능을 가진 사람도…… 기분 나쁘게 생각하지는 마세요, 경감님……."

아벨은 살짝 웃었다.

"경감님이나 저나 같은 부류에 속해 있습니다. 훌륭하고 착실한 말이긴 하지만 서러브레드*의 속도에는 아무래도……. 계속하십시오, 퀸 씨. 이 사건을 해결할 수 있는 사람이 있다면 그건 당신뿐입니다."

그는 고개를 흔들면서 다시 일어섰다.

아벨의 아담한 몸집과 좁고 무미건조한 얼굴과 근심에 찌든 이마가 벤디고 가족 전용 엘리베이터 안으로 사라졌을 때 퀸 부자는 그제야 아벨과의 대화에서 얻은 내용을 점검하기 시작했다. 그러나 수확은 전무했다.

늘 그렇듯이 아벨은 실제로는 아무런 대답도 하지 않았던 것이다.

다음 날 아침 퀸 부자가 방에서 아침 식사를 하고 있을 때 아벨에게서 전화가 왔다.

"어젯밤 잠들기 전에 이것저것 생각해보았습니다."

아벨이 코맹맹이 소리로 말했다.

"우리가 나눈 대화에 대해서 말입니다. 스톰 박사는 신중함이 지나친 것 같습니다. 형은 상당히 좋아졌어요. 이제는 간접

---

* 우수한 말 품종의 하나.

적으로 물을 게 아니라 직접 본인한테 물어도 관계없다고 생각해요. 오늘 오전 11시에 두 분이 형과 면담할 수 있도록 스톰 박사와 말을 맞춰놓았습니다. 2, 3분 안에 끝내야 한다는 조건이 달려 있기는 합니다만……."

"그건 괜찮습니다. 고맙습니다."

엘러리가 서둘러 말했다. 그러나 전화를 끊고 나서 엘러리는 한동안 입을 열지 않았다.

"아벨이 킹과의 면담을 주선해놓았답니다. 그가 킹의 저격 사건에 대해서 답변한 내용에 우리가 의혹과 불만을 품고 있다는 사실을 아마 눈치챈 모양입니다. 무슨 속셈으로 저러는지는 모르겠지만."

"속셈은 무슨 속셈."

두 사람은 아무런 제지도 당하지 않고 병동을 무사히 통과했다. 경비병이 그들을 킹 벤디고의 병실 앞까지 데려다주었다. 도중에 그들은 이매뉴얼 피바디와 마주쳤다. 피바디는 서류 가방을 들고 킹의 별실에서 막 나오는 참이었다. 그는 인상을 쓰고 손을 흔들면서 재빨리 두 사람 옆으로 지나갔다.

"유다가 기적을 연출했을 때 저 친구는 어디에 있었을까? 그리고 저 가방 안에 뭐가 들었을까?"

경감이 한마디 던졌다.

두 사람은 알현을 허락받았다.

아벨이 말한 것처럼 킹은 대단히 좋아 보였다. 전보다 여위고 얼굴빛이 창백했지만 검은 눈이 여전히 초롱초롱했고 거동에 유약한 구석은 조금도 보이지 않았다.

맥스는 주인의 침대 옆에 놓인 의자에 걸터앉아 호두를 먹고 있었다.

스톰 박사는 그들에게 등을 보이고 창가에서 나폴레옹처럼 가슴을 펴고 서 있었다. 그러고는 뒤돌아보지도 않고 잘라 말했다.

"5분."

"자, 심문을 하시오."

킹이 말했다. 그는 하얀 실크 파자마를 입고 있었다. 동생 유다의 탄알이 박혔던 가슴에, 두 개의 지구 위에 왕관이 얹힌 문장이 금실로 수놓여 있었다.

"우선, 시계가 12시를 알리는 종을 쳤을 때를 기억합니까?"

경감이 물었다.

"어렴풋이. 일에 몰두해 있었지만 12시를 알리는 시계 종소리가 난 것은 기억나는 것 같소."

"종소리를 열두 번 다 들었습니까?"

경감이 캐물었다.

"몰라요."

"그때, 시계가 12시를 알리는 소리가 들렸을 때 당신은 책상 앞에 앉아 있었습니까?"

"그렇소."

"어떤 자세였습니까? 책상을 정면으로 보고 있었습니까? 왼쪽으로 삐딱하게 있었습니까? 오른쪽입니까? 어떻습니까?"

"정면. 몸을 숙이고 글씨를 쓰고 있었소."

"물론, 아래로 숙였을 테죠?"

"그렇소."

"총성이 울렸을 때……."

"퀸 경감, 나는 총성은 듣지 못했소."

"허, 총격이 없었다는 소립니까?"

침상의 남자는 못마땅한 표정을 지었다.

"당신들은 그런 식으로 말꼬리나 잡지. 그래, 총격은 있었소."

"어떻게 그걸 자신할 수 있습니까?"

"당연히 있었어야 하니까. 내 가슴의 총알구멍은 가짜가 아니거든."

"총성은 못 들으셨다. 그럼 눈에 들어온 것은 없습니까? 섬광이라든지 갑작스러운 움직임이라든지? 얼른 식별되지 않은 무엇이라도?"

"아무것도 보지 못했소, 경감."

"뭔가 이상한 냄새는 맡지 못했습니까?"

"전혀."

"당신은 죽 글씨를 쓰고 있다가 다음 순간 정신을 잃었습니다. 맞습니까?"

"그렇소. 퀸…… 당신은 아까부터 입을 다물고 있는데 물어볼 게 없소?"

"있습니다. 어떻게 저격이 이루어졌다고 보십니까?"

엘러리가 입을 열었다.

"나야 모르지. 그건 당신들 소관 아닌가?"

킹이 차갑게 내뱉었다.

"조사가 잘 진척되지 않습니다. 사실과 결과가 너무도 모순되어 있어요. 해결의 실마리가 될 만한 기억을 당신이 떠올려주기를 우리는 기대하고 있었습니다. 당신이 총을 맞은 순간에

아무것도 보거나 듣지 못했고 냄새도 못 맡았다는 것은 치명상
에 가까운 중상을 입은 상태에서 순간적으로 의식을 잃었기 때
문이라고 보통 때 같으면 우리도 그렇게 해석했을 겁니다. 하
지만 벤디고 부인도 총성을 듣지 못했고 아무것도 보지 못했고
냄새도 맡지 못했습니다. 부인은 총에 맞지 않았는데도 말입니
다. 게다가 부인은 당신이 의자 뒤로 고꾸라지는 모습, 총알이
박힌 구멍에서 피가 번져 나와 셔츠를 붉게 물들이는 모습을
볼 정도는 의식이 있었습니다. 따라서 벤디고 씨, 당신의 진술
은 부인의 증언을 뒷받침하면서 사건의 수수께끼를 심화시킬
뿐입니다. 알겠습니다, 이제 가보겠습니다."

킹 벤디고의 암살 미수 사건이 일어난 날로부터 4주일이 흐른
뒤 엘러리는 한 가지 결심을 했다. 이 결심은 그들의 수사 방향
을 바꾸어 마침내 목적지인 항구가 보이는 수로로 진입할 수
있게 만들어주었다.
  퀸 부자는 저택에 소속된 차 안에 앉아 있었다. 두 사람은 그
들이 빠져든 골을 빠개는 미궁에서 빠져나오기 위해 저녁 식사
뒤에 한적한 여름밤의 드라이브를 마친 길이었다. 아무 생각
없이 운전을 하고 있던 엘러리는 섬을 둘러싸고 있는 은폐된
삼림지대에서 어느새 빠져나와 있다는 사실을 깨닫고 소스라
치게 놀랐다. 그는 절벽 맨 가장자리 길에 차를 세우고 엔진을
껐다. 두 사람의 발밑에 있는 벤디고 섬의 항구에는 무수한 불
빛이 반짝거렸고 늦은 밤인데도 벌레가 바글거리듯이 활기에
차 있었다. 곶 두 개로 에워싸인 만에는 배가 많이 떠 있었다.
만의 좁다란 입구를 가로막듯이 누워 있는 킹 벤디고의 요트인

중순양함 벤디고호의 정박등과 거대한 대포가 눈에 들어왔다.

경감이 입을 열었다.

"이 섬에 온 지 10년은 된 것 같은 느낌이 드는구나. 처음 여기 온 날 항구가 보이니까 아벨이 차를 재빨리 섬 안으로 돌렸지. 왜 지금은 우리를 미행하거나 비밀 시설에서 쫓아내거나 하지 않는 걸까? 그 쌍둥이도 몇 주째 보이지 않고."

"누구요?"

엘러리는 자기도 모르게 주머니 안의 발터에 손을 가져갔다. 그는 6월 21일 밤 이후로 유다의 그 작은 권총을 몸에 지니고 다녔다.

"그 셔츠 입은 친구들 말이다."

"무슨 일 때문에 미국에 간 모양이에요."

"나도 돌아가고 싶은 마음이 굴뚝같구나. 아무리 워싱턴에서 내린 명령이라고는 하지만 더는 이런 데서 버틸 재간이 없어."

"소문을 들으니 킹이 이번 토요일에 퇴원한대요."

"유다가 마법을 걸어 자기 형을 금덩어리든 뭐로든 만들어 버렸으면 좋겠다. 무슨 일이 생겨야 팔을 걷어붙이든지 말든지 하지."

경감이 기대에 찬 목소리로 말했다.

두 사람은 한동안 침묵을 지켰다.

"아버지."

"왜?"

"전 가겠어요."

"가야지…… . 뭐?"

"여길 떠난다고요."

"언제?"

"내일 아침."

"얼씨구. 그럼 가서 빨리 짐을 싸자."

"아버지는 말고요. 나만. 아버진 여기 계세요."

"그런 말 같지 않은 소리가 어디 있니? 이유가 뭐야?"

아버지가 탄식을 토했다.

"그건……."

"뭘 지키겠다는 거냐? 너의 명성? 나도 어엿한 경찰관이다. 왜 나더러 남으라는 거냐? 아니, 왜 내가 남지 않으면 안 된다는 거냐? 이래 봬도 난 목적을 달성했다. 비록 궁금증이 남아 있긴 하지만 말이다. 목적을 달성하지 못한 건 바로 너라고. 알겠니?"

"한 사람은 남아서 수사를 계속하지 않으면 안 돼요. 유다도 감시해야 하고요. 저는 조사할 게 있어서 그러는 겁니다."

경감은 물끄러미 아들을 바라보았다.

"짚이는 게 있니?"

"그런 건 아니고요. 그냥 감이에요. 달리 접근할 방도가 없을 때는 감이라도 붙들고 늘어져야죠."

잠시 아버지는 자리에 몸을 깊숙이 파묻고 어두운 얼굴로 항구의 불빛을 바라보았다.

"브로드웨이에 내 안부나 전해주렴."

"브로드웨이는 못 갑니다."

"못 가? 그럼 어디냐?"

"라이츠빌."

"라이츠빌!"

"오늘 오후에 결심했어요. 아버지가 수영장에 들어가 있는 동안 정원을 거닐다가 유다와 만났어요. 그 친구, 나무 그늘에 누워 꽃향기를 맡으면서 코냑을 마시고 있더라고요. 저하고 오래 이야기를 했습니다. 그 친구답지 않게 말이 많았지요."

"그게 라이츠빌과 무슨 관계가 있다는 거냐?"

"유다 말로는 자기와 킹, 아벨이 거기에서 태어났대요."

"설마!"

"유다가 그렇게 말했어요. 그리고 저로 하여금 호기심을 갖게 만든, 자기들의 어린 시절 이야기도 들려주었지요."

"킹이 거기서 태어났다고?"

엘러리는 자리를 고쳐 앉았다.

"그의 말을 듣고 저는 기묘한 흥분을 느꼈어요. 최근의 제 생활에 라이츠빌이 얼마나 큰 작용을 했는지 아버지도 잘 아실 겁니다. 전 라이츠빌에 대해서 미신 같은 걸 품게 되었어요. 사람이란 게 참 어리석어요……. 어차피 벤디고 집안사람들은 미국 태생일 수밖에 없고…… 아벨의 코맹맹이 소리는 뉴잉글랜드 이외의 지역에서는 찾아볼 수 없는 발음인데 말입니다. 그런데도 그들의 고향이 그리운 라이츠빌이라는 사실을 알았을 때 전 한 방 얻어맞는 느낌이었어요. 유다가 그 마법의 말(실제로 그 친구는 마법사니까요!)을 입 밖에 낸 순간 저는 그 거리로 달려가지 않으면 안 된다고 생각했습니다. 그곳에 발굴되기만을 기다리는 비밀이 파묻혀 있을 가능성이 높기 때문이지요. 라이츠빌의 비밀이 언제나 그렇듯이요."

엘러리는 어두운 바다를 바라보았다.

"무슨 비밀?"

아버지가 화난 듯이 물었다.

"문제의 비밀이지요. 무엇이 이들 형제를 움직이고 있는
가 하는 비밀, 이 사건이 어떻게 일어났는가 하는 비밀입니
다. 유다가 어떻게 그토록 기막힌 사기를 쳤는지 저는 더 관심
이 없습니다. 차근차근 과거를 추적하다 보면 밝혀질 테니까
요……. 저 라이츠빌 거리에서 케인과 아벨과 유다에 관한 무
언가가…… 저의 자존심을 회복시켜줄 무언가가 발견될 겁니
다. 직감으로 와 닿는 게 있어요. 내일 아침 그리로 가겠어요!"

13

엘러리가 마지막으로 본 것은 관측소 건물 옥상에 나부끼는 깃발 밑에서 모자를 흔드는 아버지의 모습이었다. 승무원이 마지막 검은 블라인드를 내리자 벤디고 섬은 더는 볼 수 없게 되었다. 엘러리는 이번에는 신경 쓰지 않았다. 그의 머릿속에 가득한 것은 장소가 아니라 사람이었다.

엔진이 세 개 달린 커다란 비행기는 이륙했다.

승객은 엘러리 말고도 세 명이 더 있었다. 눈에 익은 서류 가방을 든 이매뉴얼 피바디. 말쑥한 양복을 입고 파란 바탕에 물방울무늬 실크 넥타이를 맨 매부리코 남자. 그리고 기묘하게 생긴 파리풍 모자를 쓰고 마자르인 같은 얼굴을 가졌으며 손가락이 노랗게 물든 노파였다. 피바디는 서류 가방을 열면서 쏜살같이 작은 방으로 들어갔다. 창의 블라인드는 다시 걷어 올려졌다. 피바디는 비행기가 워싱턴의 내셔널 공항에 착륙하기 위해 그래블리 포인트 상공을 선회할 때까지 모습을 드러내지 않았다. 모자를 쓴 노파는 끊임없이 줄담배를 피우면서 잡지를 읽었다. 엘러리는 점심을 들기 위해 노파가 밑에 둔 잡지를 힐끔 보았다. 그것은 《보그》가 아니라 로잔에서 발행한 대단히 전문적인 내용의 독일어 과학 잡지였다. 이상한 모자의 노파는

243

더는 이상한 모자의 노파가 아니라 세계에서 가장 유명한 화학자 중 한 사람이었다. 엘러리는 비로소 그 마자르 계통의 얼굴을 떠올릴 수가 있었다. 말쑥하게 차려입은 남자가 누구인지는 좀처럼 알아차릴 수가 없었다. 엘러리는 비행 도중 그들이 혹시라도 자기에게 말을 걸까 봐 마음을 졸였지만 두 사람은 다행히도 엘러리에게 말을 걸지 않았다. 두 사람이 워싱턴에서 피바디와 함께 비행기에서 내리자 엘러리는 안심했다.

엘러리의 마음속에서 떠나지 않는 인물은 벤디고 집안사람들, 그중에서도 특히 아벨이었다. 그는 자기가 아벨을 지나치게 무시해왔다고 생각했지만 그것이 왜 중요한 실수인지 그 자신도 속 시원하게 대답할 수 없었다. 이 사건 전반에 걸쳐서 아벨의 태도는 노련한 정치가의 면모를 드러냈으며 올바른 발언과 그릇된 행동이 교묘하게 어우러져 이해하기 어려운 구석이 있었다. 은폐된 벤디고 섬 해안의 포대처럼 아벨은 자신이 배경 안으로 녹아들게끔 처신하고 있었다. 포대처럼 아벨은 무서운 가능성을 숨기고 있었다. 그 정체는 과연 무엇일까?

그리고 엘러리는 처음부터 줄곧 스스로 던져온 질문으로 돌아갔다. 도대체 아벨은 왜 그를 사건으로 끌어들인 것일까? 그것은 발사될 리가 없는데 발사된 소형 권총의 수수께끼처럼 도저히 답할 수 없는 질문이었다.

엘러리는 입을 굳게 다물었다. 답은 있다. 그는 그것을 발견하기만 하면 되는 것이다. 비행기가 북쪽을 향해 날아가는 동안 그는 조종사의 계기반에 나타난 것과 똑같은 속도로 그 답에 접근하고 있다는 묘한 흥분을 느꼈다.

흑색과 금색으로 된 벤디고의 커다란 비행기가 엘러리를 라이츠빌 공항에 내려준 것은 오후도 절반이 지났을 무렵이었다. 그는 조종사와 부조종사에게 손을 흔들고 가방을 질질 끌면서 공항 건물 층계를 올라갔다.

밖에 대기 중이던 택시 기사는 그가 모르는 남자로, 산뜻한 모자를 쓰고 사과처럼 붉은 볼을 가진 젊은이였다. 차는 새것인데 샛노란 빛깔에다 가장자리에 흑백의 줄이 둘러져 있었고 미터기가 달려 있었다.

라이츠빌의 개인택시 시대는 지나갔다. 낡은 시보레와 포드의 검은 세단 안에 25센트, 50센트, 75센트의 구역을 나타내는 지도가 붙어 있던 시절, 유명한 존 F. 라이트의 이름을 거침없이 불러대던 에드 호치키스와, 마차 시대부터 택시를 몰았던 화이티 피더슨 같은 운전기사가 있었다. 마차 시대에는 광장의 제즈릴 라이트의 동상 아래에서 시골에서 올라온 이륜마차와 사륜마차의 말들이 목을 축였지만, 지금 그곳에는 도시 개선 그룹의 라이츠빌 미화위원회 소속 여성들이 심은 제라늄이 자라고 있다.

"어디로 모실까요?"

젊은 택시 기사가 웃으면서 물었다.

라이츠빌 공항은 트윈 힐스 볼드 마운틴 지구와 마호가니 산괴의 구릉지대 사이를 북북서로 달리는 골짜기에 있다. 노스 힐 드라이브는 공항에서 거의 정남향으로 뻗어 있다. 이 도로는 아주 가파르고 더 힐(언덕의 도로) 동쪽 끝과 트윈 힐 인 더 비치의 서쪽 끝을 지나서 구릉을 남동으로 가로지른다. 더 힐을 신흥 백만장자들이 별장을 갖고 있는 노스 힐과 혼동해서는 안 된다. 더 힐은 진짜배기들, 그러니까 라이트가, 블루필드가, 리빙스턴가, 그랜존가, F. 헨리 미니킨가처럼 1700년대부터 면면히 이어져 내려오는 유서 깊은 가문이 있는 곳이다. 트윈 힐 인 더 비치는 가장 최근에 개발된 고급 주택단지다(가장 풍치가 좋은 곳이라고는 말할 수 없다. 좀 너 북으로 올라가서 볼드 산을 마주 보고 있는 스카이톱 로드가 가장 경관이 좋은 주거 단지다). 여기에는 매클린가처럼 부유한 상인들이 지은 밝은 색상의 현대식 저택이 많이 들어서 있다(광장의 홀리스 호텔 옆에 '듄 매클린 주류 판매점'이라는 간판이 있는데 호텔 술은 전부 이곳에서 공급한다). 그러나 퍼블릭 트러스트 은행의 금고에 엄청난 현찰을 넣어두고 있는 그들도 유서 깊은 더 힐의 부동산을 손에 넣을 수는 없었다. 매클린 같은 사람들은 그 점을 잘 알고 있다. 때문에 매입하려고 시도조차 하지 않는다.

"홀리스 호텔."

엘러리는 목적지를 말해주고 좌석에 몸을 파묻었다. 그 이름을 부르는 것만으로도 고향에 왔다는 느낌이 물씬 들었다.

엘러리는 홀리스 호텔에 투숙했다. 16일 뒤에 호텔을 나설 때 그가 지불한 122달러 25센트 중 80달러가 숙박비고 나머지는 거의 세탁비와 다림질비였다. 그는 커다란 식당에서 한 번 점심을 먹었지만 부인들의 친목회 모임과 사업상의 거래로 이곳을 찾은 사람들로 북새통을 이루었기 때문에 두 번 다시 그곳에 발을 들여놓지 않았다.

하이 빌리지는 그렇게 변하지 않았다. 광장의 유일한 변화는 북쪽 가장자리에 있던 블루필드 상점이 없어지고 'TV는 탑스

에서'라는 자주색 네온사인을 내건 화려한 상점으로 바뀐 것이
었다. 소소한 변화는 두세 개 더 있었는데 주로 라이트 스트리
트 쪽이었다. 그쪽은 전부터 장사와는 거리가 먼 동네였다.

　최근 1, 2년 사이에 이곳에도 죽음이 찾아왔다. 워싱턴 스트
리트의 프로페셔널 빌딩에서 꽃집을 경영하던 앤디 비로바티
안도 작고한 사람 중 하나라는 사실을 알고 엘러리는 슬픔에
젖었다. 앤디가 한 팔(다른 한 팔은 1918년 아르곤 숲에서 잃
었다.)만으로 훌륭히 일으킨 꽃집을 지금은 양팔이 모두 성한
아들 애브도가 경영하고 있지만 전에 비하면 부진하다는 소문
이었다. 그러나 엘러리는 그 소문을 곧이곧대로 받아들이지는
않았다. 왜냐하면 애브도는 에밀 포펜버거 박사의 딸인 버지
포펜버거와 사랑의 도피 행각을 벌인 끝에 결혼에 성공한 집념
의 사내였기 때문이다. 이 일로 인해 장인 포펜버거 박사는 사
회적으로 망신을 당하고 컨트리클럽에서 탈퇴했으며 그 뒤 치
과 병원을 팔아넘기고 보스턴으로 이주할 수밖에 없었다. 그리
고 어펌 하우스의 어펌 부인도 뇌일혈로 세상을 떠났다. 그녀
의 고풍스러운 여관이 프로비던스의 채권단에 넘어가자 부인
회가 격렬한 반대 운동을 벌였고 지역 신문인 〈라이츠빌 레코
드〉에는 연일 비난 사설이 실리기도 했다.

　엘러리는 도착한 첫날 저녁과 다음 날 하루를 몽땅 이곳의
견문을 넓히는 데 투자했다. 오랜 친구를 찾아가고 낯익은 거
리를 어슬렁거리면서 한가로움을 만끽했다. 라이츠빌에 온 지
서른여섯 시간밖에 되지 않았는데도 벌써 그는 자신이 왜 이렇
게 즐거운지 그 이유를 알 수 있었다. 그것은 사랑하는 거리에
서 보낸 나날들을 떠올릴 수 있어서만은 아니었다. 그가 혐오

하던, 전류가 흐르는 철책과 곳곳에 포진한 경비병, 험상궂은 표정의 비밀경찰과 로봇처럼 딱딱한 종업원, 조용하지만 이상하게 더러운 공기를 가진 벤디고 섬에서 벗어났기 때문이었다. 이곳은 미국의 라이츠빌인 것이다. 이곳 사람들은 자립정신을 가지고 품위 있는 생활을 누리다가 죽는다. 누구의 눈치를 볼 이유가 없었다. 이곳에도 공장은 있지만 공기는 숨 쉴 만했다.

그럴수록 벤디고 형제에 대한 엘러리의 호기심은 깊어만 갔다.

도착한 지 사흘째 되는 날 아침 엘러리는 본격적으로 작업에 들어갔다. 그의 목적은 킹 벤디고와 두 동생, 아벨과 유다의 전기적 면모를 가급적 킹에 중점을 두어 파악하는 것이었다.

그는 각종 기록을 뒤지고 생면부지의 사람들을 만나보았다. 〈라이츠빌 레코드〉의 자료실과 스테이트 스트리트의 카네기 도서관에서 오랜 시간을 보냈다. 또 로우 빌리지의 플럼 스트리트에 있는 호머 핀들레이 회사에서 렌터카를 빌려 슬로컴, 파이필드, 콘헤븐, 그리고 심지어는 피델리티 촌 동네까지 누비고 다녔다. 피델리티의 쓸쓸하고 황량한 공동묘지에서 묘비를 찾아야 했던 것이다. 그리고 한번인가는 비행기로 메인 주까지 날아가기도 했다.

특히 많은 도움을 준 사람은 맬비나 프렌티스가 소유한 〈라이츠빌 레코드〉의 경영자로서 아직 라이츠빌에 있는 프랜시스 오배넌이었다(언제까지 늙지 않을 것 같은 미모를 가진 맬비나는 오배넌과 결혼하고 신문 사업에서 손을 뗐지만 처녀 시절의 이름을 그대로 쓰고 있었다). 엘러리가 그의 신문사 자료실에서 파묻혀 있을 때 오배넌은 위스키를 아낌없이 들여보내 주었다. 그리고 물론, 링컨보다 링컨의 미라와 더 닮아가는 데이킨 경찰서장도, 인상 한번 쓰지 않았던 헐마이니 라이트도, 그 밖의 많은 사람들도 도움을 주었다.

엘러리는 사실을 발굴하고 그것을 꿰어 맞추고 증언을 확인하고 사실을 점검하고 그것들을 세계적 사건과 연결 짓고 마지막으로 그것을 연대순으로 정리하는 데 꼬박 2주를 보냈다. 그리하여 마침내 벤디고가의 장남과 두 동생의 인간상을 파악할 수 있게 되었다. 그것은 만화경처럼 복잡했지만, 사진처럼 비정하게 세 사람의 윤곽을 또렷이 드러내주었다.

엘러리 퀸의 노트에서 발췌한 내용

피어스 미니킨 박사:

(여든여섯 살의 피어스 미니킨 박사는 현재 은퇴했다. 병자나 다를 바 없는 그는 〈라이츠빌 레코드〉의 창간 이래 훌륭한 기자로 이름을 날린 피니 베이커의 미망인 베이커 여사의 보살핌을 받고 있다. 피어스 박사는 F. 헨리 미니킨의 큰아버지이기도 한데, 두 가족은 30년 이상 왕래 없이 지내고 있다. 피어스 박사는 로우 빌리지에 있는 부동산에서 얼마 안 되는 수입을 얻고 있고, 링컨 스트리트와 슬로컴 스트리트 사이의 미니킨 로드에 있는 고풍스러운 집에서 지금도 살고 있다. 1743년에 세워진 이 집은 손을 안 본 지 오래되었고 칠도 군데군데 벗겨졌다. 의용 소방서와 자동차 수리 센터 틈새에서 짜부라진 형국으로, 뒤뜰에 서면 밴혼 제재소가 보인다. 차가운 눈을 반짝거리면서 독설을 내뿜는 완고한 노인이다. 기력은 쇠했지만 머리는 대단히 맑다. 몇 번 찾아갔는데 즐거운 대화를 나누었다.)

'킹' 벤디고? 그 녀석이 엄마 배 속에 있을 때부터 알았지. 벤디고 형제는 셋 다 내가 받았으니까. 세상에 나도는 말이 사실이라면, 난 세상에다 못할 짓을 한 셈이지…….

아비? 라이츠빌에서 빌 벤디고를 기억하는 건 나 같은 늙은이 두셋 말고는 없지, 암. 난 빌을 좋아했어. 물론 그 친구, 신사는 아니었지. 집안도 별 볼 일 없고 교회에도 안 나가고 큰소리만 치는 친구였어. 나한테는 그런 게 문제가 되지 않았지. 남자 환자는 거친 쪽이, 여자 환자는 얌전한 쪽이 마음에 들더라고, 하하하! 빌은 거칠었어. 술고래에다 먹보에다 남을 호령했지. 건축업을 했는데 습지 근처 콩그레스 애비뉴의 아파트는 그 친구가 지은 거야. 그걸 지금 허물지 못해서 안달들이지만 말이야. 여자도 밝혔느냐고? 홀리스 호텔 바에 모여드는 패거리들은 그 친구를 와일드 빌이라고 불렀지. 그런 문제에 관해서라면 얼마든지 얘기해줄 게 있어…….

아니, 그건 나도 몰라. 이탈리아계는 아니지. 그건 모친 쪽이 그렇고. 어떻게 벤디고라는 성을 갖게 되었는지는 나도 아는 바가 없다고. 내가 아는 건 와일드 빌의 선조가 앵글로 색슨이며 1850년경 영국에서 넘어왔다는 사실뿐이야…….

덩치가 커서 키는 190에 가깝고 어깨 넓이만 아마 1미터는 족히 되었을 거야. 철봉을 두 손으로 구부러뜨릴 정도였으니까. 그린의 레슬링 챔피언이기도 했지. 그린? 지금의 메모리얼 공원을 예전엔 그렇게 불렀지. 일요일 오후만 되면 남정네들이 모여서 거기서 레슬링 시합을 벌였지만 아무도 빌을 쓰러뜨리진 못했어. 힘깨나 쓴다는 녀석들이 각지에서 몰려들었지만 상대가 돼야 말이지. 빌은 잘생기기도 했지. 파란 눈에 짙은 곱슬

머리, 가슴팍엔 털이 무성했다고. 영국을 잘 모르는 사람 같으면 아마 아일랜드인이라고 생각했을 거야…….

여자관계 말인가. 사실, 빌의 비밀을 전부 안다고 말할 수는 없지! 하지만 사랑에 한번 빠지면 외곬이었어. 듀솔리나를 열렬히 사랑했지. 듀솔리나는 로우 빌리지에 살았던 이탈리아계 처녀야. 처녀 적 성은 잘 생각이 안 나는구먼. 그래, 생각났다. 칸티니. 틀림없어. 아버지는 선로 순시원이었는데 1891년, 아니 1892년에 급행열차에 치여 죽었지. 아이만 한 무더기 남기고 가버렸지. 여편네는 종교에 미친 여자였어. 듀솔리나(빌은 레나라고 불렀지.)도 빌한테 푹 빠져서 칸티니 부인이 신교도와 결혼하면 죽여버리겠다고 엄포를 놓는 바람에 둘이서 야반도주했지. 진짜 그랬다니까. 두 사람은 오린 로이드 앞에서 결혼식을 올렸지. 로이드는 아모스 블루필드 전의 시의회 서기였어. 그 친구는 그 무렵 제재소를 운영하던 이즈라일 로이드의 동생이었지……. 이즈라일의 손자 프랭크 로이드는 요 2, 3년 전까지 〈라이츠빌 레코드〉의 소유주였지……. 어디까지 얘기했더라?

그렇군. 나는 벤디고 집안의 주치의였기 때문에 듀솔리나가 아이를 가졌을 때도 내가 보살폈어. 난산이었어. 아이를 낳고 2, 3일 뒤에 죽었지. 아이가 얼마나 컸던지, 지금도 분명히 기억하지만 6킬로그램이나 나갔어. 그 애가 빌의 장남이지……. 당신이 말하는 거물. 듀솔리나가 죽었지만 빌은 무덤덤하더구먼. 매사가 그런 식이었지. 다행이지 뭔가. 그렇지 않았더라면 난 그 친구 손에 남아나지 못했을 테니까. 빌은 아이 탓이라고 생각했어. 믿어지지가 않지? 그 아이가 태어나면서 살인을 저

질렀다고 그 친구가 자기 입으로 직접 말했다니까. 그리고 태어나면서 살인을 저지른 놈한테 붙일 수 있는 이름은 단 하나밖에 없다는 거야. 동생을 죽인 카인. 그래서 그 친구는 시청에다 아이 이름을 카인이라고 신고해달라고 나한테 부탁하더구먼. 내가 받은 아이 중에 그런 끔찍한 이름을 가진 경우는 그 전에도 그 뒤에도 없었지. 1897년이니까 54년 전 일인데 바로 엊그제 일 같구먼…….

사라 힌클리:
(간호학교 졸업. 사라는 결혼은 안 했고 관절염을 앓아 나이보다 늙어 보인다. 내가 만나러 갔을 때는 콘헤븐의 사설 양로원에 있었다. 라이츠빌의 보험 중개인인 조카 라이먼 힌클리가 부양하고 있다. 그녀는 1932년 제시카 폭스가 죽기 전까지 그 여자를 간호했다.)

네, 그래요. 넬리 힌클리가 우리 엄마죠. 엄마가 죽은 건…… 보자…… 잘 생각이 안 나네. 동생 윌(조카 라이먼의 아비 되지요.)과 나 말고 우리 엄마가 낳은 아이 중에 살아남은 아이는 없어요. 일곱 중에 다섯이 어렸을 때 죽었으니까. 우리는 아주 가난해서 엄마는 유모로 일했지요. 늘 젖이 많이 나왔기 때문에 아이를 잃은 다음에는 특히 그런 일에 안성맞춤이었지…….

미니킨 박사님한테 들었다고요? 그래요. 엄마가 젖을 먹인 아이는 아주 많지……. 나야 그땐 꼬맹이였고……. 맞아, 그래! 벤디고 씨의 부인이 첫 아이를 낳고 죽었을 때…… 그래

우리 엄마가 1년 동안 그 아이 젖을 먹였어요. 아이 이름이 이상했는데…… 잘 생각이 안 나네……. 그렇게 키우기 힘든 아이는 처음이라고 엄마가 말한 건 기억이 나요. 이름이 뭐였더라? 카인? 카인……. 좌우지간 그 비슷했겠지. 요즘엔 기억이 이렇게 오락가락한다오……. 벤디고 씨가 재혼을 하는 바람에 엄마는 그 일을 그만두게 되었지요. 아니, 그땐 뉴볼드네 애였던가?

애들레이드 피그:
(생존한 카인의 초등학교 은사 가운데 한 사람. 현재 일흔한 살로 연금으로 살아간다. 크로스타운에서 열쇠점을 하는 사촌 밀러드 피그의 살림을 돕고 있다. 원기 왕성하고 쾌활하며 쟁기의 날처럼 뾰족한 턱을 가진 노파다.)

그야 기억하지요, 퀸 씨! 나는 내가 가르친 제자가 유명해졌다고 해서 기가 죽어서 옛날 있었던 일을 머릿속에서 지워버리는 그런 인간은 아니거든! 솔직히 말해서 그 애가 옛날에 했던 그 짓으로 유명해졌으면 유명해졌지 달리 유명해질 길은 없을 거라고 생각하지만…….

아니죠, 엘리자베스 스쿤메이커가 교편을 잡았던 파이니 로드 학교하고는 다르지. 내가 가르치던 학교는 지금도 있어요. 물론 지금은 학교가 아니라 부인회의 본부로 쓰이고 있지만…….

망나니도 그런 망나니가 없었어요. 그 당시 우린 1, 2, 3, 4학년을 한 교실에서 가르쳤는데, 남자아이들이 하도 짓궂어서 여

교사는 가장자리에 놋쇠가 달린 자로 무장하지 않으면 한 학기를 버티지 못했어요……. 그중에서도 카인 벤디고가 가장, 가장 지독했어. 그 애는 온갖 말썽을 도맡아 부리고 도저히 입에 담을 수 없는 짓을 하기도 했어요. 그 애도 나를 기억할 겁니다. 아니면 그 애 손바닥이 기억하든지…….

그건 이름 탓도 있다고 생각해요. 물론 나는 걸핏하면 심리학을 들먹거리는 진보적인 사람들과는 거리가 멀지만, 그 애는 내가 자기 이름을 부르는 걸 죽기보다 싫어했어요. 지금 생각해보니 그랬던 것 같아요. 이런 말도 안 되는 얘기 못 들어봤죠? 카인이라는 이름 때문에 놀림을 많이 당했지요. 다른 남자아이가 이름을 갖고 놀려대면 당장 주먹싸움이 벌어졌어요. 그 애는 또래에 비해 체구가 크고 힘이 셌기 때문에 걸핏하면 시비를 걸었죠. 내가 그 애를 가르친 4년 동안 안 건드린 남자애가 한 명도 없을 정도였으니까. 심지어는 여자아이도 몇 명 당했어요. 그 애 머리에는 기사도 정신 같은 건 눈곱만큼도 없었으니까…….

결국 아이들이 놀리지 못하게 힘으로 밀어붙였지요. 4학년 말이 되어 오펄 마버리 선생이 그 애 담임을 맡게 되자 얼마나 속이 후련하던지. 아니, 그 선생은 오래전에 죽었어요. 그래도 막판까지 싸움을 그치지 않는 거예요. 그건 이름 때문에 그런 것도 아니었는데. 그 애하고 난 끝까지 앙숙이었어요. 어린아이가 그럴 수는 없다고 생각했지요. 카인이라는 이름을 달게 된 건 제 탓이 아니잖아요? 나로서는 그 녀석을 어떤 식으로든 부르지 않을 수가 없었고…….

유라이어 스콧(U.S.) 휠러:

(예순여덟 살. 파이필드 포술(砲術)학교 교장. 더 힐에 사는 휠러가의 친척. 가문의 영웅으로 추앙받다가 1939년에 사망한 머독 휠러는 남북전쟁 종군 병사회 소속으로 라이츠빌 최후의 생존자였는데, 교장은 마치 그를 그랜트 장군에 버금가는 인물처럼 자랑스럽게 떠벌린다. 1911년 카인이 열네 살의 나이로 포술학교에 입학했을 당시 교사였다.)

천만에요, 퀸 씨. 폐를 끼치다뇨. 오히려 이 몸이 영광입니다. 벤디고 씨의 성격 형성, 나아가서는 그의 운명을 타개하는 데 내가 미력하나마 공헌했다는 사실을 늘 자랑스럽게 여기고 있을 정도니까요. 나는 1908년 약관의 나이로 포술학교에 부임한 이래 줄곧 파이필드에 살고 있습니다만, 태어난 고향 마을은 언제나 마음 한구석에 소중한 기억으로 남아 있지요. 벤디고 씨가 라이츠빌의 현존하는 가장 위대한 시민이라는 것은 의심할 나위 없는 사실입니다. 진작 선생 같은 분이 다음 세대를 위해 그의 소년 시절의 행적을 우리네 서민의 입으로 듣고 조사하러 오셨어야 했는데 때늦은 감이 있습니다…….

아하, 그 이름 말이로군요. 벤디고 씨의 강점이지요! 그의 아버지는 포술학교에 그를 카인 벤디고라는 이름으로 입학시켰습니다. 미래의 위인이 될 사람에게 붙인 이름치고는 전무후무한 짓궂은 이름이죠. 우리는 교관실에서 이걸 두고 자주 농담을 하곤 했습니다. 한데 얼마 안 가서 그가 모조리 바꾸어놓았단 말입니다. 일개 소년이, 규율을 기본적 미덕으로 늘 강조하는 학교에서 말이지요. 남북전쟁에서 우리 나라를 위해 수

훈을 세운 우리 집안의 머독 휠러 어른께서도 말씀하셨습니다
만…….

　모두 다 바꿨어요! 아주 손쉽게. 어느 날 학교 교무처에 기세
좋게 들어와서 생도 명부에 실려 있는 자기 이름을 카인에서
케인으로 바꿔달라고 요구하지 뭡니까. 그는 당장 시험 답안지
에 자신의 새 이름을 써 넣기 시작했습니다. 무례한 말투와 태
도 때문에 3일간 근신을 당했지요. 근신이 끝나자 바로 교무처
로 기세 좋게 쳐들어와서는 똑같은 요구를 하는 겁니다. 똑같
은 말투로요! 허허허. 다시 벌을 받았습니다. 이번에는 전보다
심한 징계였습니다. 그런데 웬걸, 벌이 끝나자 다시 똑같은 행
동을 되풀이하는 겁니다. 결국 아버지가 파이필드로 불려왔지
요. 그 양반은 자초지종을 듣더니 학교 당국에 아들의 이름을
바꾸지 말아달라고 부탁했습니다. 소년은 아무 말 없이 듣고만
있었습니다. 같은 날 내 수업 시간에 들어오더니 다짜고짜 ‘케
인 벤디고’라는 이름을 용지 상단에 기입하는 것이었어요. 정
말 골치 아픈 문제였습니다. 결국 우리는 해결을 보지 못했습
니다만. 내가 알기로 그는 두 번 다시 자기의 이름을 카인이라
고 적지 않았습니다. 그리고 졸업식 날 자기 졸업장의 이름이
카인으로 되어 있는 것을 보고(학교 당국으로서는 불가피한 조
치였습니다.) 교장실로 뛰어 들어가 에스티 교장이 보는 앞에
서 자기 졸업장을 북북 찢었습니다. 그러고는 그대로 나가버렸
지요!

카이아퍼스 트러슬로:

(시청 서기. 1940년 콜럼버스 기념일에 아모스 블루필드가 사

망하자 그의 후임으로 시청 서기직에 임명되었다. 카이아퍼스의 증언은 두고두고 도움이 되었다.)

옳지, 여기 있군요, 퀸 씨. '윌리엄 M. 벤디고와 엘런 포스터 웬트워스, 1898년 6월 2일.' 우리 아버지는 벤디고 씨와 잘 알고 지냈지요. 엘런 웬트워스는 존 F. 라이트의 부친의 변호사였던 아서 웬트워스의 누이였습니다. 웬트워스 집안은 정말 뼈대 있는 가문의 하나였지요. 지금은 모두 죽었지만…….

그래요, 벤디고 형제 중 밑의 둘은 빼고 말이지요. 동생들은 지금 별 볼 일 없지요?

이 결혼은 벤디고 씨의 두 번째 결혼이었습니다. 첫 결혼은…….

두 사람은 웨스트 리버시 스트리트의 제1조합교회에서 식을 올렸습니다. 나는 그때 성가대원이었기 때문에 기억하고 있습니다. 듣자 하니 엘런 웬트워스는 가족이 결혼을 반대했기 때문에 식은 무슨 일이 있어도 교회에서 올려야 한다고 고집을 부렸던 모양이에요. 그 당시 처녀로서는 이만저만한 배짱이 아니었지요. 하객은 한 사람도 없었습니다. 쥐 새끼 한 마리 없었어요. 가족조차 안 왔으니 말 다했지 뭐. 아니, 한 사람 있구나. 넬리 힌클리. 벤디고 씨의 전 부인이 낳은 장남을 안고 있던…….

블랜처드 노인이 그 당시 목사였지요……. 아니, 그 사람은 벌써 42년 전에 죽었습니다. 그 양반도 하도 기가 막혔는지 식을 엉망으로 진행했지요. 신랑은 신랑대로 속이 상했겠지. 분을 삭이느라 식식거리는 게 그 커다란 체구가 평소의 두 배로

부풀어 오른 것처럼 보입니다. 우리 같은 아이들 눈에는 벤디고 씨가 거인이었지요…….

피어스 미니킨 박사:

……둘째 아이도 내가 받았지. 산모는 웬트위스 집안의 처녀였고, 이름이 엘런이든가 그럴 거요. 듀솔리나만큼 예쁘지는 않았지. 듀솔리나는 자그마한 몸집에 흑발, 달걀처럼 갸름한 얼굴과 커다란 눈이 매력이었지. 엘런은 금발에 파란 눈, 하지만 비리비리해서 좀 창백해 보였어. 그래도 교양 있는 처녀였지. 물론 돈도 있었고. 빌 벤디고 그 친구는 여자 복 하나는 타고난 친구야. 라이츠빌에는 엘런에게 접근하는 양갓집 자제들이 쌔고 쌨지만 그 여자가 원한 것은 사랑이었지. 그리고 그것을 손에 넣은 거요, 하하하…….

빌은 둘째 아이 때도 길길이 날뛰었소. 산모가 죽었기 때문은 아니지. 하기야 엘런도 썩 건강한 편은 못 되어서 아이를 낳고는 심장이 안 좋아져서 2, 3년 자리보전을 했지만 말이오. 빌이 화난 건 둘째 아이로 딸을 원했기 때문이었지. 그런데 이번에도 배신을 당한 거라! 이번에도 사내아이란 걸 알았을 때 받은 충격은 두고두고 가시지 않았지. 어미를 죽였다고 어린 카인을 증오하더니 계집애로 태어나지 못한 둘째는 거들떠보지도 않더라고. 개도 자기 새끼한테 그러지는 않을걸. 요즘 의사들은 빌 같은 남자를 정신과 의사한테 보내지만 당시에는 채찍으로 한 번 갈기는 게 고작이었지. 한데 빌은 덩치가 너무 컸어. 그 친구는 나한테 이렇게 말하더군. "피어스 선생, 이번에 얻은 이 비열한 악마 녀석은 어미 배 속에 아홉 달 동안 있으면

서 나를 속여먹을 궁리만 했소. 이런 녀석한테 어울리는 이름
은 한 가지밖에 없어. 시청 서기 오린 로이드한테 가서 저 녀석
이름을 유다 벤디고로 신고해주시오." 어이가 없어서 내가 말
했지. 난 못 한다. 그런 저주를 내리고 싶거든 당신이 직접 내
려라. 그랬더니 본인이 직접 신고를 하더구먼. 빌 벤디고의 장
난기는 잔인할 정도였는데, 특히 화가 났을 때 그 기질이 유감
없이 발휘되었지……

   그 친구가 어떻게 해서 엘런을 설득했는지 그건 나도 모르
지. 하지만 그 여자는 남편이 집안의 유일한 왕이라는 사실을
신혼 초부터 알아차렸어. 원래 심장도 안 좋은 여자고…….
가끔 빌의 차남이 어떻게 되었을까 나도 궁금해질 때가 있
지. 어떻게 아이한테 유다라는 이름을 붙일 수 있는가 말이
야……!

밀러센트 브룩스 챌런스키:
(예순아홉 살. 홀리스 호텔 브룩스 지배인의 숙모. 로우 빌리
지의 해리 챌런스키와 결혼했다. 챌런스키는 폴란드계 이민
자의 자식이었지만 밀러센트에게 영어를 배우다가 사랑에 빠
져 그녀의 도움으로 주립 대학을 졸업했다. 그들의 자식은 하
원의원에 당선된 필 헨드릭스의 후임으로 라이트 카운티 지
방 검사로 선출된 저드슨 챌런스키다. 라이츠빌에서 신분의
차이를 극복하고 가장 행복한 결혼 생활을 누린 부부로 손꼽
힌다.)

아니, 나는 그 아이를 절대 유다라고 부르지 않습니다. 오래전

리지 로드 학교에서 애들레이드 피그와 번갈아 저학년을 담당했을 때 그 불쌍한 아이를 4년 동안 간간이 가르쳤는데, 나는 그 아이를 볼 때마다 가슴이 미어지는 것 같았어요. 사람의 마음을 파고드는 아주 아름다운 눈을 가진, 몸집이 작고 허약한 아이였어요. 내가 가르친 아이 중에서 가장 조용하고 인내심이 많은 아이 중의 하나였습니다. 그 아이 눈은 언제나 슬픔에 젖어 있었는데 그것도 무리가 아니었지요. 다른 아이들과 무척 어울려 놀고 싶어 했지만 유독 따돌림을 받는 아이가 하나 있었어요. 그 아이가 바로 유다였습니다. 그건 이름 탓이었다고 나는 생각해요. 다른 아이들이 항상 이름을 갖고 놀려댔거든요. 어린아이들이 얼마나 짓궂은지 당신은 잘 모를 거예요. 그 미움받는 이름이 운동장에서 울려 퍼질 때마다 고개를 푹 수그리고 돌아섰습니다. 다른 아이들처럼 싸우거나 그러지는 않았어요. '배신자'라든지 '비겁자'라는 말을 들으면 얼굴이 새파래지면서 힘없이 그 자리를 떠났습니다. 형 카인이 동생 때문에 숱하게 싸웠지요. 학교에서 집으로 돌아올 때 못된 아이들로부터 그 아이를 지켜준 건 카인이었습니다.

……그 아이 아빠한테 그런 이름을 붙인 건 너무 심한 짓이라고 말한 적이 있어요. 무릎덮개를 덮고 있던 엄마는 아무 소리 못 하고 가만히 있더군요. 벤디고 씨는 껄껄 웃으면서 유다는 내 자식 이름이며 그대로가 좋다고 말하는 거였어요. 나는 벤디고 부인의 표정을 보고 그 쓰라린 심정을 이해할 수 있었어요. 다음 날 쉬는 시간에 나는 그 아이를 살짝 불러서 "새 이름을 갖고 싶지 않니?" 하고 물었어요. 그 여위고 작은 얼굴이 크리스마스트리처럼 환해졌어요. "네!" 아이가 큰 소리로 대답

하더니 이내 고개를 떨구었어요. "아빠가 허락하지 않을 거예요." "아빠 모르게 하면 되지 않니. 전부 바꾸는 게 아니라 한 글자만 바꾸면 되는 거다. 성적통지표 같은 데서 아빠가 새 이름을 보게 되더라도 그냥 실수라고 생각할 거야. 네 이름 Judas에서 s를 빼고 그 자리에 h를 넣자. 너 Judah가 누군지 아니? Judas는 예수님을 배반한 제자지만 Judah는 구약에 나오는 지혜로운 사람이란다. 아주 훌륭한 분이야." 그 아이는 감격한 나머지 말도 제대로 하지 못했어요. 슬픔에 젖은 커다란 눈으로 나를 보더니 입술을 떨기 시작했어요. 그러더니 어느새 내 품에 안겨 흐느끼고 있었어요…….

다른 아이들이 새 이름을 받아들이기까지는 시간이 오래 걸렸어요. 한 학기 정도는 걸렸을 거예요. 나는 될 수 있는 대로 유다의 새 이름을 많이 부르려고 노력했어요. 이듬해부터는 유다의 이름을 갖고 놀리는 일이 없어졌지요. 카인도 놀림을 받지 않았고요. 벤디고 씨가 그 일을 어떻게 받아들였는지는 나는 몰라요. 그 사람은 당시 일 때문에 늘 바빴고 부인은 몸져누워 있었지요. 그런 데 신경을 쓸 만큼 한가한 시간이 없었을 거라고 봐요…….

피어스 미니킨 박사:
어디 보자, 재혼은 1898년이고…… 차남은 1899년에 태어났으니까 카인 벤디고보다 두 살 밑이구먼. 삼남은 둘째보다 5년 밑이니까 1904년이고. 허, 아벨도 벌써 마흔일곱인가!

확실히는 모르고, 단언이 아니라 다만 추측에 지나지 않지. 내 추측으로는 셋째 아이가 태어난 건 우연이었던 것 같소. 부

인이 건강이 좋지 않으니까 조심하라고 빌한테 단단히 못 박아
놓았지만 그 친구가 워낙에……

아니, 왜 셋째를 아벨이라고 이름 지었는지는 나도 몰라. 위
의 둘을 성서에 나오는 이름으로 지었으니까 셋째도 그렇게 한
게 아닌가 싶은데. 내 기억으로 빌은 막내한테도 무관심했던
것 같아. 엘런은 엘런대로 병세가 악화되어서 늘 우는소리를
했지. 아이들한테 좋았을 리가 없지. 벤디고 아이들은 부모의
진짜 사랑을 모르고 자랐다고 봐야 할 거요. 그러니 그 애들이
뭐가 됐다고 하더라도 난 놀라지 않아……

마사 E. 쿨리:
(예순일곱 살. 라이츠빌 고등학교 교장.)

난 그 정도로 늙지는 않았소, 퀸 씨. 고학년에서 카인 벤디고를
가르칠 무렵은 아주 젊었었지……

그 아이는 학생이라고 말할 수도 없었어요. 태어나서 한 번
도 책을 읽지 않았을 거요. 적어도 내가 그 아이를 가르칠 무렵
에는 그랬어요. 그 뒤 어떻게 되었는지는 모르지만……

카인의 주특기는 싸움이었지. 쉬는 시간에 싸움이 벌어진다
싶으면 어김없이 카인 벤디고가 그 한복판에 있었어요. 창유리
가 깨지면 가장 먼저 카인이 의심을 받았지. 여자아이가 잉크
에 물든 머리카락을 내보이면서 울먹거리면 범인이 누군지 물
어보지 않아도 알 수 있을 정도였으니까. 수업 시간에 칠판에
필기를 하고 있을 때 등에다 누군가 콩알을 던져요. 카인의 책
상 서랍을 열면 어김없이 콩알 총이 있는 거야……

그 애는 모든 면에서 남자아이들을 이끌었어요. 물론 공부는 제외하고. 악동 중에서도 두목이었지요. 나는 사람 좀 되라고 브린즐리 부인의 방으로 데려가서 설교를 듣도록 했지요…….

체육이오? 물론 당시 초등학교에서는 요즘처럼 제대로 된 체육 교육은 없었어요. 하지만 내가 가르쳤을 때 카인 벤디고가 가장 좋아하던 놀이가 있었지요. 바로 농땡이예요. 카인은 학교 최고의 농땡이 도사였어요!

찰스 G. 에빈스:
(라이츠빌 YMCA 지도자.)

저희 아버님의 함자는 조지 에빈스라고 하는데 1900년부터 1917년까지 무단결석생 선도 위원을 지내셨지요. 카인 벤디고라면 학을 떼셨어요. '내 단골손님'이라고 말씀하시곤 했지요. 또 벤디고 형제를 삼총사라고 불렀는데, 카인이 초등학교를 졸업했을 때 막내 아벨은 겨우 일곱 살이었으니까 참 격에 안 맞는 이름이었지요. 카인이 수업이 끝난 뒤에 유다와 아벨을 데리고 습지로 놀러 가는 걸 나도 몇 번 봤습니다. 8학년생으로는 보기 드문 일이었지요. 카인과 나는 같이 졸업했습니다. 우리처럼 큰 아이들은 조무래기들을 멀리 쫓아버리곤 했거든요. 카인은 누구보다도 앞장서서 그 짓을 했는데, 자기 막내 동생에 대해서만은 예외였습니다. 유다와 아벨 때문에 그 친구 어지간히도 싸웠지요. 내 생각에는 그건 카인 나름의 아버지에 대한 복수였습니다. 그는 아버지를 증오했기 때문에 아버지가 증오하는 대상은 무조건 좋아했지요. 물론 동생들을 자기 멋대로 휘어잡았지만 동생들은 아랑곳하지 않았습니다. 유다와 아벨한테는 카인이 하느님이었으니까요. 형이 시키는 일은 뭐든지 군소리하지 않고…….

카인 벤디고가 이다음에 어떻게 될까 가끔 그런 생각을 했습니다. 억만장자가 되었다는 얘기는 소문으로 들었지만, 내 말은 한 인간으로서 말입니다. 어릴 때부터 모순에 가득 차서…….

〈라이츠빌 레코드〉 1911년 7월 20일 자:
(1911년 당시 〈라이츠빌 레코드〉는 매주 목요일 발행되는 주간지였다.)

이번 주 라이츠빌은 열네 살 소년의 영웅적 행위로 들끓었다.

저명한 하이 빌리지의 건축업자인 윌리엄 W. 벤디고 씨의 장남 카인 벤디고 군은 지난 토요일 동생 유다 군(12세)과 아벨 군(7세)과 함께 트윈 힐스 숲으로 놀러 갔다가 물에 빠진 아벨 군을 목숨을 걸고 구했다.

카인 소년의 말에 따르면, 세 소년은 라이츠빌 아이들의 수영장인 그랜존 폭포의 바위 웅덩이로 갔다. 수영을 못하는 아벨 군은 웅덩이 가장자리에서 형들이 수영하는 모습을 구경하다가 그만 발을 헛디뎌 물속에 빠지면서 바위에 부딪쳐 의식을 잃은 채 급류에 휩쓸려 내려갔다. 그것을 본 카인 군은 그대로 놓아두면 동생의 목숨이 위태롭다고 판단했다. 카인 군은 열네 살 소년답지 않은 침착성을 발휘하여, 헤엄쳐서 아벨을 쫓는 대신 물가로 올라와 달리다가 물속으로 다시 뛰어들어 떠내려가는 동생의 몸을 붙잡았다. 거센 물살과 싸우면서 동생을 안고 물가로 올라온 카인 군은 본인도 탈진 상태였지만 인공호흡을 해 아벨의 의식을 되살렸다.

그런 다음 두 형은 인디언 산길을 타고 싱글 스트리트 가까이 동생을 업고 왔고, 때마침 힐 밸리로 마차를 몰고 가던 농부 아이버 크로즈비 씨에게 발견되었다. 크로즈비 씨는 소년들을 태우고 시내로 달려와 벤디고 집안이 다니는 미니킨 로드의 미니킨 박사에게 소년을 맡겼다. 미니킨 박사는 소년이 목숨을 구한 것은 카인 군의 적절한 인공호흡 덕분이었다고 말한다. 아벨 군은 얼마 뒤 기운을 되찾고 귀가했다.

카인 벤디고 군은 올해 6월 리지 로드 초등학교를 졸업했다……

새뮤얼 R. 리빙스턴:
(라이츠빌 정치가. 여든네 살. 힐 리빙스턴가의 웃어른이며 평생 이곳 정계의 실력자로 영향력을 발휘했다. 1911년은 그가 행정위원장이 된 지 6년째 되는 해였다.)

그 메달은 보스턴의 한 상점에 주문했는데 한 달 만에야 이곳에 도착했지. 시청 앞에서 거행된 기념식에 사람들이 얼마나 많이 모였는지 독립기념일을 방불케 했어. 잔디를 가득 채우고도 모자라 광장까지 사람들이 넘쳤지. 물론 내가 사람들이 좀 한가한 토요일로 날을 잡은 탓도 있었겠지만, 그 아이는 그런 축하를 받을 만했어. 암 그렇고말고……

그 카인 벤디고라는 소년은 내가 메달을 걸어주는 동안 군인처럼 꼿꼿하게 서 있더구먼. 군중은 소년에게 한마디 하라고 성화였지. 이제 겨우 열네 살밖에 안 된 아이에게는 무리한 주문이라고 나는 생각했지만 웬걸, 소년은 전혀 망설이지 않더라고. 메달을 주신 라이츠빌 주민 여러분께 감사드린다, 하지만 실은 이런 영광을 누릴 자격이 없다고 생각한다, 누구든지 그런 상황에서는 똑같은 행동을 했을 것이다, 청산유수처럼 술술 말이 나오더라고. 주민들은 박수갈채를 보냈지. 그때 나는 속으로 이렇게 생각했어. '샘 리빙스턴, 저 애는 앞으로 큰 인물이 될 거다.' 봐, 정말 그렇게 됐지!

〈라이츠빌 레코드〉 1911년 8월 17일 자:

……은 다음과 같다. 하이 빌리지 보석상 커티스 매너드닉 씨가 증정한 검은 실크 리본이 달리고 스물네 개의 보석이 박힌 월섬 시계. 광장의 가우디 양복점에서 감사의 말과 함께 증정한 새로운 스타일의 액세서리가 달린 컬리지 클로스 브랜드의 양복 한 벌. 뉴욕 백화점에서 증정한 고급 테니스 라켓. 제즈릴 레인의 마커스 에이킨 서점에서 감사의 말과 함께 전한 뉴욕의 《더 리뷰 오브 리뷰》에서 막 발간된 남북전쟁 50주년 기념 〈사진으로 보는 남북전쟁의 역사〉 전 10권 전집. 하이 빌리지 워싱턴 스트리트의 어펌 아이스크림 가게에서 어린 영웅에게 꼬박 1개월간 어펌의 특제 아이스크림을 매일 한 개씩 제공한다는 발표는 사람들의 환성을 자아냈다. 또 아이버 존슨 자전거를……

파이필드 포술학교의 1911년 서류철에서:

사본

파이필드 포술학교

1911년 8월 15일

라이츠빌, 카인 벤디고 귀하

벤디고 씨,

파이필드 포술학교 입학에 필수 요건인 남성적인 뛰어난 특성을 발휘한 데 대해 장학위원회에서 특별 총회를 열어 투표한 결과, 오는 가을 학기부터 수업료에 해당하는 장학금을 귀하에게 수여하기로 하였음을 통보합니다.

등록 기간인 9월 8일부터 15일까지 학부형 또는 후견인께서 함께 오시면 포술학교 입학 수속은 즉시 처리됩니다. 방문 시에는 주 법률에 규정된, 초등학교 과정을 이수하였음을 입증하는 증명서를 지참해주시기 바랍니다.

교장 멜로즈 F. 에스티

벤 댄지그:

(쉰네 살. 하이 빌리지에서 도서 대여점 겸 잡화점 경영.)

카인 벤디고는 그해 여름 포술학교에 들어가기 전까지 라이츠빌의 스타였소. 여자아이들은 카인한테 환장했지. 같이 초등학교를 졸업하고 그냥 라이츠빌에서 진학하게 된 우리 같은 남자아이들은 질투심 같은 걸 느꼈지. 한데 카인의 명령만 떨어졌다면 두 무릎을 꿇고서 카인의 신발을 핥는 것도 마다하지 않았을 아이가 딱 하나 있었소. 막내 동생 아벨이었지. 형을 신처럼 떠받들고 숭배했으니까. 그 애는 카인이 어디를 가든 졸졸 쫓아다녔소.

유다? 그 애는…….

에멀린 뒤프레:
(쉰두 살. 일명 입방아꾼. 더 힐 상류층 자제들에게 무용과 연극을 가르치고 있다.)

그때 유다가 어디 있었느냐고요? 왜 같이 아벨을 구하지 않았느냐고요? 퀸 씨, 바로 그게 우리가 가장 궁금해하던 문제였어요. 난 유다와 같은 반이었기 때문에 그걸 정확히 말할 수 있는 입장에 있어요. 우리 반 아이가, 그 아이 이름은 에디 위빌이라고 하는데, 좀 장난스러운 데가 있기는 하죠. 그 아이가 소문을 퍼뜨리고 다니는 거예요. 자기 눈으로 직접 봤다면서요. 아무리 거짓말을 밥 먹듯이 하는 아이도 가끔은 진담을 말할 때가 있는 법 아닐까요, 퀸 씨? 어쨌든 에디는 7학년 남자아이들한테 그날, 그러니까 카인이 포술학교에 들어간 직후였는데, 자기도 그랜존에 갔다가 우연히 사고 장면을 목격했다고 퍼뜨리고 다녔어요. 유다는 아무것도 하지 않았다, 수수방관만 하고 있었다, 에디는 그렇게 말했어요. 겁쟁이 중의 겁쟁이라는 거죠. 에디의 말로는, 유다는 카인보다 아벨한테 가까이 있었기 때문에 쥐꼬리만 한 용기만 있었어도 동생을 구하기는 식은 죽 먹기였을 거라는 거예요. 그런데도 달아나서 어린애처럼 울기만 하고 카인이 하나부터 열까지 다 했다지 뭐예요…….

　그래요, 우리도 그런 질문을 던졌어요. 하지만 에디 말이 자기가 진작 그런 얘기를 하지 않은 건 유다 벤디고의 입장을 생각했기 때문이라는 거예요. 물론 에디 그 애가 사람들의 관심을 끌려고 꾸며낸 이야기인지도 몰라요. 하지만 아벨의 구출에 대해 유다도 카인도 가타부타 말이 없는 걸 보면 어딘가 이상하지 않아요……?

앨런 브린즐리 목사:
(쉰두 살. 웨스트 리버시 스트리트 제1조합교회 목사.)

나는 7학년 때 유다 벤디고의 짝이었습니다. 반 아이 중에서 유다가 믿었던 아이는 저뿐이었다고 생각합니다. 그런데 유다는 나한테조차 자기 얘기는 별로 털어놓지 않았습니다. 폭포 사건이 있은 뒤 몇 달 동안 유다가 무척 괴로워하고 있다는 걸 난 알 수 있었습니다. 유다가 무서워서 동생의 목숨을 구할 수 있는 기회도 놓치고 아무런 도움도 주지 않고 달아났다는 소문이 좍 퍼져 있었습니다. 설령 그것이 사실이라고 하더라도 열두 살 난 소년을 비겁자로 몰아붙이는 건 너무하다고 봅니다. 육체적 용기를 최고의 미덕이라고 말할 순 없기 때문이지요. 게다가 모든 사람이 그런 용기를 갖는 게 과연 좋은 일인지 그것도 의심스럽지요. 유다는 총명하고 감수성이 예민한 소년이었는데, 태어날 때부터 그 이상 지독할 수가 없는 유다라는 저주받은 이름에 짓눌려 있었습니다…….

　상황은 도저히 내가 감내하기 어려울 정도로 악화되어갔습니다. 면전에서 유다를 비겁자라고 놀려대고 여자아이들 앞에서 유다를 때리고 일부러 시비를 걸고 수영 시합을 하자고 약을 올리는 아이들이 하나둘 늘어났습니다. 상상을 해보세요. 유다는 그저 고개만 푹 숙일 뿐 말대꾸도 못 하고, 때린 상대한테 주먹을 휘두르지도 않았습니다. 나는 유다더러 다른 데로 가자고 말했지만, 상대의 모욕을 묵묵히 감수하다가 끝이 나면 그제야 돌아서서 가버리는 것이었습니다. 이제야 알겠어요. 그게 얼마나 용기 있는 행동인지⋯⋯. 참다운 용기는 바로 그런 걸 두고⋯⋯.

피어스 미니킨 박사:

요즘 식으로 말하면 그 무렵 유다는 마조히스트였지. 그 애는 처벌받는 걸 즐거워했으니까⋯⋯.

앨런 브린즐리 목사:

결국은 그런 소문도 가라앉았지만, 그러기까지 6개월 정도 시간이 걸렸습니다. 그리고 사건은 세인의 기억에서 지워졌어요. 단 한 사람, 유다만 빼놓고 말입니다. 유다는 지금도 그때의 고통을 기억하고 있을 거라고 나는 생각합니다. 당신은 최근 유다와 만난 적이 있겠군요. 지금도 울적합니까? 지금도 고독합니까? 어떻게 지내고 있습니까? 유다에게는 어딘가 그리스도와 닮은 구석이 있다고 나는 전부터 생각했어요. 그리고 그 친구가 이 세상을 조금이라도 낫게 만들 것이라고 믿고 있었습니다⋯⋯.

〈라이츠빌 레코드〉 1912년 11월 28일 자:

벤디고, 네 차례 터치다운

27:0으로 라이츠빌 눌러

〈라이츠빌 레코드〉 1913년 6월 12일 자:

벤디고, 9회 결승 홈런

슬로컴 6:5로 격파

〈라이츠빌 레코드〉 1914년 4월 30일 자:

포술학교, 육상대회 정상에!

총점 53점 획득

빅 벤 3개 신기록, 29점 획득

〈라이츠빌 레코드〉 1915년 2월 11일 자:

케인 벤디고, 제드로를 4회째 KO로 누르다!

포술학교 스타, 주(州) 주니어 라이트헤비급 정상 등극

다우드 선생:

(일흔여섯 살. 1905년부터 1938년까지 파이필드 포술학교의 체육교관. 현재 은퇴해 배넉에 거주.)

케인 벤디고는 내가 포술학교의 체육교관으로 있던 33년을 통틀어 가장 우수한 만능 스포츠맨이었소…….

휠러 교장(파이필드 포술학교):
내 기억은 아직 그 정도로 가물거리지는 않아요, 퀸 씨…….

난 깜짝 놀랐지요. 예순세 명 중에서 49등으로 졸업했다니! 각종 운동에서 두각을 나타내기에 나는 아주 뛰어난 학생으로 알고 있었거든. 물론 포술학교의 학업 수준이 만만치 않은 탓도 있었겠지만…….

〈라이츠빌 레코드〉 1915년 7월 1일 자:

헌터 상원의원,
라이츠빌에서 육군사관학교 입학생 추천 고려
케인 벤디고가 추천되면
1878년의 클래런스 T. 라이트 이래
최초의 라이츠빌 출신 육사 생도 탄생

피어스 미니킨 박사:
케인을 추천하도록 밥 헌터에게 많은 압력이 가해졌지. 밥 자신도 그걸 원했고. 밥은 라이트 카운티의 지지 기반이 약했기 때문에 추천을 하면 정치적으로 이득을 볼 수 있었지. 하지만 결국에는 거절할 수밖에 없었어. 케인의 점수가 아무래두 모자랐기 때문이지. 이건 밥의 입에서 내가 직접 들은 말인데, 만일 케인이 입학시험에서 떨어지면 상원의원으로서 자기 체면이

뭐가 되겠느냐는 거야. 그러니 받아들일 수 없다는 거지. 그래서 밥은 그해에는 래섬 지구에서 입학생을 추천했어…….

케인은 노발대발했지. 그 소식이 알려졌을 때, 나는 케인의 계모를 진료하기 위해 벤디고가로 왕진을 갔지. 표정이 험악하더구먼. 그 얼굴 표정에 비하면 케인이 동작으로 나타낸 실망은 대단히 온순한 것이었다고 나는 생각하네. 고양이를 창문 밖으로 뻥 차버린 거야. 그 고양이는 반병신이 되어버렸지, 하하하…….

〈라이츠빌 레코드〉 **1915년 7월 29일 자:**

케인 벤디고, 올 가을 메리맥 대학에 진학

쳇 포그(무쇠인간):
(버지니아 주 리즈버그의 자택으로 장거리 전화. 포그는 1913년부터 1942년에 은퇴할 때까지 메리맥 대학 미식축구 팀의 감독으로 있었다.)

나는 미식축구 선수로서 그에게 불만을 품은 적이 전혀 없었고 지금도 그렇습니다. 케인 벤디고 덕분에 메리맥 대학은 스포츠로 유명해졌지요. 그는 대단히 우수해서 감독에게는 이상적인 선수였지요. 짐 소프에 못지않은 발군의 기량을 갖고 있었습니다. 케인은 못하는 운동이 없었고, 한번 했다 하면 절대 남에게 지는 법이 없었어요. 미식축구에서는 두 시즌 동안 쿼터백으로 맹활약했고, 야구에서는 프랭크 메리웰이나 딕 못지 않은 실력을 발휘했습니다. 슈퍼맨이라는 게 있다면 바로 케인을 두고 하는 말이었지요. 그가 냈던 육상 기록은 지금도 깨지지 않고 있습니다. 케인은 또 천부적인 복서였고, 레슬링에서도 주(州) 대학 헤비급 선수권자에 올랐습니다. 4학년까지 무사히 진학했더라면 틀림없이 전미 선수권을 차지했을 거라고 지금도 확신합니다. 대학 레슬링 선수 중에 그에게 폴승을 거둔 사람은 단 한 명도 없습니다. 케인은 그것만큼은 아버지 덕이다, '그 꼰대'한테서 단 하나 덕 본 거라고 말했습니다. 조사해보시면 아시겠지만 그는 1918년에 《콜리어스 매거진》이 선정한 미국에서 가장 촉망받는 대학 만능선수로 뽑혔습니다. 벌써그 무렵에는 군에 입대한 몸이었지만······.

그렇습니다. 케인은 3학년 무렵, 그러니까 1917년 가을로 추정됩니다만, 학교를 그만두고 군에 입대했습니다······.

〈라이츠빌 레코드〉 1918년 10월 10일 자:

케인 벤디고, 최고 무공훈장 수훈
생미엘 전투의 영웅, 의회 명예훈장을 수여받다

〈라이츠빌 레코드〉 1919년 9월 4일 자:

전쟁영웅 금의환향,
앞으로의 포부 밝혀

의회 명예훈장을 받은 전쟁영웅, 라이츠빌의 케인 벤디고 씨는

미 육군을 제대한 뒤 열광적인 환영을 받으면서 고향으로 귀환했다.

환영식이 끝난 뒤 벤디고 씨는 〈라이츠빌 레코드〉의 단독 회견에 응했다. 앞으로의 계획을 묻는 질문에 벤디고 씨는 다음과 같이 답했다.

"대학으로 돌아오라는 권유도 사방에서 들어오고 각 종목에 걸쳐 10여 개 프로 팀에서 스카우트 제의도 들어오지만 거기에 응할 생각은 없다. 실업계에 투신해서 돈을 벌고 싶다. 나는 프랑스 전선에서 수많은 젊은이가 죽는 것을 보았기 때문에 슬렁슬렁 학창 생활을 보낸다든지 남을 위해서 내 인생을 헛되이 하고 싶은 생각이 없다. 작년, 건축 현장에서 사고로 죽은 아버지가 상당한 재산을 남겨놓았다. 대부분은 계모의 명의로 되어 있지만 계모도 동생들도 내가 그 돈을 이용할 수 있도록 허락했다. 나는 돈 굴리는 법을 안다. 내 손으로 사업을 시작하겠다. 벌써 계획이 다 서 있다……."

엘러리 퀸의 요약에서 발췌

1920년부터 1923년 11월까지 케인 벤디고는 사업에 네 차례 실패했다. 그는 라이츠빌에서 스포츠 용품 제조업체를 차리면서 동시에 아버지가 하던 건축업도 계속하려고 노력했다. 결과는 둘 다 파산이었다. 그는 다음으로 금속 용기 생산업체를 인수했다. 1년 남짓 사이에 사업은 망했고, 그는 1922년 1월 파산 신청서를 제출했다. 그다음으로 경기계류를 생산하는 로우 빌리지의 라이츠빌 기계공장을 절충 끝에 인수했다. 그러나

1923년 11월, 이 사업 역시 망했다. 이런저런 자료를 취합하여 분석한 결과, 그가 사업에서 실패한 주된 원인은 자기 능력의 한도를 모르고 욕심을 앞세운 데 있었던 것 같았다. 그는 항상 웅대한 계획을 세워서 과욕을 부렸으며 결국에는 묵사발이 나곤 했다. 그러나 기록에서도 알 수 있듯이 그는 뉴잉글랜드의 닳고 닳은 부자들을 구워삶는 데 일가견이 있었다……

당시의 세계사에 주목하라. 케인 벤디고가 파산해 신용을 잃고 알거지가 되었을 때, 독일에서는 히틀러라는 사내가 뮌헨에서 야심 찬 쿠데타를 획책했다가 실패해 부상 입은 몸으로 감옥에 누워 있었다. 두 사람 모두 인생의 바닥을 기고 있었다……

아벨의 학교 성적은 우수하여 1921년 9월 열일곱 살 때 장학생으로 하버드 대학에 입학했다. 그는 3학년을 마치고 1924년 6월 자퇴했다. 1923년 11월부터 1924년 6월까지는 케인이 사업 실패의 고통을 되씹고 있던 시기라는 점에 주의. 그러나 케인은 그동안 휴식만 취하고 있었던 것은 아니며 전처럼 자신의 매력을 활용하고 있었다. 그렇다고 볼 수밖에 없는 것이, 아벨이 라이츠빌에서 형과 합류하기 위해 하버드를 떠나던 바로 그 무렵에 케인은 존 F. 라이트, 리처드 글래니스 1세, 당시 아직 젊었던 디드릭 밴혼, 그리고 노령의 그랜존 부인 등의 자금을 지원받아 새로운 사업에 뛰어들었기 때문이다. 케인은 교외의 폐업한 공장을 손에 넣어 미 해군의 포탄 탄피를 제조하기 시작했다. 아벨도 한몫 거들었다……

그 무렵 유다는 파리의 음악원에서 음악을 공부하고 있었다……

　유다와 아벨의 생모이며 케인의 계모인 벤디고 부인이 1925년
눈을 감았다……

　……사업은 처음부터 순탄했다. 작은 공장은 얼마 안 가서
큰 공장이 되었고, 큰 공장은 다시 두 개의 큰 공장으로 늘었
다. 사업이 확장되는 속도가 믿을 수 없을 정도로 빨랐다. 아벨
의 천부적인 사업가적 재질이 케인의 매력과 뱃심, 무한한 야
심과 멋진 조화를 이루었던 것이다. 두 사람은 군수산업에 점
점 깊이 관여하게 되었다. 그들의 사업이 커지면 커질수록 자
금 지원을 한 사람들의 수는 줄어들었다. 케인은 처음에 자금
지원을 했던 사람들의 주식을 하나둘 사들였다. 이 무렵의 회
사 이름은 벤디고 군수회사였으며(그것이 조용히 바디젠으로
바뀐 것은 1930년대 초였다.) 케인은 이것을 이름뿐만 아니라
실제로도 벤디고 집안의 회사로 만들겠다는 굳은 결심을 한 것
으로 보인다. 이익금과 배당금이 무시 못 할 액수로 늘어나고
있었기 때문에 아무런 저항 없이 케인이 전체의 지배권을 장악
했다고 보기는 어렵다. 나는 마틴 노판사, 새뮤얼 R. 리빙스턴,
그랜존가의 아들 한 사람, 그리고 울퍼트 밴혼을 만나보았다.
판사는 존 F. 라이트의 법정 소송을 어렴풋이밖에 기억하지 못
했고 리빙스턴의 태도는 알쏭달쏭했다. 밴혼은 신중했지만 말
못 할 사정이 있다는 것을 대번에 알아차릴 수 있었다. 케인이
그들에게 얼마나 지독한 방법으로 감내하기 힘든 압력을 넣었
는지 능히 짐작하고도 남았다. 그들은 자존심 때문에 차마 그
것을 털어놓지 못하는 것이다. 울퍼트 밴혼이 나름대로 이름
있는 사업가라는 점을 감안할 때 케인이 얼마나 악랄한 수단을
써먹었을지 상상이 갔다……

1928년까지 내부에 있던 외부인들은 모두 축출되고 벤디고 형제가 모회사의 전체 주식을 소유하게 되었다. 그 무렵 모회사는 거대한 기업 여섯 개를 거느리고 있었다……

1929년 10월 29일, 결정적 전기가 찾아왔다. 주식시장의 붕괴에 편승해 케인 벤디고는 거대한 부를 쌓아 올렸다. 그는 값이 떨어진 주식을 있는 대로 사들였다가 10월 초 주가가 치솟았을 때 모두 팔았다. 29일의 주식 대폭락으로 그는 억만장자가 되었다. 케인이 어느 정도로 벌었는지는 정확히 추산할 수 없지만 몇억 달러에 이를 것임은 분명하다. 이것이 벤디고 제국의 실질적인 탄생이었다. 그때 케인은 서른두 살, 아벨은 스물다섯 살이었다!

그들은 바로 사업 확장에 나서, 먼저 대단히 큰 군수품 생산업체를 사들였다. 그러고 나서 잇달아 좀 더 작은 규모의 회사들을 인수했다. 그때까지 있던 조직과 이 새로운 조직을 발판으로 거대한 종합 그룹의 핵이 탄생한다. 오늘날 바디젠 군수회사는 그 거대 그룹의 일부에 지나지 않는다……

1930년 여름, 벤디고 형제는 라이츠빌을 떠났다. 고래는 역시 큰물에서 놀아야 했던 것이다. 자유롭게 활동할 수 있는 장소가 필요했다. 그들은 일리노이 주 남부에 인구 10만의 공업도시 하나를 만들었다. 본사는 뉴욕에 두고 해외 지점을 하나둘 늘려가기 시작했다……

초창기 벤디고 공장 가운데 몇 개는 지금도 라이츠빌에서 조업을 하고 있다. 그러나 소유권 관계가 너무도 복잡하게 얽히고설켜 있어 전문가가 떼로 날라붙지 않는 한 그 내막을 알아내기는 어려울 것이다……

그들이 라이츠빌을 떠난 이래 케인이나 아벨 벤디고가 고향을 다시 찾은 흔적은 없다. 아주 오래된 일을 엊그제 일처럼 생생히 기억하고 있는 미니킨 박사는 유다가 1930년대 중반에 혼자서 이곳에 와 며칠 머물다 간 적이 있는 것으로 '생각된다'고 말했지만, 유다를 보았다고 기억하는 사람은 한 명도 없었다. 그 기간에 홀리스 호텔, 어펌 하우스, 켈턴 호텔의 숙박부를 조사해보아도 유다의 이름은 올라 있지 않았다⋯⋯. 작은 피델리티 공동묘지에 있는 윌리엄 M. 벤디고 부인의 묘는 사람의 손이 닿지 않아 잡초만 우거진 것이 거의 알아보기 어려울 정도다. 엘런 웬트워스 벤디고는 라이츠빌 공동묘지의 웬트워스 집안 묘역에 안장되어 있다⋯⋯.

1930년 6월 22일: 볼리비아 정부 전복.
1930년 8월 22~27일: 페루 정부 전복.
1930년 9월 6일: 아르헨티나 정부 전복.
1930년 10월 24일: 브라질 정부 전복.

참고: 1930년 1월부터 6월까지 바디젠 군수회사(그해 회사 이름이 바뀌었다.)의 전 공장이 24시간 가동했다. 판매 지역은 거의 다 남미.

주: 이 사업 및 다른 몇 가지 증거로 보아 벤디고가 5개월 동안 남미 4개국 정부를 날려버린 폭발력을 공급한 것이 명백하다.
주: 벤디고는 혁명의 도화선을 당긴 것은 아니며 단지 그것이 가능한 여건을 만들었을 뿐이다.

주: 명백히 그 무렵은 킹 벤디고가 자신의 힘을 시험해보던 시기였다. 규모도 작았고 어떤 반란에서는 고작 3천 명의 사상자가 났을 뿐이었다.

1931년 1월 2일: 파나마 공화국 전복.
1931년 3월 1일: 페루 정부 다시 전복.
1931년 7월 24일: 칠레 정부 전복.
1931년 10월 26일: 파라과이 정부 전복.
1931년 12월 3일: 살바도르 정부 전복.

주: 다시 다섯 차례의 사전 연습이다. 말하자면 멋진 몸매를 가꾸기 위한 몸만들기로 그의 이두박근과 가슴 근육은 빠른 속도로 부풀어 올랐다. 그러나 아직 체육관에서 하는 연습에 지나지 않았다. 그는 바야흐로 본격 시합에 나설 준비를 하고 있었던 것이다……

1932년에는 병합과 개선, 더 많은 사세 확장이 평온한 가운데 지속되었다. 조직이 크게 방대해졌다. 각 부문에 걸친 인원 정리가 이루어졌고, 기업 합병, 재정 강화와 재분배, 약점 보강, 생산 효율화, 새로운 산업체 흡수가 이루어졌다. 케인 벤디고 제국의 건설 속도는 실로 눈부셨다. 현대에 와서 그와 비슷한 예는 오직 하나 있을 뿐이지만 그것도 비교의 대상은 못 된다. 어떤 상상력으로도 지어내지 못할 만큼 비약적 성장을 거듭한 것이다. 아무도 그것을 믿지 않을 정도로……

1932년 6월 4일: 칠레에서 다시 혁명.

그것은 틀림없이 어떤 유능한 영업사원의 계산 착오였거나 의욕 과잉이었다. 그러나 그것을 메울 수 있는 사건이 곧이어 일어나······.

1933년 1월 30일: 아돌프 히틀러 독일 수상에 취임.

회사의 세계적 발전은 이때부터 시작된다. 그 전까지는 준비 단계에 지나지 않았다.

마이크 벨로지아 대위를 만난 것은 행운 중의 행운이었다. 이 유명한 세계일주 비행사는 1932년 말경 킹 벤디고와 계약을 맺었다. 그의 유일한 업무는 킹 벤디고를 태우고 다니는 일이었다. 그는 거의 13년간 킹의 전속 비행사였다. 그러나 제2차 세계대전 종전 직후 벨로지아가 너무 나이가 들어 이 둘도 없이 소중한 승객의 목숨을 책임지기에는 위험하다는 측근의 조언을 킹이 받아들이면서 그 자리에서 물러나야 했다.

  벨로지아는 지금도 거기에 한을 품고 있다. 그가 나에게 자기의 일기를 보여준 진짜 이유는 그 원통함 때문인지도 모른다. 물론 표면상으로 나는, 내가 당신을 찾아온 목적은 기록을 후세에 남기기 위해서라고 말했고 그도 그 말을 믿는 척했지만 말이다. 나는 그가 살고 있는 메인 주로 날아가서 며칠을 그와 함께 보냈다. 그는 대단히 풍족한 생활을 누리고 있었다. 벤디고로부터 과분할 만큼의 돈을 받았기 때문에 벨로지아는 돈 걱정 없이 여생을 보낼 수 있었다. 그러나 벨로지아는 그 정도는 당연하다고 주장한다. 13년간 벤디고를 태우고 세계 각지를 다녔지만 불시착을 했다든가 엔진 고장을 일으킨 적이 단 한 번도 없었다는 것이다.

벨로지아 대위의 일기는 보통 일기가 아니라 개인적 비행 기록이었다. 그것이 얼마나 중요한 기록인지 그는 모르고 있었고 나도 구태여 가르쳐주지 않았다.

벨로지아가 킹 벤디고를 태우고 비행한 목적지와 날짜와 체재 기간 등의 기록을 역사적 사건과 연결 지음으로써, 독일에서 히틀러가 권력을 장악했을 때부터 제2차 세계대전이 끝났을 때까지 벤디고의 행적을 아주 상세히 파악할 수 있었다.

1933년 독일 의회는 투표를 통해 히틀러에게 절대 권력을 부여했다. 다음 날 가장 강력한 나치의 선전 기관이었던 독일의 신문이 어떤 독일인에게 팔렸다. 이것은 케인 벤디고가 2년간 소유하고 있던 신문사였다. 결론은 명백하다. 히틀러의 지위가 공고해졌으므로 벤디고는 더는 신문이 필요 없었던 것이다…….

1933년 10월 14일, 독일은 국제연맹에서 탈퇴하고 군축회담 장에서 철수했다. 그해 10월 12일, 13일, 14일에 벤디고는 베를린에 머물면서 거의 대사관 사무국에서 시간을 보냈다. 10월 14일 밤 그는 뉴욕 본사로 돌아왔다…….

1934년 4월 27일, 부에노스아이레스에서 미국과 중남미 각국 사이에 부전조약(不戰條約)이 조인되었다. 우루과이의 몬테비데오에서 열린 범미주회의에서 이미 합의된 바 있었다. 멕시 코를 비롯한 몇몇 나라는 1933년 10월 10일에 이미 조인을 끝낸 상태였다. 이 시기에 벤디고의 비행 기록은 보통 때의 세 배에 이르고 있어서 그의 암약이 두드러졌던 것으로 보인다. 그때 이미 남미와 유럽에 진출해 있던 벤디고의 군수공장은 24시간 가동하고 있었다. 바디젠 군수회사는 평화회담과 조약 교섭이 한창이던 세계적 흐름에 역행하고 있었던 것이다……

1934년 8월 1일, 그는 다시 베를린으로 가서 20일까지 약 3주간 머물렀다. 이 3주 동안 폰 힌덴부르크 대통령이 서거하고 대통령직과 수상직이 총통으로 통합되었다. 총통에 취임한 히틀러가 처음 한 일 중 하나는 세인의 눈을 피해 케인 벤디고에게 훈장을 하사한 일이었다. 다음 날 벤디고는 베를린을 떴다……

1935년 1월 10일, 이탈리아는 에티오피아에서 전쟁을 재개했다. 1934년부터 1936년 중반까지 바디젠 회사는 이탈리아에 막대한 수출을 했다.

1935년 3월 16일, 히틀러는 베르사유 조약을 파기하고 국내에 징병제도를 실시하여 독일군의 확충에 들어갔다. 불과 1개월 전에 바디젠 회사는 널리 흩어진 다양한 지역에서 큰 공장 네 개를 사들였다. 1935년 3월에는 풀가동에 들어갔다……

1936년 6월 5일, 프랑스 사회당의 레옹 블룸 당수는 제1차 인민전선 내각을 조직했다. 그로부터 6주 안에 군수산업의 국유화(7월 17일)를 포함하는 대대적 사회개혁 계획이 발표되었다. 벤디고는 1936년 7월 말부터 1938년 6월까지 몇 차례나 프랑스를 드나들었다. 1937년 6월은 블룸 내각이 총사퇴한 날이다. 벤디고는 그 뒤에도 계속 프랑스를 방문했는데, 그 시기를 보면 흥미롭다. 카굴라르가 꾸민 공화국 전복 계획이 좌절에 부딪친 것이 11월. 쇼탕 내각이 무너진 것이 1938년 3월. 블룸 2차 내각이 실패하고 달라디에 내각에게 자리를 내준 것이 1938년 3월에서 4월이다. 이러한 사실들은 벤디고가 인민전선과 그 사회개혁 및 국유화 계획을 저지하기 위해 처음부터 노력했다는 사실을 나타낸다……

1937년 일본은 중국에서 다시 전쟁을 일으켰고 히틀러는 제1차 세계대전의 전쟁 책임을 부인했으며 이탈리아는 국제연맹에서 탈퇴했고 스페인에서는 내전의 불길이 뜨겁게 타올랐다. 바디젠은 이 해에 유례없는 번영을 구가했다……

1938년 3월 21일, 히틀러의 군대가 오스트리아 국경을 넘었다. 1938년 9월 29일에서 30일 사이에 뮌헨 협정 체결. 좀처럼 피로를 느낄 줄 모르는 케인 벤디고도 '휴식'을 위해 일을 중단 '해야만' 했다. 그는 1개월 휴식을 취했다. 시기는 1938년 9월. 장소는 파펜호펜의 작은 호텔. 파펜호펜은 뮌헨에서 약 50킬로미터 떨어진 곳이다……

1939년 3월, 스페인 내전 종식. 마드리드의 비공식 모임에서 프랑크 총통은 케인 벤디고에게 훈장을 하사했지만 그 이유는 발표되지 않았다……

보헤미아와 모라비아…… 메멜…… 리투아니아…… 알바니아……

1939년 8월, 세계를 놀라게 한 외교적 대사건, 독소 불가침 조약에 벤디고가 어떻게 관여했는지는 확실히 밝혀져 있지 않다. 그러나 벨로지아 일기의 몇몇 대목은 그 점을 강력히 암시하고 있다. 소련을 일시적 중립 상태로 두는 것이 벤디고에게 유리하다는 것은 어린아이도 알 만한 명백한 사실이었다. 히틀러가 폴란드를 마음 놓고 침공함으로써 영국과 프랑스를 전쟁에 끌어들이기 위함이었다. 케인 벤디고는 8월 초, 히틀러와 폰 리벤트로프와 몇 차례 회동했다. 그가 소련의 몰로토프와 만났든가 아니면 몰로토프가 나오는 회의에 참석했다는 것을 시사하는 유력한 증거가 있다…….

1939년 9월 1일, 독일군 폴란드 침공. 영국의 체임벌린 수상은 9월 3일 의회에서 대영제국과 독일은 전쟁 상태에 돌입했다고 선언하면서 "히틀러는 오직 힘으로만 저지할 수 있다"라고 말했다.

킹 벤디고가 그 전에 체임벌린에게 그 점을 주지시켰을 가능성도 있다…….

너무도 단순 명쾌한 사실이었다. 그것은 이 남자가 역사의 흐름에 교묘히 편승한 행적을 확연히 드러내고 있었다. 벤디고가 사건을 일으킨 것은 아니라는 점을 다시 한 번 강조해야겠다. 그는 상대에게 파고들어 상대를 자기가 원하는 방향으로 이끌었다.

히틀러가 권력을 쥐건 스탈린이 권력을 쥐건 그는 상관하지 않았다. 그는 양쪽을 상대로 거래했다. 케인 벤디고와 소련의 거래는 나치와의 거래에 비해 안개에 싸여 있다. 그러나 그 이유는 그에 관한 자료를 거의 입수하기 어렵기 때문이다. 거래량이 방대하고 광범위했으리라는 것은 의심할 나위 없다.

벤디고는 충성이라든가 의무라든가 이념이라든가 무슨 주의(主義) 같은 것을 완전히 초월한 사람이다. 그에게 애국심은 이

285

상이 아니라 방편이었다. 그의 전략은 유동적이며 사방팔방으로 동시에 치달았다……

노트에서 추가 발췌

1940년 프랑스 렌 공습으로 4천5백 명이 죽었다. 저명인사로 구성된 위원회를 이끄는 자선가 벤크로프트 웰스는 케인 벤디고에게 렌의 역사적 성당을 복원하기 위한 국제위원회의 명예회장에 취임하도록 요청했다. 케인 벤디고는 이를 수락해 "문명의 적이 자행하는 야만적 행위……"라고 강도 높게 비난하는 연설을 했다.

1941년 5월 10일, 런던은 이 전쟁 중 가장 맹렬한 폭격을 받아 1436명이 목숨을 잃었다. 킹 벤디고는 5월 9일 전용기로 런던을 출발했다. 당연히 그가 사전에 알고 있었으리라는 의심이 생긴다.

1941년 12월 7일, 벨로지아 대위의 기록에 색다른 대목이 있어 눈길을 끈다. 킹 벤디고 밑에서 그렇게 오래도록 일하던 중, 이 유명인이 곤드레만드레 취한 모습을 유일하게 목격하는 영광을 누렸던 것이다. '그는 영화 속의 타잔처럼 자기 가슴을 쿵쿵 두드려댔다. 보고 있기가 쑥스러웠다. 전혀 그럴 만한 상황이 아니었던 것이, 일본이 진주만을 침공했다는 루스벨트 대통령의 발표가 막 있은 직후였던 것이다……'

나는 순전히 그의 성격을 알아보자는 생각으로 그가 언제, 어떤 상황에서 칼라와 만나 구혼하고 결혼했는지를 정확히 알고 싶었다. 파리에서 그들이 밀애를 나누었던 기간이 나흘이었다는 것이 단서였다. 그것이 종전 직후였다고 칼라도 전에 말한 적이 있고……. 나는 알아냈다. 두 사람은 1946년 7월 25일에 파리에서 만나 7월 29일에 결혼한 것이다. 1946년 7월 29일은 제2차 세계대전의 1차 평화회의가 파리에서 개막된 날이었다.

말하자면 다사다망한 시기였다.

14

경감은 체면 불구하고 아들을 부둥켜안았다.

"다시는 안 오는 줄 알았다."

"아버지……."

"차에 타서 이야기하자. 잠시만이라도 둘이 있으려고 일부러 차를 몰고 왔다."

저택의 작은 전용차에 오르자 경감이 입을 열었다.

"자."

"먼저, 킹은 어때요?"

엘러리가 물었다.

"자리에서 일어났지. 내가 보기에는 전처럼 쌩쌩해. 스톰이 하루에 두 시간 이상은 일을 못 하게 막기 때문에 가벼운 운동을 하든지 칼라와 보내는 시간이 많지. 알아낸 게 좀 있니?"

"전부 알아냈지요."

아버지가 얼굴을 찡그렸다.

"좋겠다."

"기분이 안 좋으신 모양이군요."

"당연하지. 그자들이 라이츠빌에서 어린 시절을 어떻게 보냈는지 알아냈다고 해서 이 빌어먹을 섬에서 빠져나갈 수가 있다는 거냐?"

"살인미수의 전모를 알게 되었다는 거예요. 그 배후에 있는 것과…… 앞에 있는 것까지도."

엘러리는 시동을 걸었다.

"기다려!"

아버지가 소리쳤다.

"지금 킹이 어디 있는지 알고 계세요?"

"내가 나올 때는 킹과 칼라와 그놈의 맥스가 옥외 풀장 가장자리에 누워 있었다. 그렇지만 엘러리……."

"그럼 서둘러야 합니다."

"뭘 하려고?"

"먼저 찾을 게 있어요. 별로 기대는 안 하지만."

엘러리가 중얼거렸다.

엘러리는 저택 밖에서 어슬렁거리면서 킹 부부가 옥외 풀에서 일광욕을 즐기는 모습을 오래도록 지켜보았다. 그는 풀에 다가가지 않고 정원수 뒤에서 엿보았는데 부부는 여전히 알아차리지 못했다. 맥스의 털로 뒤덮인 몸과 둥그런 머리가 물속에서 움직이고 있었다. 칼라는 풀 가장자리에 누워 있었다. 새하얀 그녀의 살결은 며칠간 일광욕을 했는지 발갛게 그을려 있었다. 킹은 의자에서 꾸벅꾸벅 졸고 있었다. 헐렁한 바지를 입었고 상체는 맨몸이었다. 엘러리는 가무잡잡한 피부 위에 오그라든 상처를 보았다. 상처는 깨끗이 아문 것 같았다.

엘러리 부자는 벤디고 가족 전용 엘리베이터에 올랐다.

경비대장은 경례를 하고 나서 악수를 청했다.

"돌아오신다는 소식은 들었습니다. 지금 유다 씨 혼자 계십니다."

"잠시 그와 만나고 싶소. 기밀실의 밀랍이 벗겨져 있던데."

"그렇습니다."

장교가 떨떠름한 얼굴로 말했다.

"킹이 직접 벗겨냈다, 엘러리. 노발대발하는 거야. 경비병들은 단지 시키는 대로 했을 뿐 죄가 없다고 간신히 킹을 가라앉힐 수 있었지. 결국 열쇠를 건네줄 수밖에 없었다."

엘러리는 어깨를 으쓱하더니 곧바로 킹의 방으로 갔다. 아버지는 열심히 쫓아갔다.

"여기 같아요."

두 사람은 킹 벤디고의 의상실로 들어섰다.

"문을 닫으세요."

엘러리가 뒤돌아보며 말했다.

경감은 문을 닫고 닫힌 문에 몸을 기댔다.

"이제 어쩔 셈이냐?"

"이제 재고 조사를 해야죠. 아버지는 옆에서 제가 혹시 빠뜨리는 옷장이나 서랍, 선반이 없는지 지켜봐 주세요. 완전무결해야 하거든요."

엘러리는 문 왼쪽에 있는 첫 번째 옷장으로 가서 슬며시 문을 열었다.

"양복…… 양복…… 또 양복. 아침용, 오후용, 저녁용, 의식용, 활동용, 절충용……."

"받아 적을까?"

아버지가 물었다.

"머리에만 담으세요……. 전부 양복이네. 다음."

엘러리는 다른 옷장을 열어 옷걸이를 뒤적였다.

"코트로군요. 톱코트, 오버, 모피 코트, 방풍 코트, 레인코트……. 이건 또 뭐냐? 모자들이네. 중절모, 홈부르크 모자, 산악 모자, 실크해트, 골프 모자, 사냥 모자, 요트 모자, 기타 등등……."

"심하다."

"누가 아니래요."

"너 말이야."

"다음은 신발 코너. 에나멜화에서 수렵용 부츠까지. 전문 매장이 아닌 곳에서 이런 걸 본 적 있으세요? 실내복…… 가운…… 스모킹 재킷…… 게다가 운동복 코너까지! ……트레이닝복, 사격복, 슬랙스, 스키복, 요트복, 승마복, 체조복, 레슬링복, 테니스복……."

"없는 게 없구나. 그 친구가 지금 내 나이까지 살아도 이 옷의 절반밖에는 못 입어보겠다."

경감이 말했다.

"셔츠. 몇백 장도 넘네요……. 속옷, 파자마, 이야! 양말, 넥타이! 손수건, 스웨터, 머플러, 장갑……. 도매상을 차려도 되겠네요."

"어지럽다."

경감이 중얼거렸다.

"벨트, 멜빵, 양말대님, 각반, 커프스단추, 옷깃 단추, 넥타이핀, 지갑……. 아버지, 이 서랍 좀 보세요. 이건 뭘로 만들었을까? 코끼리 가죽……."

"저걸 빠뜨렸다."

아버지가 지적했다.

"뭐요? 아…… 지팡이. 백 개는 되는 것 같죠? 지팡이 칼은 없나 모르겠네……. 맞아, 있네요."

"우산도 있다."

"그 아래 서랍에는…… 고무신, 덧신, 낚시용 장화……. 빠진 게 없나 단단히 확인해야 해요."

엘러리는 아버지가 있는 벽 쪽으로 가서 단추를 눌렀다.

"엘러리, 도대체 뭐 하는 거냐? 나는 알 수가 없구나."

경감이 한숨을 내쉬었다.

그때 뒤에서 문 두드리는 소리가 났다. 경감이 문을 열었다. 검은 옷의 말라깽이 남자가 서 있었다.

"부르셨습니까?"

그가 딱딱하게 물었다.

"당신, 킹의 하인이오?"

엘러리가 물었다.

"그렇습니다만……."

"저택 안팎을 막론하고 킹의 옷을 보관하는 곳이 또 있소?"

"이 섬에는 여기 말고 없습니다. 벤디고 씨가 머무는 저택에는 모두 이와 비슷한 의상실이 있습니다. 뉴욕에도, 일리노이의 바디젠에도, 파리에도……."

"고맙소. 됐소."

하인은 머뭇거리다가 마지못해 방을 나섰다.

"알고 싶은 건 전부 알았습니다."

아버지와 함께 유다 벤디고의 방으로 가면서 엘러리가 말했다.

"킹이 은하계에서 가장 많은 옷을 갖고 있으며, 그것도 전부이 방에 있다는 사실 말이냐?"

"단 하나 예외가 있다는 사실을요."

엘러리가 말했다.

경감은 우뚝 멈춰 섰다.

"누군가 더 많은 옷을 가진 사람이라도 있다는 거냐?"

"없는 옷이 있다는 겁니다."

"없다! 저기서?"

"제가 찾던 건 이 방에 없어요. 저 중에 없지요. 좀 더 확실히 알아봐야겠지만."

유다는 베히슈타인 피아노로 바흐의 서곡을 연주하고 있었다. 피아노 위에는 뚜껑을 연 세공자크 병과 빈 잔이 놓여 있었다.

퀸 부자가 방 안으로 들어가자 파란 셔츠는 조용히 의자에서 일어났고 갈색 셔츠는 창에서 돌아섰다. 유다는 거들떠보지도 않았다. 피아노에 앉은 자세는 보통 때의 구부정한 모습이 아니었다. 그는 의자에 깊숙이 걸터앉아 허리를 꼿꼿이 펴고 마른 가슴을 쭉 내밀었으며, 머리를 뒤로 젖힌 채 부드러운 손놀림으로 곡을 연주하고 있었다. 한마디로 연주에 심취해 있었다.

서곡이 막바지에 이르렀다. 유다는 마지막 건반을 두드림과 동시에 등과 가슴을 웅크리고 머리를 앞으로 내밀어 코냑 병에 손을 가져갔다.

"앞으로도 종종 들려주시지요."

엘러리가 말했다. 유다는 깜짝 놀란 듯 뒤돌아보았다. 그러더니 반가운 표정을 지으면서 달려왔다.

"돌아오셨군요. 당신을 기다리고 있었습니다. 이 두 야만인을 어떻게 좀 처리해달라고 부탁하려고요. 당신 아버지한테 얘기했지만 도통 먹혀들어야 말이지요. 이분이 무슨 곡을 연주해달라고 부탁한 줄 아십니까? 오펜바흐!"

유다는 술병과 잔을 들고 있었다. 그는 술을 잔에 따르기 시작했다.

"어디 갔었습니까? 아무도 안 가르쳐주던데."

"라이츠빌."

유다는 잔을 떨어뜨렸다. 손이 병을 놓치지 않은 것은 일종의 본능이었다. 그는 멍하니 바닥을 응시했다.

파란 셔츠가 유리 조각을 치우기 시작했다.

"라이츠빌이라. 그리운 라이츠빌은 지금 어떻던가요?"

유다는 웃었지만 어색한 목소리였다.

"유다 씨, 저와 함께 가시죠."

"라이츠빌로?"

"옥외 풀로요."

"퀸 씨, 유다 씨는 방 밖으로 나갈 수가 없습니다."

갈색 셔츠가 창가에서 말했다.

"내가 허락하는 거요. 책임은 내가 지겠소."

"그럼 우리도 같이 가겠습니다."

"그건 안 돼."

"그럼 안 되겠군요. 어르신으로부터 직접 명령을 받았거든요. 아무도 그 명령을 거역할 수는 없습니다."

"아벨도 놀랐던 모양이다. 아벨은 우리한테 다른 식으로 말했지만, 킹은 더는 사고를 치지 않도록 유다를 철저히 가두어놓으라고 했다는 거야."

경감이 소곤거렸다.

엘러리는 유다의 책상으로 가서 수화기를 들었다.

"나 엘러리 퀸입니다. 아벨 벤디고를 대주십시오. 그가 어디 있든, 무슨 일을 하고 있든."

전화는 바로 연결되었다. 엘러리가 말했다.

"아니, 유다 씨의 방입니다. 지금 어디 계십니까?"

"중앙 본부입니다. 우린 당신한테 버림받았다고 생각하고 있었습니다."

아벨이 호기심을 나타내면서 말했다.

"이렇게 멀쩡히 돌아왔습니다."

"하실 말씀은?"

"벤디고 씨, 유다 씨를 감시원 없이 데리고 나가고 싶습니다. 남이 알아서는 안 되는 내용입니다. 킹 씨가 직접 감금 명령을 내린 모양입니다만 이 두 남자를 떼어놓을 수 없겠습니까?"

아벨은 침묵을 지켰다. 그러더니 입을 열었다.

"한 사람을 바꿔주세요."

엘러리는 수화기를 갈색 셔츠에게 내밀었다. 갈색 셔츠가 말했다.

"전화 바꿨습니다……. 하지만 아벨 씨, 킹 어르신께서 직접……. 하지만 아벨 씨……."

그 말을 몇 번이나 반복하더니 갈색 셔츠는 60초 동안 끽 소리 안 하고 듣고만 있었다. 그러더니 마침내 말했다.

"알겠습니다."

그는 힘없이 말을 내뱉고 수화기를 엘러리에게 돌려주었다. 갈색 셔츠는 파란 셔츠에게 눈짓을 보냈다. 두 남자는 말없이 밖으로 나갔다.

"자라투스트라는 이렇게 말했다. 그럼 드디어 결전장으로 가는 겁니까?"

유다는 술병을 입에다 대고 꿀꺽꿀꺽 삼켰다.

엘러리는 눈으로 유다를 지켜보면서 수화기에다 덧붙였다.

"한 가지만 더. 지금 곧 옥외 풀로 와주십시오."

다시 아벨은 잠자코 있었다. 그러더니 코맹맹이 소리로 대답했다.

"알겠습니다."

유다가 나타나자 칼라는 다시 두려움에 젖었고 킹은 식식거렸다. 맥스는 철버덩거리면서 물개처럼 물 밖으로 나왔다.

엘러리는 유다 앞으로 나섰다.

"괜찮소, 맥스."

엘러리가 웃으면서 말했다.

"맥스."

주인의 한 마디에 거의 벌거벗은 고릴라는 얌전해졌다. 그는 엘러리의 어깨 너머로 녹색 술병을 든 왜소한 남자를 계속 노려보았다.

"기어이 돌아왔군. 어지간히 귀찮게 구는 양반이로군. 감시병들한테 뭐라고 둘러대고 동생을 데리고 온 거요?"

킹 벤디고가 차갑게 물었다.

"아벨 씨에게 부탁했지요."

킹은 잠자코 의자에 앉아 있었다.

"아벨은 어디 있소?"

"곧 올 겁니다……. 저기 나타났군요."

땅딸한 총리가 나타나더니 그들 쪽을 향해 정원을 가로질러 왔다. 일동은 말없이 기다렸다. 칼라는 일어섰다. 그녀는 갑자기 오한을 느꼈는지 가운을 걸쳤다. 빨간 머리가 햇볕을 받아 반짝반짝 빛났다. 유다는 다시 한 모금 마셨다.

"부리나케 달려왔습니다……."

아벨이 숨을 몰아쉬며 말했다.

"아벨, 어떻게 된 거냐? 나의 명령을 알고 있었을 텐데. 이 남자가 무슨 수작을 걸었니? 최면술이라도 건 거냐?"

형의 목소리는 얼음처럼 차가웠다.

아벨은 형의 의자 위로 몸을 숙여 열심히 귀엣말을 했다. 그러나 킹의 얼어붙은 표정은 풀리지 않았다. 그는 앉은 채로 엘러리를 가만히 노려보았다.

"아무래도 납득이 안 간다, 아벨."

아벨은 허리를 폈다. 그때 불가사의한 사태가 벌어졌다. 허리를 펴는 것과 동시에 그의 키가 쑥 커진 것처럼 보였고, 키가 커진 것과 동시에 은행가처럼 유순한 얼굴이 점점 가늘어지더니 급기야는 수척해 보였다. 그 얼굴은 형의 얼굴처럼 잔뜩 굳어 있었다.

두 형제는 한동안 서로를 노려보았다.

갑자기 킹 벤디고가 의자에서 일어났다. 그는 떨고 있었다.

"그 문제는 나중에 얘기하지. 퀸 씨, 지금은 당신 꿍꿍이속이 무언지 그게 더 궁금하오. 당신은 어디론가 사라졌다가 다시 나타났소. 알아낸 게 뭐요?"

"전부 알아냈습니다."

"전부 뭘?"

"중요한 건 다 알아냈습니다."

"장난이 아니야. 내가 맞은 총알은 어떻게 된 거요? 내가 알고 싶은 건 그거야. 잘난 체 말고 딱 부러지게 말해보라고. 그 속임수를 파헤치지 못했걸랑 어서 보따리 싸서 당신 아버지와 함께 이 섬을 떠나시오. 당신들 낯짝 보는 것도 이젠 지겨우니까."

"살인미수에 대해서도 얼마든지 말씀드릴 수 있습니다. 벤디고 씨."

엘러리는 풀 가장자리로 걸어갔다. 그러고는 오른손을 양복 주머니에 넣은 채 물을 내려다보면서 가만히 서 있었다. 칼라는 고개를 들고 엘러리를 바라보았다. 힐끔 남편을 한 번 쳐다보았다. 아벨은 이제 형을 보지 않고 엘러리에게 시선을 박고 있었다.

유다는 병을 움켜쥐고 여느 때와는 달리 온화한 눈길로 주위 사람을 바라보고 있었다.

경감은 뒷걸음질 쳤다. 어떤 희열을 느끼는 것 같았다. 그는 맥스 바로 옆에서 멈추었다.

엘러리는 주머니에서 오른손을 꺼내면서 킹 쪽으로 돌아섰다. 손에 작은 발터 권총이 들려 있었다.

"벤디고 씨, 이것이 두 개의 벽을 사이에 둔 지점에서 동생 유다 씨가 당신을 노린 무기입니다. 참 신기하기도 하지요. 유다 씨가 권총을 들었을 때 분명히 그 안에는 총알이 없었습니다. 그가 방아쇠를 당겼을 때도 총알은 나오지 않았습니다. 그런데도 탄도 검사에서는 스톰 박사가 당신의 가슴에서 빼낸 탄알이 이 권총에서 발사되었음이 틀림없다는 명명백백한 증거가 나타났습니다. 한번 보시겠습니까?"

킹은 무표정하게, 그러나 주의 깊게 듣고 있었다. 그는 풀 가장자리로 걸어가서 권총을 받으려고 손을 내밀었다. 엘러리의 오른손이 그 손으로 움직였다. 킹 벤디고가 좀 더 접근하자 엘러리의 왼팔이 앞으로 쭉 나오더니 킹의 목덜미 옆을 강하게 가격해 물속에 빠뜨렸다. 킹의 비명은 첨벙 소리에 묻혀버렸다.

엘러리는 빙글 돌아섰다. 단단히 움켜쥔 발터의 방아쇠에 손가락이 걸려 있었다.

"도울 생각은 마라. 15분 전에 장전을 했으니까."

엘러리가 말했다.

"움직이면 배에 구멍을 뚫어주마."

맥스 뒤에서 경감이 으름장을 놓았다.

맥스는 잠자코 있었다. 야수 같은 얼굴이 경련을 일으키고 있었다.

아벨은 쭈뼛거리면서 풀로 다가갔다. 유다는 엘러리만 보고 있었다. 칼라는 무릎으로 기어가다가 손을 뻗었다.

"벤디고 부인, 물러나 주십시오."

엘러리가 한쪽 눈으로 남자들을 보면서 말했다.

"얘야."

경감이 다급한 목소리로 말했다.

"아버지는 그쪽을 지키세요."

아버지가 뒤로 물러섰다. 손에 경찰용 권총을 쥐고 있었다.

엘러리는 다시 풀 쪽으로 돌아섰다. 벤디고는 소리를 지르면서 발버둥 치며 팔로 수면을 쳐댔다. 그는 물속으로 잠겼다가 바로 떠올랐다가 다시 가라앉기 시작했다.

엘러리는 풀 가장자리로 달려가서 손을 쭉 뻗었다. 그리고 가라앉은 남자의 머리끄덩이를 움켜쥐었지만 어찌 된 영문인지 남자의 몸은 스르르 빠져나갔다. 엘러리는 버둥거리는 손을 잡았다. 이번에는 놓치지 않았다. 잠시 뒤에 그는 킹을 풀 밖으로 끌어 올렸다.

킹은 끅끅거리면서 엎어졌다.

엘러리는 그를 내려다보았다. 손에는 여전히 발터를 쥐고서. 그는 두 번 다시 벤디고를 만지고 싶지 않았다.

한동안 킹은 사지를 쭉 뻗고 드러누워 있었다. 가쁜 숨을 몰아쉬었다. 그러더니 어렵사리 일어나서 돌아섰다.

이전의 킹이 아니었다. 엘러리의 손에 닿아 벗겨진 가발은 물 위에 둥둥 떠 있었다. 몇 오라기의 머리카락만 주변에 남아 있을 뿐 완전한 대머리였다. 얼굴도 달라져 있었다. 억센 뺨은 움푹 들어갔고 다부진 입도 모양과 윤곽이 달라져 있었다. 입가에 주름이 패어 있었다. 목살은 갑자기 뒤룩뒤룩해 보였다.

그러나 변화는 가발과 의치에서만 비롯된 것은 아니었다. 좀 더 중요한 무엇인가를 그는 잃었다. 검은 눈동자에서는 생기가 사라졌고 허리와 어깨에 힘을 불어넣어 주었던 자신감도 빠져나간 상태였다. 지금의 그는 맥없이 늘어진 노인에 지나지 않았다.

지쳐 오그라든 노인.

그는 아무도 쳐다보지 않았다. 그의 아내는 연민에 이끌려 자기도 모르게 다가서다가 곧 멈춰 섰다.

그는 비틀거리며 힘겹게 그들 사이로 지나갔다. 지켜보기가 민망할 정도였다. 휘청휘청 걸음을 내디딜 때 앞뒤로 건들거리는 기다란 팔은 그저 부속물에 지나지 않았다. 그는 희미한 물 자국을 뒤에 남겼고 그것은 뜨거운 태양 아래 금세 마르기 시작했다.

그들은 킹이 정원을 지나서 저택 뒷문으로 들어가는 것을 지켜보았다. 그는 고개를 들지도 돌리지도 않았다.

마침내 그의 모습이 사라졌다.

맥스는 고함을 지르더니 정원의 꽃을 짓밟으면서 저택을 향해 그대로 내달렸다.

실성한 사람 같았다.

칼라는 일어섰다. 이상하리만큼 차분해 보였다. 그녀는 아벨 벤디고에게 가서 그 옆에 섰다.

유다 벤디고도 두 사람 쪽으로 갔다.

잠시 뒤에 세 사람은 마치 입을 맞추기라도 한 것처럼 나란히 정원을 뱅 돌아 저택을 이루는 다섯 개의 동 중 하나로 들어가 퀸 부자의 시야에서 사라졌다.

"도대체, 도대체 뭐가 어떻게 된 거냐?"

경감이 말했다.

엘러리는 물 위에 게처럼 떠 있는 가발을 쳐다보고 있었다.

"가발을 쓴 줄은 저도 몰랐습니다. 의치도 몰랐고요. 나이가 천 살은 들어 보이네요."

경감은 권총을 들어 올렸다.

"자, 얘기해라. 그렇지 않았다간⋯⋯."

엘러리는 웃었다.

"여기서는 안 돼요. 드라이브나 하시죠."

15

그들은 저택의 거대한 복도를 통해 안뜰로 향했다. 와자지껄한 소리가 들렸다. 그 소리는 사방에서 들려오는 것 같았다. 하인과 일꾼들이 여기저기 설치며 다녔고 문들이 쾅쾅 닫혔으며 경비병들은 꽁무니가 닳도록 뛰어다녔다. 퀸 부자가 차를 주차해 놓은 곳은 교통 체증으로 몸살을 앓고 있었다. 무장한 홍보인 사부 요원이 그 체증을 풀려고 애를 쓰고 있었다. 그는 도와달라고 고래고래 소리를 질렀다. 얼마 뒤 체증은 풀리고 차량들이 문으로 들어가기 시작했다. 수많은 트럭이 꼬리를 물고 늘어져 있었다. 길 밖에서도 트럭과 승용차가 서로 먼저 저택 안으로 들어가려고 줄지어 있었다.

경감은 차창 밖으로 고개를 내밀었다.

"하늘 좀 봐라!"

하늘은 비행기로 가득했다. 비행기는 수송기, 3기통 여객기 등 모두 대형이었다. 신기한 것은 뜨는 숫자와 내리는 숫자가 얼추 비슷해 보인다는 점이었다. 섬은 비행기의 굉음으로 진동했다.

"웬 난리냐!"

"킹이 선전포고라도 내렸나 보죠. 낌새를 보니까 완전 출동

태세를 갖추고 있었던 것 같습니다. 단추 누르기만을 기다렸던 거죠."

앞으로 조금씩 차를 내몰면서 엘러리가 말했다.

"좀 전의 그 몰골로 봐서는 선전포고는커녕 주식 배당금 발표도 제대로 할 수 있겠던? 어디서든 꺾어야지 이 길로 가다간 죽도 밥도 안 되겠다. 노동절의 메릿 파크웨이보다 더 막히는구면."

저택을 둘러싸고 있는 숲 지대를 바로 벗어난 지점에서 엘러리는 거의 승마용 도로만 한 좁은 길을 발견했다. 거기에는 차가 없었기 때문에 그는 그리로 들어갔다. 뒤에서 트럭 운전사가 부럽다는 듯이 소리를 질렀다.

"이 길은 절벽 근처 어딘가로 이어질 거다. 항구 부근이겠지."

경감이 말했다.

"조용히 말씀하기에는 좋겠네요."

몇 분 뒤 부자는 절벽 가장자리에 차를 세웠다. 밑으로 항구가 보였다.

충격적인 장면이 거기 펼쳐지고 있었다. 항구는 갖가지 길이와 크기의 배로 꽉 차 있었다. 순양함 벤디고호는 만 입구와 상당한 거리를 둔 해상으로 물러나, 퀸 부자가 이제까지 한 번도 보지 못한 경순양함과 나란히 정박해 있었다. 보트가 승객을 태우고 부지런히 오갔고 대형 잠수함 몇 척의 포신이 수면으로 솟아 있었다. 부두에는 나무 상자가 수북이 쌓여 있었다. 사람들이 상자를 빠른 속도로 운반하고 있었다. 섬 내부에서 항구로 뻗어 내려오는 길은 마치 개미가 지나간 흔적 같았다. 전체

항구에서 들끓는 소음은 시시각각 커져만 갔다.

"뭔 일인지는 몰라도 준비 하나는 단단히 했구나. 이 섬에 웬 변고라도 생긴 거냐? 너하고는 상관없는 일이냐?"

경감이 고개를 갸웃했다.

"그럼요. 있을 리가 없지요. 제가 라이츠빌에서 가져온 걸 보시겠어요?"

"가져와?"

엘러리는 뒷좌석으로 손을 뻗어 그날 아침 비행기에서 들고 내린 트렁크를 열었다. 옷가지 위에 마닐라지 봉투가 얹혀 있었다. 그는 그것을 집었다.

"라이츠빌에서 제가 한 작업이 이겁니다. 한번 읽어보세요. 끝까지."

엘러리는 봉투를 열면서 말했다.

그것은 두툼한 서류였다. 경감은 항구 쪽을 힐끔 보면서 그것을 받았다. 그러더니 고개도 들지 않고 천천히 읽었다.

아버지가 읽고 있는 동안 엘러리는 항구를 보았다. 수상비행기들 한 떼가 만으로 내려 혼란을 더하고 있었다. 수상기는 승객을 태우고 있었다. 경감이 서류를 미처 다 읽기도 전에 그 수상기들은 항구의 교통경찰인 듯한 고속정들이 뚫어준 비좁은 수로를 질주해 이륙했다.

마지막 장을 읽은 경감은 눈 아래 펼쳐진 광경을 믿을 수 없다는 듯이 망연히 바라보았다.

경감이 불쑥 입을 열었다.

"그 사람 권력이 이 정도였을 줄은 몰랐다……. 이게 다 진짜냐?"

"거짓말은 일언반구도 없습니다."

"나같이 어수룩한 사람도 믿어지지가 않는다……. 너무 어마어마한 규모야. 한데 애야, 너는 분명히 전부 다 알아냈다고……."

경감은 엘러리가 서류를 차곡차곡 챙겨서 봉투에 집어넣는 것을 보면서 말했다.

"말씀드렸지요, 예. 지금도 똑같이 말씀드릴 수 있습니다. 이 지옥의 섬에서 일어난 일은 전부 다 서류 안에 있어요. 세세한 방법이나 정황은 적혀 있지 않지요. 하지만 배경과 동기는 기재되어 있습니다."

엘러리는 봉투를 뒷좌석으로 던졌다. 그러고는 유다의 발터 권총을 주머니에서 꺼내 방풍 유리 너머로 먼 바다의 중순양함을 멍하니 겨누었다. 엘러리는 방아쇠를 당겼다. 경감은 머리를 수그렸다. 그러나 아무 일도 일어나지 않았다. 총알이 들어 있지 않았던 것이다.

"유다의 기적을 예로 들까요? 그건 전혀 문제 될 것이 없었습니다. 그걸 문제로 만든 것은 그 불가능성 때문이 아니라 거기에 관여되어 있는 사람들의 입장 때문이었지요. 1897년부터의 벤디고 집안 식구들의 과거 모습과 현재 모습을 담은 이야기를 알아내기 전까지는 불가능하다고 생각했지만 이젠 달라졌어요……. 그 이야기가 저 봉투 안에 있습니다. 사람은 더는 문젯거리가 되지 않았습니다. 커다란 문제가 해결된 거예요."

경감은 아무 말 하지 않았다. 그는 이해하지 못했지만 조만간 이해하게 되리라는 걸 알고 있었다. 지금까지 이런 일을 수십 번도 더 겪었던 것이다. 그래도 불안한 마음은 영 가시지 않았다.

"그럼 유다의 기적의 물리적 측면을 짚어볼까요? 그건 너무나도 단순한 기적이었습니다. 어떤 사람이 장전되지 않은 권총을 두꺼운 벽에 겨눈다. 남자들이 꽉 들어찬 복도와 또 하나의 두꺼운 벽을 사이에 두고 맞은편 방에 있던 사내가 흉탄을 맞고 쓰러진다. 총알이 없는 권총에서 총알이 나왔을 리 만무합니다. 설령 나왔다고 하더라도 벽 두 개를 뚫었을 리가 없어요. 따라서 유다는 킹을 쏘지 않았습니다. 아무도 킹을 쏘지 않았습니다……."

경감은 흠칫했다.

"기밀실 밖에서는 말입니다. 그건 불가능해요. 킹은 저 방 안에서 맞은 겁니다. 총에 맞기 3분 30초 전에 저는 그의 무사한 모습을 보았어요. 아버지도 보셨지요. 그가 문을 닫았을 때 열쇠가 자동적으로 채워지는 것까지 우리는 확인했습니다. 그리고 12시 조금 지나서 우리가 방에 들어갈 때까지 그 문은 한 번도 열리지 않았다는 걸 아버지께서 단언하셨지요. 문이 열린 건 그때뿐이었습니다. 결론은 킹이 안에서 맞았다는 겁니다. 그것밖에 없습니다. 다른 가능성은 없어요."

"그것도 불가능하니 문제가 되는 거지."

아버지가 말했다.

"다른 가능성은 없습니다."

엘러리가 반복했다.

"때문에 불가능으로 보이는 건 착각입니다. 그는 방 안에서 맞았어요. 그게 사실이라면 총을 쏜 사람은 하나밖에 없습니다. 방 안에는 둘뿐이었어요. 둘 이상 또는 둘 이하. 또 다른 둘이 있었을 가능성은 그런 상황에서는 전무합니다. 방에 들어가 죽 그 안에 있었고 우리가 들어갔을 때 있었던 사람은 킹과 칼라뿐이었습니다. 킹이 자신을 쏘았을 가능성은 없습니다. 와이셔츠에 화약 자국이 없었으니까요. 결국 칼라가 쏜 겁니다."

"칼라한테서는 권총이 발견되지 않았다."

"그것도 착각입니다. 우리는 왜 칼라가 권총을 갖고 있지 않다고 단정 지었을까요? 그것은 권총을 찾아내지 못했기 때문이었습니다. 그러나 현실적으로 칼라는 남편을 쏘았습니다. 따라서 우리의 수색이 잘못되었던 겁니다. 칼라는 권총을 갖고 있었음에 틀림없습니다. 그리고 우리가 방으로 들어가서 의식불명이 된 킹을 발견할 때까지 그 권총이 방 밖으로 나갈 수는 없었기에 우리가 들어갔을 때는 아직 방 안에 있었습니다."

"문도 금세 닫았지. 우리가 수색을 하는 동안 누구도 방 밖으로 나갈 수 없었다. 우리는 방 안의 모든 물건과 모든 사람을 조사했어. 그리고 한 사람이라도 문밖으로 나갈 때는 다시 몸 수색을 했지. 물건 하나라도 밖으로 나가면 반드시 조사했다. 그런데도 우리는 권총을 찾지 못했다. 엘러리, 그건 불가능해. 난 거기서 막혀버린다. 그 총이 방 안에 있었다면 왜 우리가 찾지 못했겠니?"

"총이 숨겨진 곳을 들여다보지 않았기 때문이지요."

"우린 죄다 보았다!"

"그렇지 않습니다. 하나 빠뜨렸어요."

"어찌 되었든…… 네가 문에다 발라놓은 밀랍을 킹이 떼어낸 건 유감스럽게 됐다. 어쩌겠니, 지금쯤은 방 밖으로 누군가 들고 나갔을 텐데."

"제가 밀랍으로 봉하기 전에 밖으로 반출되었습니다."

"그건 말도 안 돼! 우리가 조사하지 않은 것은 없어. 네가 밀랍을 붙여놓기 전에는 단 하나도 밖으로 나가지 않았다!"

경감이 소리 질렀다.

"방문을 잠그고 그것을 밀랍으로 봉하기 전까지 밖으로 나간 것은 모두 조사했다고 서도 생각하고 있었습니다. 하지만 나중에, 우리가 분명히 그리고 절대로 조사하지 않았던 물건이 밖으로 나가도록 허용했다는 사실을 깨달았습니다."

"문밖으로 나가는 사람은 빠짐없이 조사했다니까. 심지어는 총격을 당한 사람까지 포함해서 말이야. 킹이 누워 있던 수술대도, 스톰 박사의 수술 도구가 들어 있던 가방도, 그가 갖고 들어온 기구도 빠짐없이 조사했다. 그건 인정하니?"

경감이 화난 목소리로 말했다.

"예."

"그렇다면 웬 뚱딴지같은 소릴 하는 거냐? 그것 말고는 아무것도 나간 게 없어!"

"딱 하나 있지요. 우린 그걸 조사하지 않았어요. 따라서 총은 그 안에 숨겨져서 밖으로 나간 거예요."

"그게 뭐냐?"

"범행 뒤 우리가 방에 모여 있었을 때 유다가 서류함에서 꺼냈던 세공자크 코냑 병이에요."

퀸 경감은 아연했다.

"권총이 코냑 병 안에 숨겨져서 반출되었다고? 권총이? 병 안에? 너 어떻게 된 것 아니냐? 멀쩡한 권총을 그 좁은 주둥이로 집어넣었다는 게 말이 되냐? 바보 같은 소리. 게다가 그 병은 새것이었다. 네 손으로 인지와 밀랍을 벗기고 코르크를 빼지 않았니."

"분명히 그랬지요. 저도 그것 때문에 헷갈렸어요. 한데 그게 바로 계략이었던 겁니다. 아무리 이상하다, 이상하다 우겨도 사실은 사실입니다. 그 방에 권총이 있던 것도 그 권총이 밖으로 나간 것도 틀림없는 사실입니다. 그리고 조사를 받지 않은 채 밖으로 나간 것은 유다의 코냑 병뿐입니다. 권총은 술병안에 들어 있었던 거예요. 그 사실을 우리가 인정한다면 당연히……."

"인정해? 불가능한 것을 인정하란 말이냐? 너는 두 개의 불가능성으로부터 벗어나려고 발버둥 치다가 제3의 불가능성에 갇혀버렸어."

"그 사실을 받아들이면 운반 용기로서의 병은 불가능한 것이 아니라 가능한 것으로 성격이 바뀝니다. 어떻게 하면 병 안에 권총을 숨길 수 있을까? 우선 세공자크 병을 보기로 하죠."

엘러리는 다시 가방에 손을 넣어 술병을 꺼냈다.

"저의 한심함을 일깨우기 위해 여행 내내 이 병을 갖고 다녔지요. 세공자크 병은 모양도 크기도 하나이기 때문에 이것은 유다가 기밀실에 숨겨두었던 병과 같다고 볼 수 있을 겁니다.

분명히 이 병의 주둥이는 평범합니다. 오히려 일반적인 병보다 목이 좀 가늘다고 볼 수 있지요. 때문에 권총을 병의 주둥이와 목을 통해서 넣을 수는 없습니다. 아버지 말씀이 맞지요. 하지만 밑바닥은 넓습니다. 세공자크 병은 종 모양이지요. 탄도 검사 결과 범행에 쓰인 것으로 판명된 이 25구경 권총의 크기는 얼마나 될까요? 별로 크지 않습니다. 아주 작습니다. 총신의 길이가 불과 2.5센티미터이고 권총 전체의 길이가 10센티미터도 채 되지 않아요. 병의 바닥이 넓고 권총의 크기가 작다는 점, 그리고 세공자크 병의 빛깔이 안이 보이지 않을 만큼 짙은 녹색이라는 점을 고려하면 불가능하다는 단정은 사라지고 단순 명료한 답변만이 남습니다."

엘러리는 병을 옆으로 휙 던졌다.

"그날 밤 기밀실 서류함에서 유다가 꺼낸 병은 특수 제작된 것이었습니다. 이중 바닥이었던 거지요. 그 이중 바닥에는 부드러운 천 같은 것을 대어 소리가 나지 않게끔 했을 겁니다. 불투명한 유리병의 이중 바닥에 숨긴 권총을 육안으로 찾아내기는 쉬운 일이 아니지요. 게다가 안에 부드러운 천을 대놓았기 때문에 제아무리 병을 흔들고 움직여도 소리는 나지 않습니다. 그런 장치를 한 다음 교묘하게 인지를 붙이고 밀랍으로 봉한 것입니다. 감쪽같이 속아 넘어갈 수밖에요."

"여자가 쏘았다……. 남자가 서랍에서 병을 꺼냈다……. 그럼 칼라와 유다가 공모했다는 게냐?"

엘러리는 항구를 내려다보면서 고개를 끄덕였다.

"두 사람 모두 각자 맡은 역할이 있었고 주도면밀하게 그것을 준비했습니다. 유다는 협박장을 써서 보내고 총알 없는 권총으로 저격하는 장면을 자못 심각하게 천부적 재능으로 연기한 거죠. 사전에 어디 있다는 걸 미리 우리에게 가르쳐준 그 권총으로 말입니다. 한편 진짜 총을 쏘게 되는 기밀실에서는 칼라가 방아쇠를 당겼지요. 긴장한 나머지 암살에 실패했지만 말입니다. 그리고 문제의 이중 바닥에 총을 숨기고 다시 병을 서류함에 넣은 다음 '기절'한 거예요. 두 사람은 공범입니다……."

"잠깐만. 킹은 유다의 권총으로 피격당했다. 범행 뒤 네가 유다의 책상에서 집었고 지금 네가 쥐고 있는 권총으로 말이다. 그것은 탄도 검사에서 증명되었어. 그런데 그 권총은 유다의 서재에 있었다! 기밀실 안에 없었던 권총으로 칼라가 어떻게 킹을 쏘았다는 거냐?"

"킹이 실제로 총에 맞았을 당시로 돌아가 보지요. 칼라는 일에 몰두해 있는 남편을 쏘았습니다. 그는 누구에게 총을 맞았는지도 모르고 의식을 잃었지요. 칼라는 병의 이중 바닥에 총을 숨겼습니다. 우리가 방에 들어간 뒤 유다는 서랍에서 병을 꺼내 그 뚜껑을 저더러 열게 했고(얼마나 대담한 행동입니까!) 그 안의 술을 마셨고, 그러고 나서 병은 우리 눈앞에서 방 밖으로 나간 겁니다.

다른 사람들이 나간 다음 아버지와 저는 뒤에 남아서 이미 방 안에는 없는 권총을 찾느라 다시 한 번 헛고생한 거지요. 그 사이에 병 안의 권총을 밖으로 내간 인물은 복도 맞은편의 유다의 서재로 들어가서 문을 잠그고 이중 바닥에서 총을 꺼낸 다음…… 그 진짜 권총, 그러니까 기밀실에서 킹을 쏜 권총을 책상 위에 놓아 나중에 우리 눈에 띄게끔 만든 거지요. 12시에 유다가 쏘는 시늉을 했던 권총은(거기에 탄알이 들어 있지 않았습니다.) 그때 치운 겁니다. 아버지와 제가 기밀실에서 마지막 수색을 마치고 나서 문을 잠그고 밀봉한 다음 유다의 서재로 들어갔을 때는 권총의 교체가 이미 완료된 뒤였지요. 제가 유다의 책상에서 집은 권총은 이미 유다가 그날 밤 눈속임으로 쏘는 척했던 권총이 아니었습니다. 그것은 칼라가 기밀실에서 킹을 쏜 총으로 바뀌어 있었습니다."

"그럼 똑같은 권총이……."

"외견상으로는 그렇지요. 모양도 구경도 같은 총을 두 자루 구입한 다음 손잡이 부분의 상아 장식을 똑같은 모양으로 벗겨내기는 쉬운 일입니다. 하지만 두 권총의 내부 구조에 관한 한 탄도 전문가의 눈을 속일 수는 없고, 그들은 우리가 탄도 검사를 의뢰할 것이라는 사실을 훤히 내다보고 있었어요. 똑같은 권총이 두 자루 필요했던 이유는 바로 그 때문입니다. 실제로는 권총이 두 자루 있었음에도 불구하고 교묘한 눈속임으로 권총은 하나밖에 없었다는 착각을 조장해, 따라서 불가능한 범죄라는 착각을 완성한 거지요."

"도대체 왜? 왜 불가능 범죄로 치장할 이유가 있었을까?"

"그건 불가능한 범죄, 다시 말해서 도저히 일어날 수가 없는 범죄라면, 설령 누군가가 총에 맞았다고 하더라도 범인은 발견되지 않고, 또 발견된다 하더라도 기소를 면할 수 있으니까요. 기밀실 밖에서 우리가 본 권총이 킹을 향해 실내에서 발사된 총이라는 점이 분명해지면 밖에 있던 유다도 안에 있던 칼라도 범인으로 몰릴 가능성은 없거든요. 아무리 의심을 하고 상상력을 동원해보아도 어떻게 범행을 실행했는지가 증명되지 못하는 한 두 사람은 안전합니다."

엘러리는 작은 권총으로 핸들을 가볍게 두드리면서 눈 밑에서 펼쳐지는 분주한 광경을 뚫어지게 보았다.

"킹이 정말 동원령이라두 내린 게 아닌지……."

그러나 아버지는 아들의 말을 듣고 있지 않았다.

"칼라가 병 안에 총을 넣고 유다가 서랍에서 병을 꺼냈다……. 유다가 밖으로 병을 가지고 나간 기억이 없는데. 칼라도 안 갖고 나갔다. 그렇다면……."

경감은 곤혹스러운 듯이 아들을 바라보았다.

"아벨이지요. 분통을 터뜨리면서 유다의 목덜미를 움켜잡고 욕설을 퍼부은 아벨이지요……. 그는 유다의 손에서 세공자크 병을 빼앗아 그것을 들고 밖으로 나갔어요. 그렇다면 유다의 서재로 들어가 권총을 바꿔치기한 사람은 아벨이 됩니다. 진상은 그렇습니다. 아벨도 한 패였어요. 시시껄렁해 보이는 일 때문에 아벨이 우리를 여기로 데려온 것도 사실은 이유가 있습니다. 우리의 역할은 바깥 세계의 대표로서 '불가능 범죄'를 목격하는 것이었습니다. 나중에라도 유다와 칼라의 혐의점을 벗겨낼 수 있는 사실을 증언해주길 바랐던 거지요."

16

퀸 경감은 아무 말 없었다.

"세 사람이 공범이었습니다. 유다와 칼라와 아벨. 부인과 두 시동생. 역사상에 흔히 등장하는 암살 구도지요. 아벨이 주도하고 두 사람은 명령대로 움직인 겁니다."

엘러리가 항구를 내려다보면서 말했다.

"그래. 주동자는 아벨이다. 유다는 너무 감성적이고 칼라는 그런 계획을 세울 여자가 못 된다. 아벨은 머리가 비상하지."

엘러리는 고개를 끄덕였다.

"비상하지요. 늘 이성에 따라 행동하는 남자지요. 그는 형을 조종하고 있었습니다."

"뭐라고?"

"우리가 이 섬에 처음 왔을 때도 그랬지요. 다만 아버지와 제가 깜빡 지나쳤을 뿐입니다. 아벨이 우리를 응접실에 대기하게 하고 킹의 집무실에 들어갔을 때 방 안의 대화를 엿들은 기억이 나실 겁니다……. 남미 어느 나라의 국방장관한테 킹이 불같이 화를 내는 바람에 미묘한 상담이 거의 깨질 뻔했지요. 그런데 킹이 돌연 화를 거두고 아벨한테 의견을 물었고 아벨이 뭐라고 소곤거리면서 전갈을 건넸습니다. 그러자 킹은 곧 수그

러들었습니다. 상담은 훌륭히 끝났어요. 장관에게 요트 두 척
을 넘기는 대신 바디젠 군수회사의 자회사인 게레라 공장이 접
수되는 것을 면한 겁니다.

그리고 몇 분 뒤에 킹은 다시 충돌을 일으켰지요. 이번 상대
는 고양이 같은 유럽의 국방장관이었습니다. 장관은 발끈해서
자기 나라로 돌아가겠다고 고집을 피웠지요. 그런데 아벨과 몇
마디 수군거린 뒤 킹은 다시 상담을 매듭지어 무기 매매계약은
다시 한 번 탈 없이 성사된 것입니다. 아벨이 입을 다물고 있으
면 킹은 좌충우돌이지만 아벨이 몇 마디 훈수를 던지면 상담의
달인으로 바뀌는 겁니다."

엘러리는 시끌벅적한 항구를 내려다보았다.

"아버지, 제가 작성한 보고서를 떠올려주세요. 1919년에서
1924년까지, 말하자면 단독 비행을 하고 있던 케인 벤디고는
세 번 모두 도산했습니다. 그뿐인가요. 아버지한테 물려받은
기반이 단단한 사업체도 눈 깜빡할 사이에 말아먹은 겁니다.
그 뒤 그의 사람 됨됨이에 끌린 라이츠빌 유지들의 도움으로
군수공장을 시작했을 때는 눈부신 성공을 거듭했습니다. 그가
혼자서 사업을 했습니까? 아니, 그렇지 않습니다. 아벨이 대학
을 중도 포기하고 사업에 나선 겁니다. 약관 스무 살의 아벨이
요! 그 이후로 킹의 사업은 순조롭게 풀려나가고 아벨은 형의
곁을 떠나지 않았습니다.

킹은 야심만만한 사람입니다. 그 자신이 잘 알고 있지요. 하
지만 뚜렷한 목적의식은 있을지 몰라도 그것을 이루기 위한 계
획을 입안하고 구체적 작업을 진행하는 능력은 없지요. 실무는
아벨이 도맡았습니다. 중요한 일은 아벨이 사실 다 한 거예요.

거창한 아이디어는 있을지 몰라도 아벨이 없으면 킹은 신문 하나 제대로 팔지 못할 위인입니다. 아벨이 없었더라면 그는 세계 최고의 권력자가 될 수 없었어요."

경감은 고개를 가로저었다.

"그래도 아직 이해가 안 간다. 칼라와 유다가 킹을 등지는 건 납득이 가. 칼라는 고상한 여자지. 결혼하고 바로 남편의 본성을 알아차렸을 거야. 권력욕에 사로잡힌 사내라는 걸 말이야. 우리가 모르는 킹의 또 다른 무시무시한 계획들을 알아냈는지도 모르지. 유다는 절망한 예술가 타입이라고나 할까. 그래도 인간에 대한 깊은 이해력을 갖고 있지. 자기 형을 사상 최대의 학살자로 여기고 있어. 자기 입으로 그렇게 말하지 않더냐. 그래서 유다도 칼라도 악몽 같은 이 섬에서 벗어나고 싶었겠지. 저 지긋지긋한 군수공장과 원자력 공장의 매연으로 오염된 이 섬에서……

이 두 사람의 기분이라면 이해가 간다. 하지만 아벨은 27년 동안 형의 사업을 적극적으로 도왔어. 그 성공은 전적으로 아벨의 공이라고 너도 조금 전에 말했다. 너는 그 친구가 자신의 야심을 이루기 위해 형을 죽였다고 생각하는지 모르겠다만 나는 그 생각에 동의할 수 없다. 아벨 같은 사람은 항상 무대 뒤에 숨어 있는 걸 좋아하는 타입이야. 좀처럼 무대 위로 나설 사람이 아니란 말이다.

거기다가 네 보고서…… 그걸 읽으면, 아벨이 라이츠빌에서 크던 어린 시절부터 형 케인을 숭배해왔음을 알 수 있다. 아벨이 일곱 살 때 형 덕분에 목숨을 건진 이후로 말이야. 네 이야기는 이해가 안 간다, 엘러리. 도저히 납득이 안 가."

"납득이 가실 겁니다. 그 사건의 진상을 아시게 되면요."

엘러리가 말했다.

"진상이라니?"

아버지는 놀란 표정을 지었다.

"체육관에서 킹이 권투 글러브 안에 들어 있던 유다의 협박장을 발견하고 놀란 나머지 발을 헛디뎌 물속에 빠진 일 기억하시죠?"

"그래."

"그때 이상하다고 생각하지 않으셨어요? 물에 빠져서 허우적거리던 거 말이에요. 하마터면 죽을 뻔했잖아요. 그 사건이 제 마음에 계속 걸리더라고요. 그런데 저는 라이츠빌에서 킹의 젊은 시절 운동선수로서의 활약상을 자세히 조사했지요. 그는 만능선수여서 거의 모든 운동을 했습니다. 미식축구, 야구, 권투, 레슬링, 육상. 그런데 수영과 관련된 분야에서는 한 번도 킹의 이름을 보지 못했어요. 게다가 오늘 그 사람의 의상도 조사했지요. 별의별 옷이 다 있었지만 단 하나 없는 게 있었습니다. 단 한 장의 수영복도, 단 하나의 수영 용품도 없었어요."

"그래서 물에 빠뜨린 거구나!"

"다시 한 번 확인하기 위해서였지요. 이번에도 까딱 잘못하면 죽을 뻔했어요. 아벨의 범행 동기는 그 점과 관련 있을 겁니다. 아버지, 킹은 수영을 못해요."

"하지만…… 수구 우승 트로피에는 분명히 케인 벤디고라고 적혀 있었다. 수영을 못하면서 어떻게 수구를 할 수 있겠니. 그는 수영할 줄 안다!"

"케인 벤디고라는 이름은 새로 판 겁니다. 칼라도 말했어요.

원래 카인이라는 이름을 케인으로 바꾸고 나서 수구 트로피를 받았을 때 전의 이름으로 되어 있는 것을 새 이름으로 바꾸었다고. 칼라는 이 사실을 남편한테서 들었다고 분명히 말했습니다……. 아버지, 우리는 그 남자가 수영을 못한다는 증거를 벤디고 섬에 오고 나서 두 번이나 목격했어요. 따라서 그 트로피의 이름을 고친 사실에 대해서 킹은 부인에게 거짓말을 한 겁니다. 그건 킹이 받은 트로피가 아니에요. 다른 사람한테서 선물로 받은 거겠지요. 그리고 이름은 카인에서 케인으로 바꾼 것이 아니라 다른 사람의 이름에서 케인으로 바꾼 겁니다.

가발과 의치를 한 그 허울 좋은 대실업가는 지난 40년 동안 거짓말을 해온 거예요. 킹이 지금 수영을 못한다면 1911년에도 했을 리가 만무하지요. 수영은 한번 배우면 절대 잊어버리지 않는 운동이거든요. 따라서 그날 라이츠빌의 계곡물로 뛰어들어 아벨을 구한 것은 킹이 아니었습니다. 그럼 도대체 누구였을까요? 현장에는 세 사람밖에 없었고 물에 빠진 것은 아벨이었습니다. 그렇다면 아벨을 구한 것은 유다일 수밖에 없습니다. 유다가 수영을 한다는 것은 아버지도 저도 알고 있습니다. 킹이 풀에 빠졌을 때 유다가 그 안에서 헤엄치고 있던 걸 봤으니까요."

"유다가 아벨을 구했는데 킹이 그 공을 가로챘다는 말이로구나."

엘러리는 담뱃불을 붙이면서 말을 이었다. 그는 성냥을 창밖으로 던졌다.

"그것도 간단히 설명이 됩니다. 기록에 따르면 케인은 벌써 열네 살 때부터 포악하고 뻔뻔스러운 성격을 갖고 있었습니다.

유다는 약하고 마음이 여렸기 때문에 입을 막기도 수월했겠지
요. 킹은 의도적으로 동생의 공을 가로챈 것입니다. 그리고 그
공을 기리는 메달을 받고 당당히 연설까지 한 거예요. 생각나
세요? 킹이 겸손하게도 자기는 '메달을 받을 자격'이 없고 '누
구라도' 그런 일을 했을 거라고 말한 사실을. 이렇게 킹은 동생
의 명예를 가로챈 이후 스타로 군림해온 겁니다. 어떤 분야에
있어서든 말입니다. 40년 전인 1911년에 라이츠빌이라는 작은
동네에서 일어난 작은 사건에 벤디고 형제 한 사람 한 사람의
성격이 그대로 반영되어 있었습니다.

먼저 킹의 경우, 그는 내심 두려워하고 있었습니다. 그는 물
이라면 벌벌 떠는 타입이었을 테고 지금도 그렇습니다. 모든
운동에 뛰어나면서도 모든 운동의 기본이라고 할 수 있는 수
영을 못하는 소년……. 거기에는 커다란 심리적 이유가 있었
을 겁니다. 그는 진실을 알고 있었던 거지요. 자기는 영웅이 아
니라 비겁한 인간이라는 사실을요. 하지만 그 사건으로 자신이
수영의 명수라는 사실이 공식화되자 물에 대한 두려움은 더
욱 커졌을 테고 그는 자신이 나아갈 길을 정해버린 겁니다. 그
괴로운 진실을 세상에게도 자기 자신에게도 은폐하지 않으면
안 되었던 거지요. 그러기 위해서 그는 자신을 대단히 공격적
인 사람으로 포장했지요. 과대망상으로 흘러가기 딱 좋았던 그
공격성이 아벨의 충실한 보필 덕분에 지금의 권력으로 꽃필 수
있었던 겁니다."

"그러니까 아벨은 형에게 진 빚을 이제까지 갚은 거로군."
경감이 중얼거렸다.

"그렇습니다. 아벨은 정신을 잃었기 때문에 누가 자기를 구

했는지 알 수가 없었지요. 아직 어린아이였기 때문에 영웅인 형의 이야기를 곧이곧대로 믿었지요. 결국 아벨은 40년 가까이 형을 자기 생명의 은인이라고 믿고 형을 위해서 몸 바쳐 일해 온 거고요.

그리고 유다인데요. 유다는 형한테 폭력이나 협박으로 입막음을 당했겠지요. 유다는 그 십자가에 얽힌 이름 때문에 12년 동안 아버지뿐 아니라 못된 친구들에게 괴롭힘을 당해야 했던 아이입니다. 왜소한 유다가 형과 싸워서 이길 수는 없었지요. 감히 진실을 말할 엄두가 안 났겠지요. 자기의 공을 빼앗아 간 불한당에게 찬사가 쏟아지는 것을 맥없이 보고 있을 수밖에 없었습니다. 유다에게 남은 길은 단 하나, 더욱 자기만의 세계로 빠져드는 것이었습니다. 설상가상으로 유다에게는 마조히스트 기질이 있었습니다. 그 증거는 보고서에도 담겨 있습니다. 유다는 마음 한구석에서 순교자로서 자신의 역할을 즐기고 있었던 겁니다……

그런 사람이 닻을 내릴 수 있는 곳은 딱 하나뿐이지요. 술입니다. 유다는 여느 알코올 중독자가 술을 마시는 이유와 똑같은 이유로 술을 마십니다. 술로 불행을 견디는 거지요."

"아벨은 어떻게 진실을 알게 되었는지 궁금하구나……"

"그보다는 그가 어떻게 그렇게 오랫동안 모르고 있었을 수가 있었는지 그게 사실은 더 궁금한 건지도 모릅니다. 아벨이 그처럼 오래 형 옆에서 같이 생활하고 일을 하면서 형이 수영을 못한다는 간단한 사실을 몰랐다는 것은 도저히 믿어지지가 않습니다. 하지만 생각해보면 딱히 믿어지지 않는 것도 아니지요. 그건 아벨의 맹점이기도 합니다. 아벨은 일곱 살 때 이미 형이 수영할 줄 안다는 것을 '알고' 있었습니다. 충격적인 강렬한 체험 때문에 머릿속 깊이 그 사실이 박혀 있었던 거지요. 그리고 킹도 교묘히 연막을 뿌렸을 겁니다. 칼라가 우리한테 뭐라고 했습니까? 맥스와 레슬링이나 권투를 하는 것 외에는 킹이 운동하는 걸 본 적이 없다고 분명히 말했습니다. 그들은 보통 사람은 상상도 할 수 없을 만큼 바쁜 생활을 해왔고 게다가 아벨은 운동을 그다지 즐기지 않는 타입입니다."

"그럼 아벨이 진실을 알게 된 것은……."

"유다가 아주 심하게 취했을 때 말했겠지요. 그때 아벨에게 필요한 것은 시험을 해보는 것뿐이었습니다. 오늘 제가 한 것처럼……. 그 순간 아벨의 내면에서 모든 게 무너져 내린 거지요. 40년간 형을 숭배하면서 받들었는데 그 형이 거짓말쟁이, 아니 그보다 훨씬 악질의 사기꾼이란 사실을 돌연 깨달았다……. 세상이 뒤집히는 기분이 들었겠지요. 킹을 숭배한 나머지 형의 결점이 보이지 않았던 아벨은 그 사실을 안 순간 눈이 뜨인 겁니다. 그래서 아벨은 일련의 계획을 세웠겠지요. 형에게 보고하지 않은 최초의 계획을요."

엘러리는 입을 다물었다. 두 사람은 눈 아래 광경을 바라보면서 묵묵히 앉아 있었다. 보트가 바쁘게 오가고 배는 짐을 싣고 차와 트럭은 절벽에서 꾸역꾸역 몰려 내려오고 있었다. 수상비행기는 승객을 가득 태우고 날아오르고 있었다…….

"도대체 뭐 하자는 짓일까? 아버지, 아무래도 대대적인 탈출 작전이 시작된 모양이에요."

엘러리가 먼저 입을 열었다.

"그 사람 어디 있나……."

"누구요?"

"왕 말이다. 혼자 있을까?"

"왜요?"

"혼자 있으면 안전하다고 볼 수 없으니까."

"괜찮아요. 맥스가 따라가는 걸 보셨잖아요. 맥스는 충격 사건 이후로 주인 옆을 한시도 떠나지 않고 있어요. 킹을 죽이려면 맥스를 먼저 죽여야 할 겁니다."

"맥스가 죽었다면?"

엘러리는 물끄러미 아버지를 쳐다보았다. 그러더니 허겁지겁 시동을 걸고 차를 출발했다.

17

경비병들은 킹 집 안 거처에서 자취를 감추고 없었다.

복도에는 사람 그림자 하나 보이지 않았다.

"중앙 본부에 있는 모양이다."

경감이 말했다.

"아니죠. 무슨 일이 일어났으면 여기서 일어났을 겁니다!"

엘러리가 말했다.

두 사람은 문을 열고 안으로 들어갔다. 하인들의 모습도 보이지 않았다. 저택은 난장판이었다.

"맥스!"

경감이 소리 질렀다.

엘러리는 이미 킹 벤디고의 거처로 달려가고 있었다. 경감이 뒤쫓아 갔을 때 엘러리는 거대한 침실 입구에서 방 안을 들여다보고 있었다.

"맥스가 여기……."

경감이 말을 걸다가 중도에 멈추었다.

킹 벤디고가 침대 위에 단정히 누워 있었다. 머리는 베개 위에 얹혀 있었고 두 눈은 천장을 바라보고 있었다.

맥스는 그림자도 보이지 않았다.

벤디고 섬의 지배자는 그들이 마지막으로 본 차림새, 상반신
은 벗었고 아직 젖은 바지와 운동화를 신은 채로 누워 있었다.
피 세 줄기가 오른쪽 뺨을 타고 흘러내렸다. 오른쪽 관자놀이
에 구멍이 뚫려 있었다. 그 구멍은 거무스름하게 그을려 있었
으며 주위에는 화약이 묻어 있었다.

오른손에는 권총이 쥐어져 있었다. 그 손은 몸과 평행으로
침대 위에 얹혀 있었다.

킹의 집게손가락은 방아쇠에 걸려 있었다.

"스미스앤드웨슨 32구경이다. 한 방에 갔어. 자살 같은데……."
경감이 총을 들어 확인하면서 말했다.

"그렇게 생각하세요?"
엘러리는 중얼거리듯이 말했다.

"장님이라면 그렇게 보겠지. 총알이 들어가고 나온 각도를
봐라. 총알은 위에서 아래로 뚫고 갔어. 킹이 자살을 했다면 그
는 권총을 밑으로 확 꺾어서 들고 있어야 했다. 머리 위로 말이
야. 그런 위치에서 방아쇠를 당겨서 이런 상처를 내려면 오른
손 엄지를 방아쇠에 걸었어야 했을 거다. 집게손가락으로는 물
리적으로 불가능해."

엘러리는 고개를 끄덕였다. 그러나 아버지의 이야기에 귀를
기울이는 것 같지는 않았다.

"그렇게 준비를 하고 그렇게 시치미를 떼더니 끝내 다시 일
을 저질렀군요. 아벨은 너무 서두른 나머지 발사 각도에 신경
쓰는 걸 깜빡 잊은 모양입니다. 맥스는 어떻게 처리했을까요?"

"가서 직접 물어보자."

아벨은 킹 벤디고의 사무실에 있었다. 아벨과 유다와 칼라는 아직도 함께 있었다.

스프링 대령도 그 자리에 있었다. 대령은 사복 차림이었다. 멋진 제복을 벗고 주름투성이의 몸에 맞지 않는 옷을 입었기 때문에 그라는 것을 금방 알아보지 못했다. 그러나 잠깐에 지나지 않았다. 대령은 왼손에 다갈색 담배를 들고 역시 사복을 입은 남자들의 작업을 독려하고 있었다. 그들은 커다란 검은 책상 옆의 금고실을 바쁘게 드나들고 있었다. 들어갈 때는 빈손으로 들어갔다가 나올 때는 서류와 금이 든 상자와 자물쇠가 채워진 보석 상자 같은 것을 들고 나왔다.

금고실은 이제 거의 비어 있었다.

유다는 코트 차림으로 몸을 웅크리고 있었다. 칼라는 양장 차림에 긴 모피 코트를 입었다. 그녀의 얼굴은 붉게 상기되어 보였다.

아벨 벤디고는 죽은 형의 책상 앞에 앉아서 서랍 안을 조사하고 있었다. 옆에 한 남자가 말없이 빈 가방을 들고 있었고 아벨은 거기다 서류를 넣고 있었다.

대령과 부하들은 퀸 부자가 들어와도 반응을 보이지 않았지만 부인과 두 동생은 홱 고개를 쳐들었다. 아벨은 의자에서 일어나 옆의 남자에게 눈짓을 했다. 남자는 가방을 닫고 열쇠로 잠근 다음 열쇠를 주머니에 넣더니 그 가방을 들고 퀸 부자 옆을 지나 밖으로 나갔다.

"대충 끝났습니다."

스프링 대령이 총리에게 말했다.

"수고했소, 대령."

  남자들은 마지막 짐을 들고 밖으로 나갔다. 스프링 대령은 새 담배에 불을 붙이면서 그 뒤를 쫓았다. 퀸 부자 옆을 지날 때는 고개를 들어 미소 짓더니 어깨를 으쓱하고 그대로 사라졌다.

  "탈출입니까?"

  엘러리가 말을 걸었다.

  "그렇습니다."

  아벨이 대답했다.

  "벤디고 씨, 대규모 이동을 하시는 모양인데 책임은 누가 지는 겁니까?"

  경감이 물었다.

  "두 분도 준비하시는 게 좋을 겁니다. 몇 분 있으면 우린 출발합니다."

  아벨이 말했다.

  "그 전에 물어볼 게 있습니다. 맥스는 어디 있소?"

  "맥스? 경감님, 저는 모릅니다. 철수가 시작되었을 때 그 친구는 사라졌어요. 지금 수색대가 찾고 있습니다. 우리가 섬을 떠나기 전에 찾았으면 좋겠는데."

  아벨은 건성으로 대답했다.

  엘러리는 말없이 지켜보고 있었다.

  "그럼, 당신과 유다 씨와 벤디고 부인은 수영장에서 어디로 갔었습니까?"

  경감이 초조하게 물었다.

  아벨은 조금도 동요하는 빛을 보이지 않았다.

  "경감님, 분명히 말씀드리지만 우리 세 사람은 곧바로 중앙 본부로 왔습니다. 그때부터 죽 함께 여기 있었습니다. 그렇죠,

형수님?"

"네."

칼라가 대답했다.

"그렇지, 유다?"

"그래."

유다가 말했다.

"당신들이 이 방에서 나가지 않았단 말입니까? 한 사람도?"

경감이 물었다.

세 사람은 고개를 끄덕였다.

"스프링 대령과 부하들은 언제 이곳에 왔습니까?"

"불과 몇 분 전에요. 하지만 그거야 상관없지 않을까요? 우리 세 사람은 서로 증인이 되어줄 수 있으니까요."

아벨이 미소 지으며 말했다.

경감은 입을 다물었다. 그러더니 다시 말을 이었다.

"하긴 그렇군요. 서로 증인이 된다면 아무래도 상관없겠군요. 어쨌든 조의를 표합니다."

"조의?"

아벨이 반문했다.

"실례했습니다, 벤디고 씨. 형님께서 돌아가신 걸 알고 계신 줄 알았는데."

칼라는 돌아섰다. 그녀는 벽을 마주 보고 꼼짝하지 않고 서 있었다.

유다는 코트에서 작은 병을 꺼내 뚜껑을 벗겼다.

"알고 있습니다. 두 분이 알고 계신 줄은 몰랐습니다. 형이 죽었다는 보고를 몇 분 전에 받았습니다. 자살로 추정됩니다."

"살해되었습니다."

엘러리가 말했다.

두 사람은 오랫동안 서로를 노려보았다.

"조사할 시간이 있으면 좋겠지만…… 보시다시피 그럴 경황이 없습니다. 이해하시죠?"

엘러리는 대답하지 않았다.

아벨은 킹 벤디고의 책상을 빙글 돌아서 형수의 팔을 부드럽게 잡았다.

"가시죠."

"하지만 유해를 저렇게 놔두고……."

경감이 입을 열었다.

"형은…… 자기한테 어울리는 방식으로 매장될 겁니다."

아벨이 말했다. 아벨의 매서운 눈초리에 경감은 몸이 굳어지는 것을 느꼈다.

30분 뒤, 아버지와 아들은 짐을 들고 파도를 가르며 만을 벗어나는 보트 위에 올라 있었다. 그들 앞에는 벤디고 형제와 칼라를 태운 좀 더 큰 보트가 달리고 있었다.

퀸 부자는 말이 없었다. 경감은 생각에 잠겨 있었다……. 그것은 보트라든지 섬이라든지 사람을 혼란과 좌절에 빠뜨리는 방법으로 살인을 저지른 이들과는 전혀 관계가 없는 생각이었다. 한편 엘러리는 해안과 만의 이채로운 광경에 넋을 잃고 바라보았다. 그는 이토록 다종다양한 배가 그렇게 많이 몰려 있는 것을 본 적이 없었다. 폭탄만 떨어지지 않았을 뿐이지 제2차 세계대전 중 영국군의 됭케르크 철수 작전과 다를 바 없다고 엘러리는 생각했다. 섬 전체가 움직이면서 이 작은 항구에 사람들이 개미처럼 모여들고 있었다. 먼 바다에는 수많은 선박들이 파도에 가렸다 나타났다 하면서 마치 신호나 해가 떨어지기를 기다리는 듯이 위아래로 흔들리고 있었다. 머리 위로는 비행기들이 굉음을 울리면서 날고 있었다. 대부분은 섬을 떠나는 것이었지만 아직도 오고 있는 비행기도 있었다. 벤디고 제국의 선박과 비행기에 총동원령을 내린 것이 분명했다.

퀸 부자가 대형 순양함에 오르자 수병이 경례를 하고 해도실로 안내했다. 그곳에서는 벌써 벤디고 형제와 칼라가 망원경으로 멀어져가는 섬을 바라보고 있었다. 망원경 두 개가 엘러리 부자를 위해 준비되었다. 그들은 말없이 망원경을 집었다. 다섯 사람은 말없이 섬을 바라보았다.

활동은 눈에 띄게 줄어 있었다. 절벽 도로를 따라 내려오는 차량의 수도 감소했고 만 안에 있던 배도 거의 보이지 않았다. 부두는 아직 소란스러웠지만 막바지로 접어들고 있었다.

90분 뒤에 최후가 왔다.

마지막 배가 부두에서 멀어져 만 밖으로 나갔다.

도로에도 부두에도 사람은 하나도 보이지 않았다. 항구 이쪽 끝에서 저쪽 끝까지 움직이는 것은 하나도 없었다.

마지막 비행기가 섬 중앙에서 이륙하여 한 바퀴 선회한 다음 고도를 올리고 이어 기체를 수평으로 하여 하늘 저편으로 사라졌다.

파란색 제복에 금색 챙 모자를 쓴 붉은 얼굴의 남자가 들어왔다.

그는 아벨에게 보고했다.

"준비 완료입니다. 섬에는 이제 아무도 남아 있지 않습니다."

"적어도 한 사람은 남아 있지. 킹 벤디고."

퀸 경감이 말했다.

"형은 죽었습니다. 함장, 이제부터는 내가 지휘한다. 내 명령에 따르도록."

아벨이 침착하게 말했다.

"액스트 박사는?"

엘러리는 아벨의 팔을 붙들고 물었다.

"승선했습니다. 안전해요."

순양함 벤디고호는 천천히 대양을 향해 움직이기 시작했다.

그들은 이제 선미(船尾)의 난간에 기대어 벤디고 섬이 점점 작아지면서 빛깔과 윤곽이 희미해지는 모습을 지켜보았다.

순양함은 점점 속도를 올렸다. 바다는 잔잔했고 바람도 순했다. 소형, 중형, 대형으로 이루어진 선단은 전속력으로 달렸다. 그 대부분은 벌써 수평선 너머로 사라진 뒤였다.

엘러리는 꼼짝 않고 망원경으로 섬을 바라보고 있었다. 어디에도 움직임은 보이지 않았다. 살아 있는 것은 없었다.

섬에서 8킬로미터 정도 떨어지자 순양함의 속도가 떨어지고 파도가 일렁이기 시작했다. 배는 파도를 타고 천천히 위아래로 흔들렸다.

그때 갑자기…… 느닷없이 섬 전체가 솟아오르면서 하늘을 배경으로 사방으로 퍼져나갔다. 적어도 그렇게 보였다.

섬이 있던 곳에서 거대한 연기가 뭉게뭉게 솟았다. 그리고 마귀처럼 확 번졌다.

순양함이 진동했다. 폭발음이 배를 강타해 사람들은 휘청거렸다.

다시 폭발이 일어났다. 그리고 다시. 또다시.

또다시…….

그들은 시간이 어느 정도나 흘렀는지 알 수 없었다.

마침내 연기가 가시고 파편도 가라앉았다.

그리고 벤디고 섬의 이쪽 끝에서 저쪽 끝까지 불길에 휩싸여 화염이 바다 위로 솟아올랐다. 섬 전체가 활활 타오르고 있었다. 건물도 도로도 숲도 심지어는 모래조차도. 섬이 몇 날 몇 주를 타오르고 나면 해면에는 검은 재밖에 남지 않을 것이다.

엘러리는 돌아섰다. 역시 돌아선 아벨 벤디고와 눈길이 마주쳤다. 아벨의 눈은 자기를 믿어달라고 말하는 것 같았다.

엘러리는 답답했다. 그는 깊은 고뇌에 싸여 있었다.

경감은 씁쓸하다는 듯이 큰 소리로 말했다.

"이래봤자 뭐가 달라진다는 건가? 아무것도 변하지 않았어. 이 왕이 저 왕으로 바뀔 뿐."

"바뀐 게 있지요."

아벨이 입을 열었다.

"그래요? 뭡니까?"

"이제 왕은 나라는 사실."

"거기에 차이가 있다는 겁니까?"

경감이 버럭 소리를 질렀다.

"있습니다. 권력 그 자체가 나쁜 것은 아닙니다. 세계는 권력을 필요로 하고 있어요. 오늘날만큼 그것이 절실한 시대도 없지요. 진보한 권력 말입니다……. 당신은 웃을지도 모르겠지만. 그것은 선을 지향하는 권력입니다. 지금까지와는 달리."

아벨의 말투는 진지했다. 눈에 불꽃이 일고 있었다.

"그런 말을 누가 믿는답디까? 사람의 성격은 변하지 않아요. 당신은 27년이나 악의 물에 젖은 사람입니다."

경감이 비웃듯이 말했다.

"형은 나에게 자기 꿈을 자주 들려주었지요. 멋진 세계를 만드는 꿈. 절대 권력만 잡을 수 있으면 실현될 수 있는 꿈을. 나는 그 꿈을 믿었습니다. 목적이 수단을 정당화할 수 있다고 믿었지요."

아벨은 혼잣말처럼 중얼거렸다.

아벨은 불길을 바라보면서 난간 위에 얹힌 유다의 손 위에 한 손을, 칼라의 손 위에 다른 손을 얹었다.

"하지만 나는 형이 거짓말쟁이이고 사기꾼이고 그 가슴속에 털끝만큼의 선도 없다는 사실을 알게 되었습니다. 그리고 사람이 더러운 수단을 일삼으면서 '정의로운 목적'이라는 말로 어떻게 남을 속일 수 있는지도 알게 되었지요. 잘 생각해보면 목적이라는 것은 거기에 도달하기 위해 쓰인 모든 수단의 합계가 아닌 바에야 무가치한 것입니다. 만일 나에게 권력이 맡겨진다면 형과는 다른 방법으로 그것을 쓰겠다고 결심했습니다. 그리고 유다와 칼라는…… 나에게 동의해주었습니다."

아벨은 두 사람의 손을 쥐었다.

그는 팔을 들었다.

순양함 벤디고호는 다시 속력을 내기 시작했다.

유다 벤디고가 몸을 움직였다. 그는 한 손을 이마에 대고 타오르는 섬을 바라보았다.

칼라는 난간에서 돌아섰다. 그 눈에는 눈물이 고여 있었다. 그녀는 고개를 숙인 채 걸어갔다.

아벨 벤디고는 외투의 깃을 세웠다. 무언가 커다란 결의를 다지는 사람처럼 입술을 단단히 깨물었다.

"자, 왕은 죽었다."

엘러리가 차가운 목소리로 말했다.

"왕은 죽었다……. 새 왕의 만수무강을 빕시다! 참고삼아 여쭙겠는데, 이번에는 누가 새 왕을 감시합니까?"

유다 벤디고가 고개를 돌렸다. 엘러리에게는 한쪽 눈만 보였다. 그 눈은 동생을 응시하고 있었다. 흐릿하긴 했지만 그 눈매는 단호했다.

"납니다."

유다가 말했다.

옮긴이 이희재

서울대학교 심리학과를 졸업하고 성균관대학교 대학원에서 독문학을 공부한 뒤, 20여 년간 전문 번역가로 활동했다. 옮긴 책으로 《반(反)자본 발전 사전》 《히틀러》 《마음의 진보》 《번역사 오디세이》 《미완의 시대》 《문명의 충돌》 《마음의 진화》 《그린 마일》 《몰입의 즐거움》 《소유의 종말》 등이 있으며, 지은 책으로는 《번역의 탄생》이 있다.

The King is Dead

킹은 죽었다

2015년 6월 22일 초판 1쇄 인쇄
2015년 6월 30일 초판 1쇄 발행

지은이 | 엘러리 퀸
옮긴이 | 이희재
발행인 | 이원주

책임편집 | 박고운
책임마케팅 | 임슬기

발행처 | (주)시공사
출판등록 | 1989년 5월 10일(제3-248호)
브랜드 | 검은숲

주소 | 서울 서초구 사임당로 82 (우편번호 137-879)
전화 | 편집 (02)2046-2817 · 영업 (02)2046-2800
팩스 | 편집 (02)585-1755 · 영업 (02)588-0835
홈페이지 | www.sigongsa.com

ISBN 978-89-527-7296-8 04840
      978-89-527-6337-2(set)

국명 시리즈
Country Series

로마 모자 미스터리 The Roman Hat Mystery
로마 극장, 가장 인기 있던 연극의 2막이 끝나갈 무렵 발견된 한 남자의 시체.
두 사촌 형제의 역사적인 첫 공동 작업.

프랑스 파우더 미스터리 The French Powder Mystery
프렌치 백화점 전시실에서 튀어나온 시체. 용의자를 모으고 소거한 후
범인을 지적하다. 미스터리 역사상 가장 멋진 결말.

네덜란드 구두 미스터리 The Dutch Shoe Mystery
네덜란드 기념 병원, 이동식 침대에서 발견된 시체. 흰색 바지와 흰색 신발
한 켤레를 바탕으로 펼쳐지는 놀라운 추리.

그리스 관 미스터리 The Greek Coffin Mystery
미술품 중개업자의 죽음, 사라진 유언장. 최강의 적과 맞닥뜨린
엘러리 퀸의 당혹. 미국 미스터리를 대표하는 걸작.

이집트 십자가 미스터리 The Egyptian Cross Mystery
T자형 십자가에 매달린 목이 잘린 시체. 희생자는 더 늘어날 수 있는 상황.
엘러리 퀸의 치열한 추적이 시작되다.

미국 총 미스터리 The American Gun Mystery
2만 명이 모인 로데오 경기장에서 발생한 죽음. 25구경 자동권총의 행방은?
두 번째 살인 사건 이후 마침내 도달한 진상은?

샴 쌍둥이 미스터리 The Siamese Twin Mystery
화재에 쫓겨 산 정상에 있는 은퇴한 의사의 집에 도착한 퀸 부자.
다음 날 발생한 기이한 살인. 피해자의 손에 쥐어진 스페이드 6 카드의 비밀은?

중국 오렌지 미스터리 The Chinese Orange Mystery
모든 것이 뒤집어진 이상한 사무실에서 뒤집어진 차림새의 시체가 발견된다.
신원을 알 수 없는 이 시체는 왜 이상한 차림으로 죽어 있는가?

스페인 곶 미스터리 The Spanish Cape Mystery
대서양을 향한 반도. 월스트리트 약탈자의 거대한 저택에서 발견된
목 졸린 시체. 그는 왜 망토로 온몸을 감싸고 있었을까?

 **비극 시리즈**
Tragedy Series

X의 비극 The Tragedy of X
전차 안에서 서서히 쓰러지는 한 남자. 수십 개의 독바늘이 박힌 코르크 공.
은퇴한 셰익스피어 극 명배우 드루리 레인의 인상적인 첫 등장.

Y의 비극 The Tragedy of Y
미치광이 집안이라 불리는 해터가의 주인이 바다에서 시체로 발견된다.
끊임없이 이어지는 죽음의 징조들. 진실에 다가갈수록 드루리 레인은
고민 속으로 빠져든다.

Z의 비극 The Tragedy of Z
두 번의 비극으로부터 10년 후. 은퇴한 섬 경감은 딸 페이션스와 함께
사건을 조사하던 중, 상원의원의 시체와 마주하게 된다.
드루리 레인이 펼치는 아름다운 소거법과 놀라운 진실.

드루리 레인 최후의 사건 Drury Lane's Last Case
변장을 한 수수께끼의 남자, 그가 남긴 의문의 봉투, 도난당한 셰익스피어의
희귀본. 숨겨져야만 했던 역사의 진실은 과연 무엇일까?
드루리 레인 최후의 사건.